세상은 말이다
또또야

세상은 말이다 또또야

발행일	2024년 4월 11일

지은이	이대진		
펴낸이	손형국		
펴낸곳	(주)북랩		
편집인	선일영	편집	김은수 배진용, 김부경, 김다빈
디자인	이현수, 김민하, 임진형, 안유경, 신혜림	제작	박기성, 구성우, 이창영, 배상진
마케팅	김회란, 박진관		
출판등록	2004. 12. 1(제2012-000051호)		
주소	서울특별시 금천구 가산디지털 1로 168, 우림라이온스밸리 B동 B113~115호, C동 B101호		
홈페이지	www.book.co.kr		
전화번호	(02)2026-5777	팩스	(02)3159-9637

ISBN	979-11-7224-079-0 03810 (종이책)	979-11-7224-080-6 05810 (전자책)

(주)북랩 성공출판의 파트너

북랩 홈페이지와 패밀리 사이트에서 다양한 출판 솔루션을 만나 보세요!

홈페이지 book.co.kr • **블로그** blog.naver.com/essaybook • **출판문의** book@book.co.kr

작가 연락처 문의 ▸ ask.book.co.kr

작가 연락처는 개인정보이므로 북랩에서 알려드릴 수 없습니다.

세상은 말이다
또또야

이대진 지음

고양이 또또를
그리워하며

북랩

목차

1장

불쌍한
거지
고양이

2008년 12월 어느 날 밤이었다. 영하 10도 가까이 되는 날씨에 옷깃을 여미어야 하는 강한 바람까지 불어댔으니 아마 체감온도는 영하 20도는 됐을 것이다.

　조금 전부터 어디선가 고양이 소리가 들렸다. 여느 때와는 사뭇 달랐다. 매장 출입문을 열고 들어오는 손님이 "고양이가 들어오려고 한다"라고 말했다. 손님이 상품을 구매하고 나간 뒤에 곧바로 출입문을 열어 봤다. 몰골이 너저분한 '거지 고양이'가 한 마리 있었다.

　딱 보기에 영락없는 길고양이 같았는데 고양이는 막무가내로 들어오려고 했다. 고양이가 매장 안으로 들어오는 게 겁이 나 밖에서 출입문을 단단히 닫고 고양이를 멀리 내쫓기 시작했다. 하지만 고양이는 한 걸음도 물러서지 않고 땅에 바짝 엎드려 버티는 게 아닌가.

　그래서 이 정도로는 도저히 안 되겠다 싶어 야박스럽지만 플라스틱 빗자루를 들고 호되게 겁을 줘 쫓아 보내려 했다. 빗자루를 피해 달아난 고양이는 불과 몇 미터 떨어진 곳에 가더니 딱 멈췄다.

　고양이가 상품을 긁어대고 물어뜯지나 않을까 걱정이 돼 가게 안으로 들어서기가 무섭게 출입문을 꼭 닫았다. 아니나 다를까. 잽싸게 출입문에 몸을 디밀며 "야웅, 야웅" 울기 시작했다.

또다시 빗자루를 들고 고양이를 밀쳐냈다. 그놈이 이번에는 출입문 옆에 있는 커피자판기 뒤로 몸을 숨겼다. 역시 빗자루 위협에 고양이는 떠밀렸다. 하지만 실랑이를 한참 한 뒤 고양이가 더 멀리 달아나지 않을 거라는 걸 느꼈다. 하는 수 없이 안으로 들어올 수밖에 없었다.

좀처럼 달아나려고 하지 않은 채 커피자판기 뒤에 몸을 숨기고 있던 고양이는 한술 더 떴다.

높이 2미터가량의 출입문인데 아랫부분 3분의 1 정도는 알루미늄 문틀로 돼 있고 윗부분 3분의 2는 투명한 유리로 돼 있다. 출입문 아랫부분이 알루미늄 문틀로 돼 있어 안을 들여다볼 수 없는 고양이는 아랫부분 알루미늄 문틀과 유리와의 경계로 발생한 약간의 턱에 앞발을 딛고 매달린 채 안달복달 애처로이 들여보내주기를 애원하는 듯했다.

예전에 출입문 곁에서 소리하며 얼씬거리는 고양이를 내쫓으면 달아나 버리는 게 보통이었는데 이번엔 사뭇 달랐다. 결국 고양이를 붙들어 묶어 놓을 생각을 하고 노끈을 준비했다.

장갑을 끼고 고양이를 붙들어 2미터 남짓 되는 끈으로 난로 가까이 계목하듯 묶어 놓았다. 그놈은 금세 엎드리더니 드러눕다시피 했다. 붉은 불빛이 반사되는 전기난로를 응시하고, 앞발 뒷발을 좌우 번갈아 가며 들어 올려 꽁꽁 언 발을 녹이기도 했다.

"어디 이렇게 따뜻하고 좋은 게 있을까?" "그것 참 좋다!"고 말하는 것 같았다.

일반적인 경우와 달리 다소 높은 2미터 높이에 켜놓은 TV를 쳐다보기도 했다. 난로는 TV 아래쪽 바닥에 있었다. 밖에서 그토록 들어오려고 안달했던 고양이는 "야옹" "야"라는 소리를 이젠 안 했다. 지나칠 만큼 편안해했다.

평소 동물을 좋아하는 편이긴 하지만 애완견 때문에 신물이 나 있었다. 단독 주택이면 몰라도 공동주택인 아파트에 허락 없이 무턱대고 딸이 들여놓은 요크셔테리어라고 하는 애완견 때문이었다.

아파트라고 하면 언뜻 떠오르는 게 밀폐된 공간이다. 밀폐된 공간을 앞장서서 청정무구하게 정화되도록 노력하는 것은 우리의 의무이기도 하다. 공기는 우리의 건강과 관련되기 때문이다. 바꿔 말하면 아파트는 구조상 애완용 동물을 키우기에는 적당하지 않다. 밀폐된 공간에서 애완용 동물을 기르는 것을 절대적으로 반대하는 나였다.

요크셔테리어가 있는 지금, 그에 따른 폐단은 대단하다. 악취는 물론이려니와 떠다니며 나뒹구는 털이 문제가 아닐 수 없다. 이러한 점때문에 질병, 요컨대 아토피 같은 것이 발생할 수 있는 가능성은 충분히 있다.

이런 와중에 붙들어 매어 놓은 고양이가 문제였다. 매서운 추위에다시 바깥으로 내몰 수도 없는 노릇이고 그렇다고 매장에서 기를 수도 없었다. 말 그대로 진퇴양난[1]이었다. 고양이를 집에 데려가자니 동물농장을 만드는 꼴이 되는 셈이었다.

그러나저러나 하릴없이 아내에게 전화해 전후 사정을 설명했다. 아내

---

1) 이러기도 저러기도 어려운 입장

는 말했다. "요크셔테리어도 문제가 많은데 어떻게 키울 거냐?"라고 걱정스러워하면서도 안타까웠던지 "데리고 오라"고도 했다.

상자에 담아 집에 데리고 간 고양이는 전혀 낯설어하지 않았다. 다만 요크셔테리어와의 첫 만남에서 충돌이 좀 있었다고나 할까. 글쎄 충돌이라기보다는 벌레를 보고도 놀랄 만큼 겁 많은 요크셔테리어가 그만 기절초풍하고 말았다.

요크셔테리어가 어느 정도 겁쟁인가? 예컨대 하루는 1센티미터 남짓 되는 거미를 요크셔테리어 앞에 놓아둔 적이 있는데, 거미가 움직일 때마다 요크셔테리어는 겁에 질려 뒷걸음치고 뒷걸음질하다가 결국에는 구석진 곳에 숨어들어 박장대소한 적이 있다. 사나흘이 지났는데도 기가 죽어 꼬리를 들지 못했다.

저녁 10시 반. 고양이를 집에 데리고 간 지 한 시간 반 정도 됐을 때 아들이 퇴근해 집에 왔다. 아들 여자친구가 고양이를 기르는 까닭에 평소 고양이 다루는 법에 다소 이골이 난 아들은 고양이를 목욕시키고 헤어드라이어로 젖은 털을 말렸다. 목욕시키는 데 족히 두어 시간 이상은 소요된 듯하다. 많은 때가 끼었다는 방증일 것이다.

비로소 본연의 털 색을 되찾은 듯한 고양이는 전혀 다른 고양이로 변신한 것 같았다. 머리 정수리 부분에서 등을 거쳐 꼬리 바깥쪽은 옅은 황갈색, 턱 밑에서 시작해 가슴, 배, 다리, 꼬리 안쪽은 순백색을 띠고 있었다. 순백색은 주광색 조명에 반사되었는데, 막 만개한 목화가 높고 푸른 가을 하늘 따사로운 햇볕을 받아 천연의 백색을 발산하는 것 같았다.

그로부터 일주일쯤 지났다. 기죽어 있던 요크셔테리어는 어느 정도 기가 살아나 꼬리를 쳐들고 다니기도 하고 한결 나아졌다. 하지만 고양이의 앞발을 자주 놀리는 기질적 습성에는 여전히 놀라 달아나는 일이 다반사였다.

고양이가 요크셔테리어를 마주 보고 머리는 아래로 낮추고 활시위를 한도까지 당긴 듯 굽은 등을 단봉낙타처럼 위로 솟게 하고 긴 꼬리 또한 있는 대로 치켜세우고 기세 좋게 다가간다. 그러다가도 때로는 모서리 진 곳이나 보이지 않는 곳에 숨어 길목을 지키다가 달려들어 놀래키기도 한다. 또한 때로는 기다란 앞발을 가지고 사람이 팔로 장난치듯 요크셔테리어를 건드리기도 한다.

경쟁자가 전혀 없었던 요크셔테리어는 느닷없이 출현한 고양이 때문에 경계를 한시도 늦추지 않는다. 요크셔테리어의 웅크림을 보고 있노라면 일본의 도요토미 히데요시가 일으킨 임진왜란에서 싸워 승리한 성웅 이순신 장군이 생각이 났다. 그의 '난중일기'에 縮(쭈그릴 축) 자가 자주 등장한다고 해서다.

고양이는 그의 습성대로 장난을 치는 듯한데 요크셔테리어는 그렇게 받아들이지 못한다. 고양이의 습성을 이해 못 하는 요크셔테리어에게 미국 44대 대통령으로 당선된 버락 오바마의 이야기를 말해 주었다. 그가 초등학교 때 인도네시아에서 또래들이 저수지에 밀어 넣자, 그는 빠져나와 욕설도 화내지도 않고 웃으며 친구로 사귀었다는 이야기 말이다.

　이제 곧 임기가 끝나는 부시 대통령의 이야기도 말했다. 부시 대통령은 참을성 없이 성질이 급하다고 언론이 보도한 적도 있다. 하지만 그는 그러한 평가와는 딴판으로 자신에 대한 비판과 관련해서는 감정을 잘 드러내지 않았다고 한다. 예컨대 그는 지난날 그의 최측근이면서 대변인을 지낸 스콧 매클렐런이 자신을 비난하는 책을 출간했을 때 참모들이 격분하자 "그냥 용서해버려. 그게 삶을 주도할 수 있는 길이야"라고 말했다고 한다.
　요크셔테리어와 고양이가 친근해졌으면 해서 두 대통령의 이야기를 말했던 것이다.

2장

유기된 또또,
그 후의
생활

하는 수 없이 또또를 알땅에 내다버렸다. 고양이의 이름은 또또라고 부른다. 또또를 만난지 5개월 만이다. 짧은 만남이었다. 또또와의 만남은 짧았지만 많은 것들을 생각하게 한다.

또또를 유기한 건 또또와 약속이라고도 할 수 있지만 나의 일방통행식 행동이었다. 위선적 탈을 쓴 것이고 계획적이었다고 할 수 있다.

또또와의 첫 만남을 반추해 보자. 지난 엄동설한이었다. 주림도 있었을 테지만 추위에 벌벌 떨며 애걸복걸하는 또또를 매장 안에 들어오게 했다. 그때 또또에게 "추운 겨울이 가고 따뜻한 봄이 되면 밖에 나가 살아야 한다"라고 조건을 달아 말했다. 당시 매장 안에 들어온 또또는 한 시간가량을 다소곳하게 난로 앞에 앉아 언 몸을 녹였다. 매어놓은 노끈을 풀어놨더니 매장 안을 살피듯 돌아다니기도 했다.

참말로 추잡하고 비겁하지만 구차스러운 변명을 해 보자. 결론부터 말하면 융화되는 데 한계가 있었다. 평소에는 주먹 쥐고 있는 듯한데 숨겨진 무기인 발톱이 문제였다. 또또의 발톱을 보고서 송곳 끝처럼 뾰족이 날카롭다는 것을 알았다.

또또는 날카로운 발톱으로 벽지 등을 긁어대는 건 일상이었고, 긁어대는 데는 단연 독보적인 선수였다. 고양이들의 명성 그대로였다.

그래서 또또가 유독 상습적으로 긁어대는 곳에 상자나 신문을 더덕더덕 테이프로 붙였다. 또또가 할퀴어 대는 곳에 우선적으로 그랬지만 한 곳을 붙이면 또 다른 곳을 할퀴는 또또였다.

특히 모서리 진 곳만을 유난히 긁는 또또의 습성이 있기에 모서리라면 한 군데도 빠짐없이 예방공사를 해야 했다. 벽마다 꼴이 가관이었다. 걸개그림을 전시하는 것도 같았다. 또 모서리가 아니어도 사고가 예상되는 곳이라면 또또가 할퀴어놓기에 앞서 방책을 마련해 놓기도 했다.

그리고 매일 같이, 마치 시계를 보고 그러는 양 새벽 다섯 시만 되면 또또가 소리를 냈는데, 도저히 견뎌낼 수가 없었다. 이명박 대통령처럼 다섯 시에 일어나는 '아침형 인간'도 아니고 말이다.

만약 내가 5시에 기상하는 '아침형 인간'이라면 그때 내는 또또의 소리를 일부러 맞춰 놓은 자명종으로 치부할 수도 있었을 테지만 그건 가능하지 않은 일이었다.

사람들처럼 한 구성원이 되기 위해서는 소통하고 융화돼야 하므로 스스로 노력하고 상대방에 대한 배려도 절실히 필요하다. 또또가 아무리 미물일지라도 또또의 태도는 상당 부분 미흡했다고 생각하고 못내 아쉽다. 방금 또또에게 미물이라고 했지만, 인간들 세계에서 고양이를 가리켜 말하는 알레고리[2]가 영물이라고 하니 더욱이 그렇다.

짧은 기간 동안 또또와의 관계가 원근[3] 친소[4]였지만 어찌 보면 또또가 하는 소리를 알아듣지 못하고 또또의 습성을 이해 못 한 내 책임이라고 생각해 본다. 또또가 배가 고파 먹이를 달라고 할 때, 고마움을 표현할 때 등은 또또의 행동을 보고 충분히 알아챌 수 있었다. 하지만 유독 새벽 5시에 내는 소리에 대해선 알아채지 못했기 때문이다. 한참 뒤였다. "낮에 우는 새는 배가 고파 울고, 밤에 우는 새는 임 그리워 운다"라는 말이 떠올랐다.

뒤늦게 안 사실인데, 또또가 성체가 다 되어 그러했겠구나라고 생각했다. 나는 누군가와 또또에 대해 이야기를 나누었다. 즉 또또가 새벽 5시만 되면 소리를 내 견뎌내기 힘들다고 했더니, 그는 "거세를 하면 괜찮을 거"라고 했다.

하지만 또또를 유기하고 말았지만, 잘 되든 못 되든 광야로 내보내면 내보냈지 거세한다는 것은 도저히 내 양심으로는 용납되지 않았다.

인간들 세상에서 통용되는 말이 불현듯 떠오르게 한다. "밥 먹는 일과 아기 낳는 일은 인간의 본능"이라는 말이다. 밥 먹고 아기 낳는 일이 어디 인간만이 가진 본능이고 특권일 수 없다는 생각이 들었다.

---

2) 풍유
3) 멀고 가까움
4) 친하면서 간극이 있는 것

또또가 비록 미물이라고 해도 참말로 거세할 수는 없었다. 심지어 식물도 수분하는데 말이지.

퇴근해 집에 가면 또또와 무리 지어 뛰어다니는 요크셔테리어는 꼬리를 흔드는 것이 모자란 듯 궁둥이까지 뒤뚱뒤뚱 흔들고, 또또는 멀리뛰기 선수인 양 도움닫기를 해 3, 4미터를 사뿐히 뛰어 침대로 올랐다. 금세 되돌아 역으로 뛰어내렸다.

내가 목욕탕에 가면 요크셔테리어와 또또는 밖에서 나란히 앉아 있기도 했다. 또또는 내가 가는 곳을 따라 꼬리를 높이 쳐들고 다녔다. 아마도 먹이를 도맡아 주듯 하는 내게 고맙고 반갑다는 표시를 보인 것이리라.

이러한 또또였지만 또또의 기질과 습성을 안 나는 불가근[5]일 수밖에 없다고 생각했다. 여타 다른 문제는 그렇다 하더라도 앞서 지적한 문제는 개선되지 않았다. 벽을 박박 긁는 것과 새벽에 울음 소리 하는 것은 참을 수가 없었다.

그래서 가까이하려는 또또에게 짐짓 궁둥이를 부쳐대 저만큼 가게 하기도 했다. 또 무릎에 안기는 것을 좋아하는 또또를 외면하기도 했다.

또또가 집에 온 뒤 얼마 안 돼서 '활자매체'에는 『듀이』라는 책 광고가 있었다. 저자 비키 마이런, 브렛 위터, 번역 배유정, 출판 웅진 씽크

---

5) 가까이 하지 못하는 것

빅의 광고였다. 언론 매체의 이 책에 대한 찬사가 대단했었다.

요즘 출판되는 책에는 유행처럼 독자의 시선을 끌기 위해 불문율처럼 걸표지에 띠를 두른다. 『듀이』역시 띠가 있었다. 띠에는 '도서관이라는 '완벽한' 장소에서 일어나는 너무나 감동적인 이야기!'라는 USA투데이의 찬사도 있었다.

『듀이』는 또또가 추운 겨울에 발견됐듯이 추운 겨울 미국의 아이오와주에 있는 도서관에서 발견된 고양이 듀이의 감동적인 이야기를 담고 있다.

정말로 후회한다. 추운 날 또또가 애걸복걸⁶⁾할 때 매몰차게 내쫓아야 했는데 그러지 못했다. 그랬더라면 차라리 회한은 없을 것이다. 또또를 데리고 온 뒤 얼마 안 됐을 즈음『듀이』의 책 홍보문구를 보고 읽고 싶은 생각이 꿀떡 같았다. 하지만 들끓는 사유를 자제하고『듀이』를 읽는 것을 뒤로 미뤘다. 생각건대 듀이를 읽고 난 뒤에는 봄이 돼 밖으로 또또를 내보내는 데 절대적으로 어려움이 따를 것으로 판단해서다.

그래서 또또를 유기하고 사흘 되던 날 부리나케 서점에 가『듀이』라는 책을 샀다. 생명체를 버렸다는 죄의식에서 오는 중압감은 서점에 가지 않고 서는 배기기가 힘들었다.

또또를 버리기 위한 예행연습에 들어갔다. 또또의 고향이라고 해야

---

6) 소원을 들어달라고 애처로히 사정하는 것

할까. 또또가 발견된 곳. 매장에 데려온 뒤 또또를 대상으로 방생을 위한 적응력을 키우는 예행연습에 착수했다. 우선 매장 뒤 중장비 중고 부품이 산적한 야적장에 놔두려고 했다. 그래서 매장 뒷문을 열고 몇 걸음 걸어가 붙들고 있던 또또를 내려놓았다. 또또가 잽싸게 뛰쳐나갔다.

불현듯 잘됐다 싶었다. 높이가 10여 미터, 천막으로 지붕이 만들어진 100여 평의 야적장은 또또에게 최적의 예행 연습장이라고 생각했다. 방생에 따른 적응훈련은 아무런 문제 없이 순조롭게 진행될 것으로 생각했다.

하지만 예상은 완전히 빗나가고 말았다. 안에서는 밖을 그리워한다고, 반년 가까이 갇혀 있던 또또가 심장이 콩닥콩닥할 만큼 물 만난 물고기처럼 휘저으며 또또의 세상일 것으로 생각했었다. 하지만 그게 아니었나 보다. 애초부터 겁에 질린 듯하다.

쥐 죽은 듯이 아무런 소리가 없고 또또가 떠난 지 30여 분 정도 지났다. 또또의 동태를 살피던 나는 또또가 조용하기만 해, 속이 다르고 겉 다르다고 정말로 속 보이는데 본연의 의중과는 딴판으로 정겹게 "또또야, 또또야"라고 또또의 이름을 불렀다. 몇 번을 불러도 대답이 없었다. 여남은 번은 불렀던가. 그제야 대답하는 또또의 소리가 들렸다. 또또가 대답했던 소리는 마치 인간이 태어난 지 얼마 안 됐을 때, 즉 어린아이가 대답을 "으, 으"라고 하는 식으로 "으, 으응"이라고 했다. 거리는 얼마만큼 떨어졌는지 알 수는 없지만 또또가 "으, 으응"이라고 대답하는 소리가 모깃소리만 했다. 얼추 짐작컨대 분명 거리가 멀어서 대답하는 또또의 소리가 모깃소리만 한 것은 아니었다. 겁에 질려서 소리를 크게 못 내는 게 분명해 보였다.

그로부터 약 10시간이 지난 다음 날 아침이었다. 가게 문을 열자마자 뒷문을 열고 "또또야"라고 불렀지만 아무런 반응이 없었다.

점포를 펴는 것도 중요했지만 불러도 아무런 반응이 없고 흔적도 없는 또또가 더욱 궁금할 수밖에 없었다. 그래서 랜턴을 켜고 해체한 굴착기, 도자 등의 중장비 부품이 산적한 후미진 틈새를 비추었으나 또또를 발견하지는 못했다. 랜턴을 들고 찾으면서 물론 "또또야"라고 연거푸 불렀다.

지상의 야적장에서 또또를 발견하지 못한 나는 지하 야적장으로 통하는 계단에 서서 "또또야"라고 큰 소리로 불렀다. 수십 번을 불렀다. 또또가 대답하는 소리가 귓속에 들어왔다. 여남은 시간 전에 들었던 "으, 으응"이라고 한 그 소리가 틀림없었다.

또또 이름을 연달아 불렀다. 또또 이름을 부를 때마다 "으, 으, 으응" 하는 또또의 대답이 있었다. 하지만 소리만 들릴 뿐 또또는 보이지 않았다. "또또야, 이리 와", "또또야, 이리 와야지"라고 한참을 거듭 불렀다. 그즈음 "으, 으"라고 소리를 내던 또또는 겨우 계단 아래에 나타났다. 한 두 계단 내려가면서 "또또야, 이리 와"라고 말했다. 또또를 붙들려는 심산이었다. 하지만 또또는 어두컴컴한 지하로 다시 숨었다.

열댓 계단으로 된 상층부에 서서 또또라고 계속 불렀다. 아까처럼 접근하는 걸 두려워할까 봐 더 이상 내려가지는 않았다. 또또는 세 계단까지 올라왔다. 또또를 붙잡기 위해 애를 썼다. 하지만 헛일이었다. 한 계단 아래로 발을 내딛기 무섭게 또다시 또또는 지하로 내려가 숨어버렸다. 그때서야 또또를 붙잡으려고 하는 건 단념했다. 다만 가게 안으로 유인하려고 했다. 나의 유인책은 쉽사리 성공했다.

거듭 숨어버리곤 하던 또또가 한 계단, 세 계단, 다섯 번째 계단, 여덟 번째 계단 등 차츰차츰 올라오더니 나중에 뒷문을 통해 매장 안에 들어왔으니 말이다.

내 딴에는 꽤나 어렵사리 매장 안으로 들어오게 한 또또의 몰골은 반년 전 또또를 발견했을 당시보다 더 처참했다. 하룻밤 유숙했다기에는 믿기지 않았다. 해체된 중고 부품이 산적해 검은 기름때가 줄줄 흐르는 데서 지냈기 때문에 그럴 수도 있겠지만 그보다는 애달아 밤새 얼마나 헤맸으면 몰골이 그랬을까 생각해 보았다.

뒷문에 얽힌 다큐멘터리를 하나 얘기하고 넘어가자. 지금도 철제문이긴 하지만 이전에도 지금처럼 견고한 철제문이었다. 어느 날 아침이었다. 여느 때처럼 다름없이 그 시간에 출근했었다. 매장 문을 열기 전이었다. 6시 반이면 출근하는 건물주가 "이리 와 봐라"고 했다.

예전에 없던 일인지라 혹시나 하며 신경을 곤두세웠다. 불안한 마음을 부여잡으며 그를 따라 돌아서 뒤로 갔다. 아니나 다를까. 도둑이 들긴 했으나 미수에 그친 듯했다. 즉 도둑이 도어를 먼저 분해한 것 같았다.

모름지기 도어를 해체한 도둑은 '다 됐다!' 했을 것이다. 하지만 문 빗장이 있었기 때문에 도둑은 매장 안 진입이 불가능했던 것 같다. 그래서 문을 열지 못한 도둑은 뒷문 밖에 놓여 있던 해머로 문을 내려친 모양이었다. TV 뉴스 속에서나 봤던 게 언뜻 떠올랐다. 선량들이 모여 일하는 '민의의 전당' 국회에서 잠긴 문을 강제로 열기 위해 국회의원이 해머로 문을 내려치는 모습 말이다.

매장 문이 찌그러졌지만 문은 열리지 않은 상태였다. 도둑은 '두드리면 열린다'라는 말을 상기하며 얼마나 두드려 댔을까. 사뭇 궁금해진다.

노동하고는 거리가 먼 선량도 해머로 내려쳐 문을 여는데, 그야말로 직업상 도둑이 문을 열지 못했노라고 틀림없이 분개했을 것이다. 세계적인 '투자의 귀재' 워런 버핏이 '가치투자가 중요하다고 역설하는데 그야말로 밤손님의 가치투자는 어름 반 푼어치도 없었다. 밑천 없는 직업이지만 하룻밤을 헛수고했으니 말이다. 그리고 이 건물을 지은 지 20여 년이 됐건만 유독 매장 뒷문만이 새 문인 건 그래서 그렇다.

또또는 밤새 두려움 속에서 허기진 모양이었다. 매장 안 냉장고에는 끓여서 넣어놓은 생선 머리, 꼬리 등 또또의 먹이가 있었다.

꺼내 전자레인지에 데우는 동안 또또가 그새를 못 참고 어린아이 보채듯 하더니 먹이를 주자 허겁지겁 먹어댔다.

낮 동안은 또또가 매장 안에 있었다. 야행성 동물답게 또또는 줄곧 잠을 잤지만 또또가 매장 안을 돌아다닐 때는 손님들이 기겁을 하기도 했고, 십 중 칠팔은 눈살을 찌푸렸다.

고양이를 애완용으로 기르는 사람도 있지만 본디 인간들은 고양이에 대해 선입관을 갖고 있기 때문에 거부반응을 일으킨다는 것은 확실했다. 게다가 기름때 묻은 몰골이 거부반응을 일으키는 데 일조했을 것이다.

반년 가까이 집에 있다가 매장으로 온 지 이틀째 되는 밤이었다. 시간은 9시 30분이 되었다. 엄연히 유기하는 것이지만 또또에게 '담대한 희망'이 깃들게 하는 프로젝트 1단계인 '예행연습' 이틀째 밤이었다.

어제처럼 후문인 철제문을 열고 또또를 야적장으로 내보냈다. 하지만 어제와는 사뭇 달랐다.

또또는 인간들이 유아기에 우는 울음처럼 울어댔다. 어린아이를 떼어놓는 것 같았다. 하지만 예행연습을 중도에 포기할 수는 없었다. 몰인정하다고 할 수 있겠지만 뒷문에 빗장을 질러 잠그고 퇴근했다.

다음 날 아침, 즉 또또가 야적장에서 보내는 이틀째 날이 밝았다. 매장 문을 연 나는 불을 켜자마자 빗장을 풀고 뒷문을 열었다.

그런데 빗장을 풀기도 전에 또또의 소리가 문 틈새로 새어 들어왔다. 기다리고 있었던 것이다.

그로부터 13시간 하고도 30분이 지났다. 예행연습은 2박 3일을 목표로 설정했기 때문에 오늘 밤이, 긍정적으로 표현하면 보편적 자유를 만끽하는 해방의 날이고 부정적으로 말하면 또또를 유기하는 날이다.

카운트다운에 들어갔다. 9시 30분이 되기를 기다렸다. 어제와 그제 밤은 또또를 뒷문으로 나가게 했고, 또또의 어깻죽지를 붙잡고 정문으로 나가 또또를 유기했다. 매장에서 500여 미터 떨어진 후미진 곳이었다.

또또를 안을 때에 축 늘어지는 경향이 있긴 하지만 어깻죽지를 붙잡고 100여 미터를 걸어갈 때부터는 더더욱 늘어졌다. 두 손을 놓고 말 때에는 참말로 형언할 수 없이 기분이 묘했다. 지금까지 살아온 삶에서 낯선 일이었다. 정말로 모질게 행동했다.

또또를 내다 버린 뒤 뒤도 안 돌아 보고 종종걸음으로 돌아왔다. 혹여 또또가 뒤따라오면 어쩌나 은근히 걱정이 되었다.

'가는 날이 장날'이라고 했던가. 며칠째 구름 한 점 없이 청명한 날이 지속됐는데, 공교롭게도 또또를 유기하고 몇 시간 지나지 않아 느닷없이 비가 왔다. 또또를 갖다 버리기 전에 며칠 간 일기예보를 알아봤고, 그날도 비가 온다는 예보는 없었다. 잠깐 오는 비였고 곧 하늘은 갰다. 방금 비가 내렸다고 하기에는 거짓말 같은 하늘이었다.

잠시 내린 비는 버림받았다며 우는 또또의 눈물 같았다. 9%의 나트륨이 함유된 빗물 같았다.

옛적 고려시대에는 조부모, 부모가 법이 정한 나이를 먹으면 내다버리는 풍습이 있었다. 그때 병든 노인과 함께 잘 차려진 음식을 고려청자에 담아 보냈다. 또또가 제아무리 말 못 하는 미물이라고 해도, 지난겨울에 사냥법도 체득하지 못한 것이므로 약간의 먹이라도 갖다 놓았어야 했는데, 그러지 못하고 또또를 유기한 것이 두고두고 마음에 걸렸다. 또 나이 든 노인이 고려장 신세가 되어 지게에 실려 첩첩산중을 가면서도 자식이 집을 잘 찾아갈 수 있도록 나뭇가지를 요소요소에 꺾어놓았다는 도량도 있었다는데…. 또또가 꼬리를 치켜들고 생식기인지 항문인지 잘은 모르지만 어쨌든 두 곳 중 한 곳 같은데, 가는 길에 분비물로 군데군데 영역표시를 할 수 있는 기회를 주기는커녕 앞서도 언급된 바 있듯이 되레 내 뒤를 따를까 봐 뒤돌아보지도 않고 종종걸음 쳐서 왔다.

또또를 밖으로 내쫓으려고 예행연습을 하기 위해 집을 나서는 날부터 요크셔테리어가 무척이나 충격을 받았다. 어마어마한 충격을 받았던 모양이다.

예컨대 며칠 간 사료를 먹는 둥 마는 둥 하고, 똥 오줌을 아무 데나 누기도 했다. 상념에 잠긴 듯 멍하니 있기도 했다. 또또를 찾는 듯 이리저리로 헤매기도 했다. 또 "또또 어디 갔느냐?"고 하면 또또가 자주 들랑거렸던 뒤 베란다를 가보고 침실을 기웃거렸다. "요크셔테리어야, 또또 어데 갔느냐?"고 물을 때마다 매번 요크셔테리어의 행동은 틀에 박힌 듯 일정하다 싶을 만큼 순차적이다.

요크셔테리어의 후각력이 지닌 진면목이 드러나는 듯했다. 요크셔테리어의 행동이야말로 사람보다 50배 뛰어난 특출한 후각력의 방증인가 싶어 정말로 놀라웠다.

그리고 나의 강압에 의해 또또가 하릴없이 집을 나서야 할 때, 물론 강제적으로 시켰지만 요크셔테리어와 하던 서투른 악수가 생각이 난다. 그때 또또에게 "요크셔테리어야 잘 있어. 나는 어쩔 수 없이 밖에 나가 살 수밖에 없어… 안녕"이라고 말하라고 했었지. 요크셔테리어에게도 "또또야, 잘 가 안녕히…"라고 말하라고 시켰었다. 그때 눈시울을 적셨다. 정말로 말을 겨우 이을 수 있었다.

또또가 먹을 사료 등을 챙기고 또또를 라면 상자에 담아 집을 나섰다. 라면 상자에 또또를 넣은 것도 까닭이 있었다. 엘리베이터를 타고 내리는 동안 혹여 누군가가 "고양이를 키우네요"라는 말을 했을 때 해야 하는 옹색하고 곤란한 답변 때문이었다.

자괴심의 발로였을 것이다. 그리고 애당초 "봄이 되면 밖에 나가 살아야 한다"고 했지만, 자승자박[7]에 따른 사유는, 고민은 그칠 줄 모르고 깊어졌다. 명리학(命理學)에서 지지충(地支沖) 가운데 진술충(辰戌沖)이 있다. 진술충은 용과 개는 상충해 서로 맞지 않다는 것이다. 또 개와 원숭이는 사이가 나쁘다는 견원지간이라는 말도 있다. 또또와 요크셔테리어 사이가 그에 해당할 것이다. 하지만 불과 반년도 안 됐는데도 그들은 불가분[8]의 관계였다.

나는 아내와 티격태격한다. 또또를 누가 유기했느냐는 논쟁에서 지지 않으려고 논박을 하기 때문이다. 선제공격은 내가 한다.

사람이 일생을 마치면 염라대왕 앞에 가게 되고 이승에서 있었던

---

7) 자신이 한 말과 행동에 옭혀 들어감
8) 나누려야 나눌 수 없는 것

일들이 저승 거울에 생생히 나타난다는 말이 있는데, 아내에게 천당에 가기는 다 틀렸다는 요지로 말한다.

아내 주장은 또또를 버린 사람은 나라는 것이다. 하지만 나는 아내가 원인 제공을 했다고 말한다. 아내는 또또 자체를 본질적으로 미워하지는 않으나 또또의 행동을 마뜩잖게 생각했다.

아내가 또또를 마뜩잖게 생각했다는 것 때문에 일부러 가끔 끄집어내어 아내에게 천당 가기는 다 틀렸다고 말하는 것이다. 일부러 '블랙코미디'를 한다고 보면 된다. 놀림조로 그렇게 말하는 것이다.

또또를 500여 미터 거리에 놓고는 왔지만, 또또가 영역표시를 못했다손 치더라도 다음날이면 나타날 거라 생각했었다. 고양이들의 행동반경도 있을 테니까. 그러나 또또는 나타나지 않았다. 범행을 저지른 사람이 그 장소를 가본다는 말이 있던가. 또또를 유기한 뒤 이틀째 되는 초저녁 유기한 그곳에 들러 부근의 몇몇 점포에 들어가 이런 고양이를 본 적이 있느냐고 물어봤지만 허사였다. 사흘째 되는 날이었다. 또또가 나타났다.

또또가 나타나기만을 학수고대했지만 매장 안으로 들어오려고 하는 또또의 진입은 극구 막았다. 나중에는 들락거리게 했지만 말이다.

또또를 유기하기 전에도 그랬듯 또또에게 하루에 세 끼 먹이는 주었다. 먹이는 생선 머리와 꼬리 등이었다. 또또가 좋아하는 고등어, 꽁치 대가리나 꼬리가 주류를 이루었다. 생선 대가리, 꼬리 등을 익혀서 주었다.

사흘 만에 나타난 또또에게 먹이를 먹게 한 뒤 또또를 밖으로 내몰았다. 또또는 한사코 매장 안에 있으려 했고 매장 안에서 잠을 자려고 했다.

야행성인 또또는 주로 낮에 잠을 잔다. 하지만 또또가 스스로 살아가는 힘을 갖추도록 하기 위해서 다른 대안이 없었다.

그로부터 대략 한 달이 됐나 보다. 그런데 요즘 아내와 뒤바뀐 양상이 되었다.

또또를 유기한 나는 또또가 초기에는 매장 안으로 들어오는 것을 한정적으로 용납했었다. 또또가 먹이를 매장 안에서 먹도록 한 것을 말한다. 그 외 출입은 봉쇄했다.

그것도 초기에는 그랬지만 보름 정도 지났을 때쯤부터는 아예 먹이도 매장 밖, 길 건너 화단에서 먹도록 했을 만큼 또또의 매장 출입은 철저히 막았다.

점심때부터 오후 나절은 아내가 매장을 관리하는데 저녁때 와서 보면 아내가 여기를 보라고 가리킨다. 한결같이 의자 옆에 있는 상자 위에서나 의자 위에서 잠자고 있는 또또를 보라고 한다. 매장 출입을 막는 내게 선수를 치는 것이었다. 아내는 의자를 또또에게 빼앗겨 앉을 데가 마땅찮아 서 있을 때가 많았다. 푹 자도록 내버려 두었다.

놀부 심술이 발동했다고 해야 마땅하려나. 마음 푹 놓고 늘어지게 자는 또또를 건드렸다. 예컨대 궁둥이를 툭 치기도 하고 때로는 "또또야, 일어나"라고 큰 소리로 말하기도 했다.

또또를 건드릴 때면, 아니 "또또야"라고 크게 부르기만 해도 또또가 일어나 기지개를 켜는 듯하다 어느덧 밖으로 나갔었다. 평소 또또의 매장 출입을 막는 내 목소리를 듣고 눈치 빠른 또또는 거의 반사적으로 반응했다. 눈치코치가 보통이 아니었다.

그럴 때마다 아내는 나를 말렸다. "왜 그러느냐?"며 "심술치고는 놀부는 아무것도 아니다"라고 심드렁했었다. 이렇게 말하는 아내의 말에 웃으며 맞받아친다. 한때는 또또를 유기한 원인 제공자가 되더니 이제는 천당에 가려고 잘한다면서 놀려댔다.

아내는 오늘 재래시장에 갔었다. 또또 먹이를 구하기 위해서였다. 요즘 경기 상황을 보면 1997년 외환위기 때는 아무것도 아니라고 한다. 대공황이 언제 닥칠지 모르는 글로벌 경제 위기감이 팽배해 있다. 미국에서 시작한 파장이 번지고 있다. 원인은 '서브프라임 모기지(비우량 주택담보대출)' 때문이라고 한다.

지표상으로 경제가 호전됐다는 발표는 있다. 하지만 서민경제는 그게 아니다. 어렵다. 사실 이런 상황에서 또또의 먹이를 통째로 사댄다는 것은 우리 형편상 어려움이 있었다.

'통째'라고 한 것은 수천 원씩 하는 생선을 말하는 것이다. 아내는 재래시장에 가는 횟수가 부쩍 늘어났다. 그 까닭은 생선 대가리나 꼬리를 구하러 가는 것이었다. 대형마트에서는 생선 대가리나 꼬리를 구할 수 없다.

공짜로 얻는 것도 한두 번이 아니었다. 몇 마리 생선을 사고 생선 대가리, 꼬리 등은 덤으로 얻기도 했다.

재래시장의 인심은 참으로 후하고 넉넉하다. 공짜로 얻을 수도 있고 생선 한두 마리 사고 한 보따리의 어두미(魚頭尾)[9]를 얻을 수 있었다. 그뿐만 아니다. 에누리도 해주고 덤으로 얹어주기도 한다. 그래서 종종 회자되는 '공짜는 없다'라는 말은 재래시장에서만큼은 무색해진다.

그런데 대형마트에 상권을 뺏겨 시름이 가득한 데다 대기업 계열은 중형마트까지 틈새 시장이 있다 싶으면 어느 곳이든 비집고 들어오는지라 재래시장, 소형가게는 운영상 어려움이 많다.

오늘 아내가 몇 마리 생선을 사면서 생선 대가리와 꼬리를 얻어온 게 고작 여남은 개는 됐나 모르겠다. 검정 비닐봉지에 담겨 있었는데 바람 빠진 풍선처럼 좀 과장해서 말하자면 주먹 서너 개 정도의 양도 안 되겠다. 새벽부터 판매한 데서 나온 것으로 보기에는 너무나 적은 양이었다. 오전 시간이라서 그러긴 했겠지만 터무니없었다. 비록 또또가 좋아하는 고등어 종류로만 추려 오긴 했지만 말이다.

경기가 하루빨리 회복되면 좋겠다. 생선가게들이 잘 돼야 또또가 생선 대가리나 꼬리를 많이 먹을 수 있을 텐데 말이다. 그래서 정부 당국자가 중형마트, 대형마트를 법제화해 규제했으면 참 좋겠다. 그렇

---

9) 생선 대가리와 꼬리

게 되면 서민들은 희망을 품을 수 있을 것이다.

이렇게 기원한다. 소비자들이 재래시장도 살리고 또또가 먹어야 할 먹이를 수월히 그리고 풍족하게 구할 수 있도록 재래시장을 많이 이용했으면 정말 좋겠다.

TV를 통해 뉴스를 시청했다. 재래시장 대비 대형마트의 소비자가격을 전하는 뉴스가 나왔다. 대형마트에도 싼 것이 있긴 했지만 수량이 한정돼 있었다. 조사 대상 품목 가운데 대부분은 재래시장 제품이 쌌다. 사람들은 으레 대형마트의 상품이 싼 것으로 인식하는 것 같은데 사실은 그렇지 않은 것 같다. 소비자들은 대형마트의 다양한 마케팅 전술에 현혹돼 마치 낮은 가격에 제품을 구매하는 것처럼 생각하고 행동하는 건지 모르겠다.

이명박 대통령은 대통령 후보로 나섰을 때 대형마트를 방문한 적이 있지만 대통령이 되고 나서는 대형마트 방문을 자제하는 것 같다.

이명박 대통령은 포장마차에 들른 적도 있고, 침체한 재래시장을 방문하기도 한다. 재래시장의 활성화를 위해서다.

단적인 예로 이명박 대통령은 2009년 9월 10일 오전 11시, 남대문시장에서 '비상경제대책회의'를 주재했다. 물가 등 서민생활 안정 대책이 주요 이슈였다. 이날 이명박 대통령은 상품권으로 물품을 구매했다. 손녀들의 추석빔도 마련했다고 한다.

'서민 행보'를 이어가는 이명박 대통령은 농촌을 방문해 서민을 위한 대통령임을 자임하기도 한다.

포장마차, 재래시장 등을 훑으며 '민생 현장 더 가까이' 가는 이명박 대통령의 지지도가 최근 높아지고 있다고 한다.

이명박 대통령은 2009년 6월 22일 수석비서관회의에서 '중도실용' 친서민 국정운영 기조를 제시한 바 있다. 그 당시 이명박 대통령은 정치적으로 어려움을 겪을 때였다. 4월에 있었던 '4·29 재·보궐 선거'에서 무력하게 참패한 데다 노무현 전 대통령의 서거 이후 정국이 혼란스러웠다. 그 무렵 정치권에서는 국정 쇄신 요구가 쇄도하기도 했다.

'강부자(강남 부자)', '고소영(고려대 소망교회 영남)', 'S라인(서울시청)' 정권이라는 비아냥을 듣는 이명박 정부가 '중도실용주의'를 표방한 것이다. 방향 전환을 한 셈이다. 이에 진보 진영으로부터 "위선을 떨고 있다", "쇼하고 있다"는 말을 들어야 했다. 보수 진영에서는 "이명박 대통령이 변절했다"라는 비판을 쏟아냈다고 한다.

이명박 대통령이 애당초 보수진영 인물이었기에 보수진영으로부터 '변절자'라는 혹평을 듣게 됐을 것이다. 하지만 어차피 한번 표명한 만큼 '변절자'라는 뼈아픈 비판은 괘념치 말고 일관되게 중도 노선을 견지했으면 좋겠다. 그러면 우리 같은 서민들도 희망의 나래를 더 펼 수 있을 테니 말이다. 미물인 또또도 지금보다는 살기가 한결 나을 것이다. 또또와 같은 고양이나 애완견 등을 내다버리는 빈도도 줄어들 것이다.

이즈음 애완동물을 버리는 사례가 늘어난다는 보도가 있어 여전히 걱정스럽긴 하다.

3장

야생
고양이
커플

"이 집고양이가 우리가 있는 합숙소까지 온다", "길고양이와 함께 어울려 다닌다" 어느 날 합숙소에 있는 사람이 이런 말을 했다.

　합숙소는 한 종교단체에서 지원하여 운영되는 곳인데, 길거리에 나앉은 사람들이 숙박하는 곳이다. 낮에는 일터로 나간다고 한다. 이 집고양이가 합숙소까지 온다는 말을 듣고 나는 또또를 유기했다는 죄책감 때문에 변명하기에 바빴다.

　또또를 유기한 뒤 또또는 서서히 야생에서 적응해 가는가 싶었다. 일정한 경계를 유지하며 또또가 길고양이들과 맞닥뜨리기도 했다.

　그런데 변화가 많다. 하늘을 뚫을 만큼 당당히 치켜들던 또또의 긴 꼬리가 이젠 반대로 아래로 처져 땅에 질질 끌리다시피 한다. 또또와 몇 개월 같이한 그때와는 사뭇 다르다. 그때 또또를 미국 대통령 버락 오바마 같다고 줄곧 말했었다.

　기다란 또또의 앞발 뒷발 때문이었다. 하지만 그런 자태는 온데간데없다. 평소 오바마 대통령의 팔과 다리가 기다랗다 생각했었고 좋아 보여서 그렇게 말했던 것이다.

　경계의 소산인지, 수컷인 또또가 임신한 고양이인 양 배가 땅에 닿을 정도가 되었다. 긴 또또의 발이 묻혔다는 것이다. 또또가 걷는 걸 두고 긴다고 하면 지나친 표현일까. 하지만 거친 바깥세상에서 살아가는 데는 자기보호를 위한 경계심을 갖는 것은 절대로 필요한 일이다. 또또가 벌써 그것을 체득했다는 게 정말로 기특하고 감명 깊다는 생각도 해본다.

비록 또또를 유기했지만 성공한 삶이 되기를 염원하고 또또의 하나하나 행동을 지대한 관심 속에 관찰하고 있다. 지금까지의 결과는 반반으로 생각하고 있다.

이곳은 화이트칼라, 블루칼라, 노숙자 등이 공존하는 다원화되고 복합화된 곳이다. 그뿐만 아니라 나이트클럽도 있고 그 앞에는 호텔도 있다. 신문사도 있고 굴지의 보험회사 사옥도 있다.

국가가 돈을 출자해 설립한 특수법인으로서 정부의 산하기관 공사(公社)도 있다. 매년 연례행사로 열리는 국정감사 기간에는 선량들이 공사 사옥으로 나와 국정감사를 한다고 한다.

새 정부가 들어서면 '낙하산 인사'로 공사의 사장을 바꾼다는 가십성 기사가 언론매체에 자주 등장한다. 정권 창출에 공헌한 가신들을 공사의 사장으로 앉힌다는 것이다. 즉 하마평이 무성한 곳이다. 공사에는 대통령이 들를 때도 있다.

높은 사람들이 자주 들르는 곳이라고 할 수 있는 공사와는 다른 합숙소도 높은 사람들이 들르기도 하는 곳이다.

합숙소는 또또가 자기 집인 양 하루에도 여러 차례 들락거린다. 담을 넘는 것이 아니라 사람들이 드나드는 문을 통해서다. 그것도 당당히 말이다.

또또가 합숙소에 가면 주로 주방 옆을 기웃거린다고 한다. "먹이를 얻어먹고 간다"라는 말을 들었다. 이러한 말을 들을 때마다 "그 고양이는 생선을 좋아한다"라고 말하곤 한다.

고양이 하면 '생선을 좋아한다는 것은 삼척동자도 다 잘 아는 사실이다. 그런데도 이런 걸 생각해 본다. '같은 값이면 다홍치마'라고 하지 않는가. 기왕 얻어먹는 바에야 또또가 좋아하는 생선을 많이 받아먹었으면 해서 부러 말하는 것이다.

높은 사람들이 자주 가는 곳이라고 할 수 있는 공사와는 다르지만 합숙소에도 높은 사람들이 들르기도 하는 곳이다. 이명박 대통령 부인 김윤옥 여사는 이따금 찾아 봉사활동을 한다고 한다. 대통령 부인이 되기 전에는 더 자주 왔었다고 한다.

이명박 대통령 부인 김윤옥 여사가 합숙소를 방문했을 때 일이 퍼뜩 떠오른다.

한 달포 정도 된 것 같다. 저녁때였다. 여느 때처럼 아내와 교대하기 위해 매장에 나왔다. 예전과는 동네 분위기가 사뭇 달랐다. 정복 차림의 경찰이 호각으로 "호로로" 소리를 내며 거리를 통제하고 있었다. 한 손에는 지시를 하기 위해 점등된 수신호기를 들고 있었다. 사복차림의 경찰도 있었다. 퇴근할 타임이다. 이면 도로지만 퇴근 차량과 통행하는 사람이 늘어나는 시간대였다. 몇 대의 차량과 여러 사람이 통제되어 있었다. 통제되는 차량은 한 대 두 대 꼬리를 물고 이어지고 있었다.

퇴근 시간 대에 통제해 불편을 가중시킨다고 경찰관에게 볼멘소리로 불만을 늘어놓는 운전자도 있었다.

그럴 즈음 정중동이 있었다. 또또였다. 또또는 몇 대의 승용차가 대각선으로 나란히 잘 주차된 신문사 건물 벽을 스치고 가듯 바짝 붙어 따라가더니 우향우하듯 오른쪽으로 90도 꺾어 길을 건너 합숙소 안쪽으로 들어갔다. 합숙소 건물 주방이 있는 쪽이다.

아무도 또또를 제지하지는 않았다. 경찰이 또또를 통제하지는 않았다는 것이다. 사복 경찰이 요소요소 있었지만 말이다. 시멘트 블록 담에 가려서 또또는 더 이상 보이지 않았다. 평소에 또또가 가곤 했다던 주방을 기웃기웃할 것이라는 생각이 들었다. 그 시간에 김윤옥 여사가 주걱을 들고 식판에 밥을 퍼담을 수도 있고, 아니면 국자로 국을 퍼 담을 수도 있고, 집게로 또또가 아주 좋아하는 생선을 담을 수도 있을 거로 생각했다. 그곳에 김윤옥 여사가 봉사활동을 하러 올 적마다 매번 급식하는 일을 도왔다는 말을 들었다. 김윤옥 여사가 만약 또또를 봤다면 또또에게 '생선 한 토막 정도는 던져 줬을 것'이라고 생각했다.

김윤옥 여사는 합숙소 등에서 하는 자원봉사뿐만 아니라 다문화 시대에 퍼스트레이디로서 한국을 알리는 데 앞장서고 있다.

문화체육관광부가 발행하는 정부 정책 홍보지 'weekly(위클리) 공감' 창간호(3월) 인터뷰에서 "청와대에서 대통령께 쓴소리하는 역할은 제가 하고 있어요"라고 말한 김윤옥 여사는 퍼스트레이디가 돼 첫 번째로 한국을 방문한 일본 총리 하토야마 유키오의 부인 하토야마 미유키와 김치를 담그는 자원봉사를 했다. 김윤옥 여사가 버무린 배춧잎을 일본의 퍼스트레이디 미유키 입에 넣어주는 우정을 과시해 화제가 되기도 했다.

또 김 여사는 미국 방송 CNN에 출연해 잡채와 파전을 손수 만들면서 우리 음식의 뛰어남을 홍보했다고 한다.

동가식서가숙[10] 하는 또또가 암컷으로 보이는 고양이와 쏘다니는 것을 종종 본다. 둘이 함께 쓰레기 더미를 뒤지는 것도 봤다. 둘은 친구라기보다는 잘 어울리는 한 쌍의 연인 같기도 하다. 둘은 입맞춤도 한다. 커플이 분명하다!

어느 날이었다. 한 사람이 부라보콘을 사 갔다. 부라보콘은 깔때기 같기도 하다. 그는 원뿔형인 바닐라 맛 부라보콘을 손에 쥐고 뚜껑을 떼어 낼 수 있는 손잡이를 엄지와 검지로 집고 한 바퀴 돌려 뗐다. 그는 뗀 뚜껑을 점포 앞 화단 옆 구석진 곳에 휙 던져 버렸다.

---

10) 동쪽 집에서 밥먹고 서쪽 집에서 잠잔다.

잠시 뒤였다. 뚜껑에 달콤한 아이스크림이 달라붙어서였는지 또또와 자주 어울려 다니는 고양이가 뚜껑을 핥고 있었다. 대개는 덮개에 아이스크림이 달라붙는다.

그즈음 용케 어떻게 알았는지 또또가 조심스럽게 또또의 여친 암코양이에게로 더 가까이 다가가려는 듯 가느다란 소리로 "야옹, 야옹" 하며 접근을 시도하는 듯했다. 인간들 사회에서도 '수염이 석 자라도 먹어야 양반'이라는 말이 있는데, 그것도 한여름에 시원하고 단맛 나는 먹이 앞에서는 친구고 뭐고 다 어쩔 수 없는 모양이었다.

나들이 갔다 나타난 또또가 접근하려고 기회를 엿보자 암코양이는 덤벼들 것처럼 앙칼지게 "야옹 야옹"이라고 하니 말이다. 또또의 여자 친구가 또또에게 그러는 모습은 처음 봤다. 또또는 생각건대 덮개에 묻은 아이스크림보다는 또또의 여친에게 관심이 있었던 것 같다. 여친은 혹여 핥고 있던 덮개를 빼앗길까 봐 그렇게 또또를 야박하게 대했을 것이다. 또또는 더 가까이 다가가는 것을 단념한 듯 주저하고, 겸연쩍은 양 햇볕에 달구어진 콘크리트 바닥에 얼른 드러누워 좌로 흔들 우로 흔들 흔들바위처럼 몸을 흔들고 있었다.

조금 뒤였다. 부라보콘 덮개를 다 핥은 듯한 또또의 여친이 등을 바닥에 대고 흔들어 대는 또또에게 다가갔다. 기다렸다는 듯이 벌떡 일어난 또또가 여친과 곧장 입을 댔다. 부라보콘의 바닐라 향과 단맛이 남아 있을 듯한 또또의 여친과의 입맞춤이었다. 감미로운 맛이 플러스 알파는 됐을 것으로 생각했다. "단맛이 나겠다." 나와 함께 목격한 사람이 말했다. 그는 이어 "지랄하고 있네"라고도 했다.

또또는 나의 아내나 내가 만들어 주는 것 생선 대가리, 꼬리 등을 끓인 것을 또또의 여친에게 양보하기도 한다. 또또가 맛있게 먹다가도 또또의 여친이 나타나면 여친에게 먹게 하고 또또는 뒤로 물러선다는 것이다. 또또가 여친에게 양보하면 또또의 여친은 또또가 배려한 진수성찬을 허겁지겁 먹곤 한다. 하지만 깜짝깜짝 놀라며 눈치를 살피며 먹는다. 지나가는 차에도 놀라고 지나가는 사람에게 놀라기도 한다.

주차된 승용차는 또또의 여친에게는 엄호물이 되기도 한다. 깜짝깜짝 놀라는 또또의 여친은 안절부절못하고 주차된 차량 밑을 기어들어 갔다 나오기를 반복해서야 겨우 다 먹는다.

아침에 매장에 나오면 또또가 먹이를 달라고 재촉하는 것 때문이긴 한데, 문을 열자마자 생선 대가리 등을 끓여 냉장고에 넣어둔 것을 꺼내 데우기 바쁘다.

때로는 날것을 요리하기도 한다. 요리라고 해 봤자 갖은 양념을 넣는 것도 아니고 지지고 볶는 것도 아니다. 그저 생선 대가리, 꼬리 등을 넣고 물을 부어 끓이는 것이다. 물은 다소 흥건히 부어 끓인다. 또또가 물 대신 먹는 건지 국물을 잘 먹기 때문이다.

매장 안에서 또또가 먹을 먹이가 모락모락 김을 내며 보글보글 끓을 때면 "식사를 준비하느냐?", "냄새가 구수하다"라며 한창 끓고 있는 냄비뚜껑을 열어보는 사람도 있다. 내가 맡아도 구수하다. 그래서 생선 대가리, 꼬리 등을 얻어다 또또에게 준다는 데서 줄곧 미안한 생각이 들곤 하는데 "냄새가 구수하다", "맛있는 냄새가 난다"는 말을 들을 때면 미안한 마음이 조금은 가시기도 한다.

음식은 혀로 신만, 쓴맛, 단맛, 매운맛, 짠맛을 느낀다. 산해진미이면 미각세포인 미뢰가 요동치기도 한다.

하지만 '음식 맛의 70%는 후각으로 느낀다'라는 말을 일부러 강조한다. 또또가 먹을 먹이를 끓일 때 생선비린내만 파다할 법하지만 실은 이와 다르게 자못 구수한 냄새가 진동하니 말이다.

먹을 게 없는 것이 꼬리인데 인간들 사회에서 요즘 아는 사람들은 부쩍 생선 꼬리를 챙긴다고 한다. 물고기가 퍼덕일 때 에너지가 꼬리에서 나오기 때문이라고 한다.

인간 중에는 더러 힘쓰는 것이라면 사족을 못 쓰는 사람이 있는 것 같다. 아니 한국 사람들이 이 방면에 유독 정평이 나 있다고 한다. 곰쓸개, '뱀 사탕' 등 보신이라면 환장하는 사람도 있다. 보신을 위한 동남아 여행으로 망신을 사기도 한다. 개인적 망신은 그렇다 치더라도 국가적 망신이 더 큰 문제인 것 같다.

생선 꼬리가 몸에 무진장 좋다는 가십성 이야기가 퍼지면 또또의 차지가 줄어들지도 모르겠다. 그래서 어느 때일지는 모르나 자연적으로 알려지더라도 애써 광고는 하지 말아야 겠다.

또또를 밖으로 내보낸 지 얼마 지나지 않은 때였다. 또또가 아지트 삼아 놀기도 하고 길 삼아 다니기도 하는 매장 앞 화단에 얼추 여남은 마리 가까이 돼 보이는 참새가 느닷없이 나타나 "짹짹"거리며 부산을 떨고 있었다. 여느 때 볼 수 없었던 생경하기도 한 진풍경이었다. 무슨 일이라도 있는 듯했다. 내가 어렸을 때 5일마다 서는 장터에 부모님을 따라갔던 일이 생각났다. 시장엔 왁자지껄 남녀노소가 인산인해를 이루고 혼잡한 소리가 터져 나왔었다.

화단에는 복분자뿐만 아니라 칸나, 접시꽃 등 열댓 포기식물이 심어져 있었다. 며칠 전부터 백색, 분홍색, 열분홍색, 적색 등의 접시꽃이 피기 시작했다.

더러 가지를 뻗기도 한 접시꽃은 피라미드 같았다. 아래에서 위로 올라가며 매일 한두 송이씩 피는 꽃, 내일 필 꽃, 모레, 글피, 그다음 식으로 가면 갈수록 꽃과 꽃봉오리가 작아져 그 모양이 마치 피라미드처럼 보이는 것이다.

벌새가 날개를 떨 듯이 하는 참새들의 무리는 날개도 발도 그냥 있지 않았다. 짹짹거리며 뛰는 건지 나는 건지 접시꽃에 올랐다가 금세 내려가기를 거듭했다. 자발없이 움직였다. '참새고기를 먹으면 그릇을 깬다', '자라는 여자아이는 참새고기를 먹으면 안 된다'는 속설을 어릴 적에 들었던 기억이 불현듯 떠올랐다.

여남은 마리 가까이가 돼 보이는 새들이 뛰어오르는 새, 나는 새, 펄쩍펄쩍 뜀질하듯 뛰는 새 등 그야말로 제각각 제멋대로였다. 질서라고는 눈곱만큼도 찾을 수 없다. 칸나는 잎이 넓고 미끄러워선지, 복분자 나무는 빼곡히 달린 가시 때문인지 새들이 오르지는 않는 것 같았다.

그중에 무리를 이끄는 참새가 있었다. 어딘지 모르게 명확히 행동이 달라 보였다. 덩치는 되레 작아 보이긴 했지만 분명히 어미인 듯했다. 어미로 보이는 새는 항시 앞서 나갔다. 예컨대 먼저 접시꽃에 오르기도 하고 다시 바닥에 내려오고 또 멀찌감치 가서 "짹짹"거렸다. 따라오라는 신호인 듯한데, 열쭝이들이 따라 주지 않으면 다가갔다. 새끼들과는 사뭇 달랐다. 새끼들은 사시나무 떨듯 떨었지만 어미 새는 떨지 않았다.

참새들은 연이어 사나흘 왔었다. 참새들의 움직임도 매한가지였다. 알을 낳고 한 12일을 품고 부화시켜 성체로 다 키웠지만, 이들은 세상 물정에는 아득히 어두운 열쭝이들이어서 현장학습이 필요했던 것이었다! 독립시키기 위한 전 단계로써 카운트다운에 들어간 듯했다.

화단에는 나팔꽃도 피기 시작했지만, 한낮인지라 아침에만 피는 나팔꽃은 오므라져 있었다. 그 때문에 화단에는 접시꽃만 만개해 있었다.

참새들은 유독 접시꽃만 오르내리기를 반복했다. 앞서도 언급됐지만, 칸나는 잎이 넓은데다 미끄러워 착지에 부적합하고 복분자는 무슨 가시 때문에 꺼릴 것이라고 생각했다.

하지만 벌새라면 몰라도 꽃이 핀 접시꽃에만 오르락내리락하는 것을 보고 참새도 꽃을 좋아하는 건지, 혹여 벌꿀을 좋아하는 것인지, 아니면 향기를 좋아하는 것인지 하는 의문을 품게 했다. 그래서 활짝 핀 접시꽃에 코끝을 대고 맡아 봤다. 그러나 향기는 느낄 수 없었다.

하루에 한 차례씩 사나흘 동안 어미 참새가 열쭝이 참새들을 이끌고 현장학습 할 때마다 또또는 멀찌감치서 드러누워 부산스러운 참새들의 모습을 물끄러미 쳐다보곤 했다. 참새들을 쫓을 만도 했고 장난칠 만도 했건만 그런 기색은 추호도 없었다. 참새의 세상을 간파해 이해하려 하는가 싶었지만, 그보다는 동물의 본능이라고 할까. 증식, 번식, 번영을 동경하는 듯했다. 독자 생활을 하는 자신과 대비시켜 보는 듯했다.

예사롭지 않은 또또의 행동에 페스탈로치가 했다는 말이 생각났다. "자녀를 바라보는 즐거움이 사람의 가장 큰 즐거움이다." 미물인 또또인들 다르겠느냐고 생각해 봤다.

4장

또또의
과외
학습

조충국전(趙充國傳)에 등장하는 말이 있다. 전한의 선황제가 적을 토벌하는 데 필요한 병력의 숫자를 신하인 조충국에게 묻자 그는 "백 번 듣는 것이 한 번 보는 것만 못하(백문불여일견)니 현지를 답사하고 아뢰겠습니다"라고 말한 데서 '백문불여일견'이 유래됐다고 한다. 현장을 중시하는 '백문불여일견'이라는 말처럼 참새들이 오감 체험을 위한 '현장학습'을 하고 약속이라도 한 양 한꺼번에 죄다 날아갔다.

　　백주 대낮이건만 고요하기가 폐장된 5일장 뒤끝 같았다. 삶을 배양한 참새들이 떠난 뒤 정말로 조용하기가 그지없었다. 또또가 만감이 교차하는 것 같았다.

　　콘크리트 바닥 위에 또또가 뒹굴고 있을 때였다. 참새들이 날아간 뒤 뒹구는 모습은 달라 보였다. 애잔하고 쓸쓸해 보였다.

　　그때 또또가 뒤꽁무니를 따라다니다시피 하는 다리, 가슴, 배 부분에만 약간 흰색이 있는 검은 고양이가 또또에게로 다가갔다. 또또가 좋아하는 또또의 여친 암코양이였다.

　　천적이 없는 야생고양이들의 개체수가 늘고 있다는 보도가 있다.

야생고양이의 개체수 증가로 균형을 유지해야 하는 생태계에 교란이 우려된다는 뉴스였다. 뉴스를 접하고 불현듯 '그물망이라도 쳐서 야생 고양이를 포획하는 것은 아닌가' 하고 걱정을 했다.

인간은 자기들 생존만을 생각하는 상당히 이기적인 면이 강하다. 지구가 어디 인간만을 위한 땅덩어리인가.

한편으로는 걱정을 덜었다. '동물을 사랑하는 단체', '환경단체' 등이 있기 때문이다. 이들은 동식물과 자연의 편에 서서 지구환경을 지키려 노력한다.

고백성사를 할 게 하나 있다. 기실은 나도 또또를 알고부터 고양이를 부정적으로 보는 편견이 긍정적으로 바뀌었다. 다시 말하면 이전엔 인간만을 위한 이기적인 면이 남 못지않았는데, 고양이를 보면 볼기를 찰 정도였다. 이젠 달라져도 너무 달라져 천지개벽이 아닐 수 없다.

뉴스가 말해주듯 여기 주변도 별반 차이가 없는 듯 뭇 고양이들이 다닌다. 또또가 유독 한 고양이하고만 돈독하고 유대를 쌓는 것 같다.

또또처럼 암수 두 마리가 단짝이 되어 어울려 다니는 고양이는 보지 못했다. 커플이 된 것이다. 새끼 고양이를 데리고 다니는 고양이는 본다.

'또또와 단짝이 돼 어울려 다니는 고양이는 또또보다 나이가 많아 보인다. 하지만 나이가 뭐 대수겠냐'고 생각했다. 인간들 세상에서도 연상의 신부가 문제가 되지 않는 것처럼 말이다.

요컨대 또또가 잘 어울려 다니는 여친이 커플 이전에 스승이 됐으면 좋겠다.

또또가 여친에게서 제대로 된 멘토링을 받았으면 좋겠다. 엄혹한 바깥세상을 헤쳐나가는 방법들을 많이 전수받았으면 더할 나위 없을 것이다.

또또가 암고양이를 따라다니는 것을 보노라면 그는 가정교사이고 또또는 학생으로서 실습하는 것이라고 생각하곤 한다. 인간들 사회에서 과외 학습이 문제가 되곤 하는데, 또또는 그러한 어떤 제약도 없다. 인간들 사회에서는 공교육은 외면한 채 사교육 열풍에 휩싸여 학생을 둔 학부모 서민들의 허리는 더욱 더 휘고 있다. 공교육만큼이나 의무화되다시피 한 사교육을 강 건너 불구경하듯 그냥 보고만 있을 수 없는 게 현실이다. 그래서 서민들 중에는 허리가 휘기도 한다. 레버리지 효과[11]를 얻으려고 하는 것이기도 할 것이다.

1980년의 일이다. 당시 '국가보위비상대책위원회'는 '교육 정상화 및 과열 과외 최소방안'이라는 기치 아래 열풍이 불던 과외에 철퇴를 내렸다. 과외는 20여 년간 수면 아래에 있었다. 하지만 과외는 다시 2000년 들어 수면 위로 부상해 활개치기 시작했다. '부모의 자녀에 대한 교육권은 모든 인간이 누리는 불가침의 인권'이라고 헌법재판소가 판단하면서부터다.

---

11) 지렛대 효과

2008년 현재 사교육 시장의 규모는 20.9조 원이라고 한다. 생각해 봤다. 만약 헌법재판소가 그런 선언을 안 했더라면 괜찮지 않았겠느냐고 말이다. "사교육비 경감을 위해 고액 탈법 불법 학원에 대한 단속을 강화하겠다"라는 정운찬 국무총리의 말에서도 지금의 사교육 시장 상황을 잘 말해주는 것 같다.

제 새끼 사랑은 거기서 거기라고 하겠지만 인간들은 자녀교육이라면 어쩔 수 없는 것인지 궂은일도 마다하지 않는다. 자녀 교육비 때문에 허리가 휘어도 괜찮은 듯 물불 가리지 않는 게 특이한 것 같다. 이런 특이성이 상승효과를 일으키는 주요인이라고 생각해 봤다.

레버리지는 '차입금, 사채 등의 고정적 지출과 기계 설비 등의 고정비용이 기업경영에서 지렛대처럼 중심적 작용을 하는 일'을 의미한다. 자녀교육이라면 물불 안 가리는 서민들의 노역이야말로 참말로 레버리지의 중추라고 할 수 있겠다. 그래서 개인의 레버리지효과를 생각하지 않을 수가 없다. 레버리지효과인 '타인자본을 이용한 자기자본 이익률의 상승효과. 타인으로부터 빌린 차입금을 지렛대로 삼아 자기 자본 이익률을 높이는 것'을 극대화할 필요가 있을 것이다.

궂은일 가리지 않고 돈을 벌어 자식에게 투자하는 것은 시간을 투자하는 것이고 시간은 곧 타인자본이라고 생각해 봤다.

그러나 적어도 노다지는 아니어도 기회비용은 벌어야 하지만 매몰비용이 되고 말기도 한다. 오직 외길 투자가 매몰 비용이 돼 버려 정작 자신들의 미래(노후)를 담보하지 못하는 경우도 있다. 전문가들은 이런 지각없는 행동을 하는 사람들을 지적하기도 한다.

조금 전 말했지만 인간들 사회에선 과외 학습이 문제가 되곤 하는데, 또또는 그러한 어떤 제약도 없다. 그러므로 유대를 쌓으면서 잘 어울려 다니는 또또의 여친에게서 제대로 된 멘토링을 받아 세상 사는 방법을 많이 터득했으면 참 좋겠다. 바깥세상을 잘 알아야 제대로 살 수 있다. 멘토링은 멘토에서 발전한 거라는데 멘토는 그리스 신화에서 유래됐다고 한다. 그리스어로는 '멘토르'라고 한다. 멘토는 조언자, 선구자, 스승 등의 뜻이 담겨 있다고 한다.

이타카 왕국, 오디세우스 왕의 아들 텔레마코스가 나약하기가 그야말로 짝이 없었다고 한다.

그의 부왕 오디세우스는 전쟁이 발발하자 참전하기에 앞서 나약한 왕자를 용기 있고 지혜와 현명한 사람으로 만들기 위해 왕자의 가정교사로 멘토라는 사람을 지목했다고 한다.

그 뒤 선생님 멘토에게서 학습한 텔레마코스가 훌륭한 사람으로 성장하게 돼 그의 선생님 멘토는 유명하게 됐고 '지혜와 신뢰로 한 사람의 인생을 이끌어 주는 지도자'라는 의미로 멘토라는 말이 쓰인다고 한다.

인간사회에서 '멘토', '멘토링'이 부쩍 주목받고 있다. 멘토링 컨설팅도 있고, 멘토링 강좌도 있고, 멘토링에 관한 서적도 봇물 터지듯 쏟아져 나오고 있다.

또또가 그들 세계에서 주도권을 잡기 위해서는 다이너미즘(역본설)

이 절대적으로 필요할 것이다. 이에 지렛대가 멘토링일 것이고 공자의 말처럼 '지배하기를 원하면 복종을 배워야' 한다. 인간들 세상에 노마십가(駑馬十駕)라는 사자성어가 있다. '재능이 없는 사람도 꾸준히 노력하면 능력이 뛰어난 사람을 충분히 따라잡을 수 있다'는 뜻을 가진 말이다. 노마는 걸음이 느린 말을 일컫는다. 또또는 눈치도 빠르고 영리하고 또 빠르기도 해서 누구에게도 결코 뒤지질 않을 것이다. 슬쩍슬쩍 눈썰미 있게 재치 있게 행동해야 한다. 반복해 말하는데 또또의 여친을 계속 주시했으면 한다. 멘토하고는 사뭇 다르게 말이다.

욕심은 '한도 끝도 없다'는데, 조금 더 욕심을 부리자면 커리큘럼[12] 계획이 긴요하다.

이제는 또또가 살아가야 하는 도시라는 게 전적으로 인간들 위주로 돼 있다. 인간이 자기들만을 위해 만들었다는 것이다.

본디 우주 만물은 서로 공유하고 공생해야 하는 것이지만 정작 인간들은 자기들만을 위하는 이기심이 너무 강하다.

바로 앞에서 노마십가라는 말을 하면서 또또가 '눈치 빠르고', '영리하고', '빠르기도 하다'고 했는데, 자만과 맹신은 절대 금물이다.

뭇 동물 중에는 빠른 것도 있고 느린 것도 있다. 지능이 높은 것도 있고, 낮은 것도 있다. 행동이 민첩한 것이든 느린 것이든 지능이 높은

---

12) 교육과정

것이든 낮은 것이든 천년만년 자자손손 이어지고 있는 게 불문율이라고 해야 할 것이다. 모두가 그 나름대로 삶의 방식이 있고 부단한 노력이 있었기 때문에 지금까지 이어져 왔고 앞으로도 영원히 이어갈 것이다. 하지만 멸종위기 동물로 이미 지정된 바 있는 나무늘보 같은 경우에는 느린 행동 때문에 멸종되는 동물이 될지도 모른다.

나름대로의 삶의 방식이라는 것은 예컨대 '이솝우화'에 나오는 토끼와 거북이의 우화를 생각해 볼 수 있다. 토끼를 이긴 거북이의 꾸준한 노력은 배울 만하다.

거북이는 느림보의 대명사지만 물속에서 유영하는 속도는 수영선수보다 무려 4배나 빠른 시속 35킬로미터 이상 된다고 한다. 정말 놀랍지 않은가.

고양이들은 빠른 동물이다. 빠른 것만으로는 이 세상을 살아갈 수 없다고 본다. 인간들이 하는 경기 중에 100미터 달리기와 42.195킬로미터를 달리는 마라톤이 있다.

비호처럼 빨리 달릴 수 있는 또또가 "겨우 그거야!"라고 말할지 모르겠지만 인류 역사 이래 100미터 달리기 최고 기록은 9.58초이다. 42.195킬로미터 마라톤 최고 기록은 2시간 3분 59초이다. 자메이카의 '인간 탄환' 우사인 볼트가 100미터 달리기 기록을 세웠고, 에티오피아의 하일레 게브레셀라시에가 마라톤 기록을 세웠다.

두 선수를 놓고 봤을 때 볼트 선수는 100미터를 약 9초에 달렸고 하일레 게브르셀라시에는 100미터를 평균 약 17초에 달린 셈이다. 100미터를 달린 속도가 현저히 다르다. 거의 곱 차이가 난다. 100미터 선수가 뛰는 속도로 42.195킬로미터를 뛸 수는 없는 것이다.

100미터 단거리는 앞만 보고 달려야 한다. 옆을 볼 겨를이 없다. 반면에 마라톤은 옆도 보고 뒤를 돌아볼 여유가 있다. 달리면서 길옆 컵에 담긴 물을 마시기도 한다.

그래선지 인생을 마라톤에 비유하기도 한다. 인생은 마라톤처럼 전진해야 하지만 앞도 보고 옆도 보고 뒤돌아보고 휴식도 필요하기 때문인 듯하다. 컵에 담긴 물을 오아시스라고 하고 휴식이라고 하면 어떨까.

또또는 성향 상 100미터 선수라고 하면 딱 들어맞겠다. 그리고 마라토너가 돼 앞도 보고 옆도 보고 뒤도 보고 차근차근 하나씩 배워가며 전진하면 참 좋겠다.

또또가 처한 위치는 출발선을 기준으로 했을 때 대단히 뒤처져 있다고 할 것이다. 또또의 여친과 비교해도 그렇고, 뭇 야생고양이와 비교해서도 그렇다.

이탈리아 통계학자 지니는 경제적 불평등을 추정하는 지니계수를 고안해 냈다. 예를 들면 '상위층과 하위층을 대상으로 소득과 지출을 비교 분석해 그 수치가 0에 이르면 절대 평등이라고 했고 100에 이르면 절대 불평등이라고 했다'고 한다.

인간의 행복지수는 GDP나 GNP 즉 국내총생산이나 국민총생산 등과는 무관한 것 같다. 다시 말하면 과학이 발전해 문명이 발달하면 편리할 뿐이지 행복 지수와는 무관하다고 할 수 있겠다.

예컨대 세계에서 GDP가 가장 낮은 나라가 행복 지수는 가장 높게 나타났다는 것이다. 단적인 예로 영국 '신경제 재단'이 세계 178개국을 대상으로 행복 지수를 산출한 결과, 멜라네시아 군도의 아주 작은 섬나라인 바누아투가 1위로 뽑혔다. 한국은 102위였다.

바누아투는 인구 22만 명으로, 2005년 전체 GDP 순위 174위를 차지했다고 한다. 바누아투는 1980년에 영국과 프랑스로부터 독립한 30년도 안 된 신흥국가다. 바누아투라는 나라는 인간들의 행복 지수만 높은 게 아니라 미물들이나 또또같은 반려동물의 행복 지수도 높을 것만 같다.

인간들의 행복 지수도 중요하지만 고양이들과 같은 동물들도 절대적으로 행복을 추구할 권리, 보편적 가치가 수반돼야 할 것이다. 동물들에게 배려는 아주 사소한 편린에 불과한 것 같다.

인간들은 자기들을 위해 편리를 도모한다고 보면 맞을 것이다. 빌딩들이 즐비한 도시의 지표면은 시멘트 아니면 아스팔트로 포장돼 있다. 날이 가고 달이 가고 해가 갈수록 그 범위는 원을 그리며 넓어지고 있다. 여기서 파생되는 피해는 만만치 않다.

예를 들면 삼복더위에 온도 상승효과를 가져오는 요인이 되기도 하고, 수해의 원인이 되기도 한다. 지표면 속으로 흡수돼야 할 물이 스머들지 못하고 갑자기 불어나 수해가 발생하기도 한다. 이것을 간파한 인간들은 공원 산책로, 보도 등을 물이 잘 스며드는 재질로 포장해 놓기도 한다. 2009년에 파이낸셜타임스는 이 세상에서 가장 살기 좋은 도시로 스위스 취리히를 선정했다고 한다.

대한민국 산천을 금수강산이라고 한다. 수놓은 비단처럼 아름답다는 뜻인데 우리나라는 가는 곳마다 산이 있고 강이 있다. 물이 많은 나라였다.

하지만 금수강산이라는 말이 무색하게 세계보건기구(WHO)가 한국을 물 부족 국가로 지정한 지 오래됐다. 인간들이 자초한 것이다.

반세기 전 서울만 해도 펌프식 우물이 많았다. 70년대가 되기 전에 서울에 온 적이 있다. 촌놈이 서울 구경을 처음 한 것인데, 지금도 몇 가지는 기억이 생생하다. 그 가운데 하나가 펌프식 우물이었다. 몇 집 건너 한 집은 펌프식 우물이 있었지 않나 싶다.

우리나라가 물 부족 국가로 지정된 데는 기후변화도 한몫하지만 무자비하게 자연이 파괴되는 게 문제였다고 한다. 바로 앞에서 비슷한 말을 했지만 요즘 신도시가 생겨나고 하는데 신도시가 조성되면 시멘트, 아스팔트로 땅을 덮어 스며들어야 할 물을 차단해 지하수의 전체적인 양이 준다는 것이다. 농촌에 산재해 있는 비닐하우스도 물이 흡수되는 것을 방해한다고 한다.

앞서 동물에 대한 배려가 편린에 불과하다고 한 바 있다. 고속도로, 고속도로나 국도 등을 건설할 때 동물이나 파충류가 오갈 수 있는 다리를 낸다고는 하지만 숫자가 얼마 안 된다.

설치해 놨다고 해도 미비점이 곳곳에서 드러나고 있다. 두꺼비는 산란철에 산란하기 위해 산으로 기어 올라가야 하는데 그게 쉬운 일이 아니다. 두꺼비들이 못과 산의 장벽인 도로를 횡단하다 차량에 치여 죽었다는 보도가 있었다. 동물들이 오갈 수 있는 통로가 있긴 있으나 미흡해 제 역할을 못 하는 것이다.

도시에는 그마저도 없다. 도로 건설은 몇 차선의 길을 내는 것이고, 도시 건설은 도시 전체를 온통 파헤쳐 개발하는 것이다. 그러기에 미물들이 살아 숨쉴 수 있는 공간은 일정 부분 있어야 하는 게 아니냐는 것이다.

고양이들만 해도 물론 동가식서가숙 하는 것이고, 비나 눈이 올 때면 으레 알땅에서 운신해야 하는 것이지만 마땅히 대피할 만한 데가 없다는 것이다. 길고양이들이 차량 밑에 숨어 비가 그치기만을 기다리는 것을 가끔 본다.

물은 생명이라고 한다. 인간들 인체는 물 70%로 구성돼 있다. 또또에게도 체내에 있는 물이 70%가 되지 않나 싶다. 체내의 물이 70%라는 것은 물이 그만큼 중요하고 생명을 좌우하는 주요인이 된다.

인류가 달에 첫발을 내디딘 지 40년이 넘었다. 그동안 인류는 탐사를 진행해 왔다. 핵심 관심사는 물이었다. 물이 있으면 생명체가 있으리라고 보는 것이다.

미국의 나사는 최근 달에서 상당량의 물을 발견했다고 발표했다. 지금까지 달 탐사에서 최대의 개가를 올린 것이라며 흥분하고 있다.

그래서 달에 인간들의 '영구 기지'를 건설하는 데 힘을 얻는 모양인데, 도시에서 또또가 물을 어디서 어떻게 먹는지 꽤 궁금하다. 또또가 나의 아내나 내가 주는 물로도 충분한 수분 섭취가 가능하다고 할 수 있지만 아무리 둘러봐도 물 먹을 데는 보이지 않는다.

혹여 하수구에 들어가 먹어서는 안 되는 오염된 더러운 물을 먹는가도 싶지만, 하수구 입구는 맨홀뚜껑으로 철저히 가려져 있으니 그 것도 아닌가 한다. 아직 베일에 가린 수수께끼다.

어쩌다 해외 토픽에서 동물을 보호하는 단체 관계자들이 나체를 모피로 가리고 시위나 퍼포먼스를 하는 것을 볼 때가 있다. 여우, 밍크 모피 등 패션 산업에 희생되는 동물들을 보호하자는 차원에서 하는 것이다. 그린피스가 고래, 참치 등을 포획하는 것을 반대하는 시위를 벌이기도 한다. 하지만 도심 속에서 사는 미물 등을 보호해야 한다는 메시지는 없다.

등하불명이라고 도심에서 힘겹게 살아가는 고양이들이 왜 눈에 띄지 않는 건지 모르겠다. 아니면 고양이 모피로 의류를 만들지 않기 때문인지도 모르겠지만 영향력 있는 그린피스 등이 도심 속의 고양이를 보호해야 한다는 퍼포먼스를 한번 해 줬으면 참 좋겠다. 고속도로에 동물이 오갈 수 있는 통로를 만들 듯 도심에도 그렇게 해야 한다는 퍼포먼스를 벌일 필요가 있다.

2009년 11월 그린피스 사무총장에 아프리카 출신이 최초로 임명돼 화제라고 한다.

그린피스 사무총장에 임명된 남아프리카공화국 출신의 구미 나이두는 기자 회견에서 "그린피스 현안인 고래와 산림보호, 핵실험 및 유독 폐기물 투기 방지 등에 대해 깊이 연구하겠다"라고 말했다.

그러나 구미 나이두 역시 도심 속의 미물에 관한 언급은 하지 않았다. 다만 그의 기자 회견 내용 중 '산림보호'는 눈에 띈다.

인류 중에는 원시인처럼 살아가는 종족이 있다고 하는데 그들은 대부분 자연과 함께 밀림에서 산다고 한다. 특히 아마존 밀림 지역의 야노마미족은 벌거벗은 채 밀림에서 살아가는 방식이 원시 그대로라고 한다. 그들 속에 그들과 공존하며 유기적으로 평화롭게 살아가는 또또와 같은 미물들이 있을 것이기 때문에 '산림보호'라는 말이 눈에 띈다는 것이다.

그런데 그들의 삶을 위협하는 사람들이 있다고 한다. 외지인들의 무분별한 금 채굴과 벌목 등으로 야노마미족의 생존을 위협하고 있다는 것이다. 이런 터에 그린피스 사무총장에 기용된 구미 나이두의 '산림보호'에 대한 역할이 기대된다.

동아일보에 의하면 야노마미족의 주술사 다비 코페나와는 "야노마미는 지금 시들고 있소. 정치와 바이러스가 우릴 죽이고 있소. 하지만 명심하시오. 우리의 죽음은 자연이, 이 세상이 무너진단 뜻이오. 그대가는 결국 당신네가 짊어질 것이오”라고 말했다. 자연에서 사는 그들이 문명에 밀려 위태로운 것과 자유롭게 살아가야 할 미물들의 버거운 일상을 함께 생각해 본다. 인간들에게 밀린 미물들의 미래가 불투명하게 느껴지기도 한다. 미물들의 행복을 말하는 것이다. 단적인 예를 들어 보자. 고양이의 수명이 15년이라고 한다. 하지만 도시 길고양이들의 평균 수명은 3년밖에 안 된다는 데서도 암울한 미래를 예상케 한다.

그래서 창덕궁의 사례에서 교훈을 얻었으면 한다. 창덕궁은 서울에 있다. 창덕궁은 조선시대 3대 임금인 태종이 창건했다.

유네스코에 등재되기도 한 창덕궁은 아주 아름답고 가장 한국적인 정원이라는 평을 듣는다. 옛날에는 창덕궁이 북악산, 인왕산, 북한산 등으로 연결된 하나의 숲이었으나 지금은 도로로 말미암아 단절되어 덩그러니 있는 섬과 같다.

그런데도 창덕궁은 우리가 생각하고 있는 것 이상으로 동물들에겐 낙원이다. 여러 동물들이 드나들기도 하고 터를 잡아 살기도 한다. 금실 좋다는 원앙이 터를 잡고 살기도 하고, 높고 탁 트인 절벽에서 서식한다는 수리부엉이가 야간에 이곳에 나타나 하늘을 호령한다고 한다. 수리부엉이는 천연기념물 324호이다. 수리부엉이가 밤에 하늘을 호령하는 반면에 낮에는 참매가 하늘을 주름잡는다고 한다.

새끼를 잡아 길들여 사냥하게 하는 매를 보라매라고도 하는데, 보라매는 공군의 상징이기도 하다.

북한산, 인왕산, 북악산 등으로부터 단절된 창덕궁은 날아다니는 새뿐만 아니라 놀랍게도 네발 달린 산짐승의 터전이기도 하다. 고양이들도 마찬가지일 것으로 보인다.

다람쥐, 청설모 등 덩치 작은 것은 말할 것도 없고 무게가 100kg이 훨씬 넘는 덩치 큰 멧돼지까지도 드나들고 있다. 한편 너구리는 창덕궁에 나타나 아예 삶의 터전으로 삼았는지 새끼까지 출산한 적이 있다고 한다.

그러나 멧돼지는 출현했다 사살되기도 했다. 시민의 안전상 어쩔 수 없이 사살한 것이다. 그런데 중요하고 궁금한 것은 단절된 창덕궁에 덩치 큰 동물들이 어떻게 드나들 수 있느냐는 것인데, 해답은 하수관을 통한 이동이었다.

하수관은 원래 물 흐름을 위한 시설이지만 동물들은 이동할 수 있는 길로 이용하고 있는 것이다.

물이 흐를 수 있는 통로가 인간들에게 많은 메시지를 주는 것 같다.

그래서 또또와 같은 동물들이 자유롭게 살 수 있도록 터널 망을 구축했으면 한다. 도시에서 말이다. 예컨대 또또와 같은 미물들이 영등포에서 한강으로도 갈 수 있게 하자는 것이다. 아니 한강은 아니어도 지하 통로를 통해 이 도로에서 저 도로로 이동할 수 있게 했으면 좋겠다.

도로로 분리돼 섬처럼 돼버린 창덕궁 많은 것을 다시 한 번 생각하게 한다. 창덕궁을 보고 경험하듯 계기가 됐으면 좋겠다. 그리고 우리나라가 미물들을 위한 세계적인 롤모델이 됐으면 참 좋겠다. 우리나라가 한국전쟁의 폐허를 딛고 일어선 '새마을 운동'이 세계적으로 롤모델이 되듯이 말이다.

새마을 운동은 이미 아시아의 표본이 된 지 오래됐고, 지금은 개척지 아프리카에서도 많은 관심을 갖는다고 한다. 지금도 마찬가지이지만 새마을 운동의 궤적을 보건대 미물들에 대한 배려는 인색했다.

1970년도부터 시작한 새마을 운동은 근면, 자조, 협동을 바탕으로 한 범국민 국가발전 운동이다. 새마을 운동은 특히 낙후한 농촌 재건을 전제목표로 한 것이다.

일제강점기, 한국전쟁을 겪으면서 찌들고 찌든 농촌이 새마을 운동을 통해 무진장 발전했다. 따라서 도시도 농촌 못지않게 변화됐다. 사람들의 경제력이 향상되고 큰 변화가 일었다.

하지만 성장 동력만 바라봤다. 환경보존은 뒷전이었다. 단적인 예로 성장 동력의 '동맥'이었던 경부고속도로만 해도 동물들에 대한 배려는 없었다.

그래서 우리가 미처 대처하지 못한 부분은 보완해 새마을 운동을 수출했으면 한다는 것이다.

"기브 미 초콜릿"이라고 외치며 수혜국이었던 우리나라가 이제는 당당히 자원공여국이 됐다. 우리나라는 36년 동안이나 나라를 빼앗기고 주림을 당했다. 해방된 지 불과 몇 년 뒤 한국전쟁을 겪었다. 1960년대만 해도 최빈국이었던 우리나라가 2009년 11월 25일 '경제협력기구 (OECD)'의 '개발원조위원회(DAC)'에 가입했다. 최빈국 수혜국이 자원공여국이 되기는 사상 유례가 없는 일이라고 한다.

육교, 아치형 무지개다리 등이 있다. 지하도도 있다. 지금도 끊임없이 사통오달 교통 인프라 구축에 따른 건설은 이어지고 있다. 기존 다리 등에 눈요깃감으로 형형색색의 불빛이 반짝이게 리모델링 되기도 한다.

게다가 요즘은 부쩍 '저탄소', '저탄소' 하며 '녹색운동' 일환으로 자전거 도로 건설에 열을 올리고 있다. 한강 밑으로 다니는 전철도 있다.

인간만을 위한 향유는 대단하다. 인간들의 향유를 위해 지구를 리모델링하고 있다.

자전거 도로 건설은 장차 문제가 되는 오존층 파괴를 억제하는 것이기도 한데, 그 파급효과가 또또와 같은 미물들에게도 일익이 되겠지만 어딜 봐도 인간들 외에 동식물을 위한다는 것은 하나도 없다.

성장 일변도로 달려온 우리나라가 이제는 우뚝 서 OECD에도 당당히 가입했을 뿐만 아니라 받기만 했던 수혜국에서 주는 공여국으로 성장한 만큼 그래서 내친김에 '이 세상의 모든 생물은 존재할 이유가 있다'라는 기치 아래 미물 배려에 대한 선두주자가 됐으면 한다. 참 좋은 기회를 맞았다고 생각한다.

2012년 제주에서 '환경올림픽'이라고 하는 '세계자연보전총회(WCC)'

가 열리기 때문이다. 환경올림픽에서 '세계자연보호연맹(IUCN)' 회원들이 모여 기후변화의 대응, 자연생태계 보전 등 당면한 현안들에 관한 난상토론을 벌인다고 한다.

그래서 '새마을 운동', '한강의 기적' 등의 발전상이 세계의 롤모델이 돼 가는 지금, 지난 우리의 경험을 바탕으로 목소리를 한껏 높였으면 한다. 요컨대 무분별한 개발에 따라 미물들에 대한 보호 대책은 소홀히 했으니 이제라도 달라져야 한다.

내가 어렸을 때의 일이다. 당시엔 농약 없이 농사를 지었다. 그리고 농약 없이도 농사를 잘 지을 수 있었다.

그때가 '이 세상 모든 생물은 존재할 이유가 있다'라는 말과 잘 부합하는 것 같다. 많은 생물들이 인간에게 이익을 준다. 예컨대 무당벌레는 진딧물을 먹어 치워 도움을 준다. 우렁이, 개구리 등도 농사에 도움이 된다. 하지만 무분별한 농약 살포로 개체수가 현저히 줄고 있다. 일부 개구리 종류, 맹꽁이 등은 멸종위기에 놓인 동물이라고 한다. 모기의 유충인 장구벌레를 하루에 1,000마리씩 잡아먹는 미꾸라지도 논에 흔했지만 요즘은 눈에 잘 띄지 않는다.

지방질이 적어 다이어트 식품으로 주목받고 또 스태미나 식품으로 주목받는 미꾸라지가 인간들에게 주는 혜택은 이만저만이 아닌 것 같다. 역으로 말해 보자. 모기는 한 해에 약 150만 명을 사망에 이르게 한다. 1881년에 착공한 파나마 운하 건설을 보자. 모기에 물린 노동자가 황열과 말라리아에 걸려 1,200여 명이 죽고 결국엔 공사가 중단되기도 했다고 한다.

또 대제국을 건설하고 호령했던 알렉산더대왕도 모기를 매개로 말라리아에 감염돼 사망에 이르게 됐다고 한다.

내가 어렸을 적 뒷동산을 올라가다 쐐기에 쏘여 가렵고 따가워 고통을 겪은 기억이 생생하다. 보도에 의하면, 우리나라에는 살고 있지 않는 동물이지만 어떤 원숭이는 우리가 삼겹살을 상추에 싸 먹듯 쐐기를 나뭇잎에 싸 먹는다고 한다. 산을 오르는 사람들이 쐐기에 쏘이지 않도록 새들이 해충을 잡아먹어 좋은데 원숭이도 비슷한 역할을 하는 것 같다.

내가 초등학교에 다닐 때의 일이다. 당시에 쥐꼬리 모아오기 운동이 있었다. 한국전쟁이 끝난 지 얼마 안 됐고, 가난에 헐벗고 굶주리던 시대였다. 전쟁 뒤에 일기 시작한다는 베이비붐 시기였다.

가뜩이나 어려운 시기에 많은 아이들이 태어났다. 인구가 많아지자 의식주 중에 가장 큰 문제는 식량난이었을 것이다. 그야말로 당시는 보릿고개 시대였다.

보릿고개일뿐더러 가을에도 뭇 곡식들의 바심을 재촉했었다.

덜 여문 벼로 찐쌀 밥을 지어 정성스레 윗목에 차려놓고 고마움을 표시하는 것을 보곤 했는데, 가을 '보릿고개'의 한 단면이었을 것이다. 나의 아버지, 어머니는 풍속화처럼 굳어지고 연례적으로 이어져 왔던 이런 행사를 20여 년 전까지만 해도 가을이면 풋바심으로 밥을 지어 치렀다고 한다.

바심이 팽배했던 시대에 또또의 조상들일 수도 있는 들고양이들도 인간들의 식량 절약 운동에 동참한 것이라고 말할 수 있겠다.

인간들이 마구잡이식으로 개발하고 벌목해 '지구의 허파'라고 하는 숲과 밀림은 줄어들고 반대로 사막은 늘고 있다.

인류가 자초하는 지구 온난화로 남극, 북극의 빙하가 녹고 아프리카의 만년설이라고 하는 킬리만자로의 만년설이 머잖아 녹아 사라지고 말 것이라고 한다. 물이 돼가는 빙하나 만년설은 해수면을 높여 낮은 섬들이 수몰되는 위기에 처해 있다.

휴가철이 되면 우리나라 사람들이 더러 가는 투발루, 몰디브, 방글라데시 등은 폭삭 물에 잠길 것이라고 한다. 약 7,000개 섬으로 이뤄진 필리핀도 반 이상의 섬이 물에 잠길 것이라는 예측도 있다. 또한 유네스코 세계문화유산으로 지정된 이탈리아 베네치아는 100개가 넘는 섬들을 띠로 잇듯 400개의 다리를 놓아 '인간이 만든 가장 아름다운 도시'라고 한다는데, 이곳도 물에 잠겨 완전히 사라질지도 모른다고 한다.

미국 대통령 버락 오바마가 쓴 '담대한 희망'(홍수원 번역, 랜덤하우스 출판)이 있다. 어린 시절을 인도네시아에서 보냈다는 오바마는 '담대한 희망'의 제8장 '국경 너머의 세계'에서 '인도네시아는 열대 기후에 속한다. 과거 열대 우림 지대에는 오랑우탄과 수마트라호랑이 같은 특이한 야생 동물이 많이 살았다. 지금은 이런 열대 우림이 벌목과 채광, 쌀, 차, 커피, 야자 같은 작물 재배에 밀려 급속하게 줄어들고 있다. 서식지인 열대 우림 지대가 사라지면서 오랑우탄은 현재 멸종위기에 놓여있고 수마트라호랑이도 야생 상태로는 고작 몇 백 마리 정도만 남아 있을 뿐이다.'라고 썼다.

이렇듯 인간이 만든 재앙이 헐떡이듯 숨가쁘게 진행 중인데도 정작 저탄소 배출은 경제 성장둔화로 이어진다는 이유로 소극적인데, 인간은 너무 이해타산적인 것 같다.

강대국들은 서로 밀고 당기고 돈키호테형 같기도 하다. 예컨대 '탄소 배출량 제한 한도'를 놓고만 봐도 그렇다. 주도권을 잡으려고 싸우고 있다. 단적인 예로, 2009년 11월 미국 대통령 오바마가 중국에 갔었다. 일본과 중국을 거쳐 한국을 방문하는 중간 기점이었다. 오바마는 원자바오 중국 총리와 정상 회담을 했다. G2(주요 2개국) 회담이었다.

세계 최대 채권국인 중국의 원자바오 총리는 정상 회담에서 "책임지되 각국의 사정에 따라 달리하고 선진국이 솔선수범한다." "중국은 개발도상국으로서 이번 감축 목표가 최선이다"라고 말했다고 한다. 세계 최대 채무국이라는 미국의 견해와는 다르다는 것이다.

'하나뿐인 지구를 살리자'라는 방안에 대해 견해를 달리하는 마당에 미국항공우주국(나사) 우주연구소장이며 기후학자인 제임스 한센은 영국 일간지 가디언과의 인터뷰에서 "온난화는 링컨이 직면했던 노예제도 문제나 윈스턴 처칠이 직면했던 나치즘의 문제와 유사한 것"이라며 "타협점을 찾아 노예제도를 50% 혹은 40% 줄이라고 할 수는 없지 않은가?"라고 말했다고 한다.

언론에 보도된 바에 의하면 2006년 중국의 탄소 배출량은 60억 2,000만 톤, 미국의 탄소 배출량은 59억 톤이었다고 한다. 2008년 중국과 미국의 탄소 배출량 비교는 각각 68억 1,000만 톤과 63억 7,000만 톤이었다고 한다. 이 두 나라가 배출하는 탄소 배출량은 전 세계가 배출하는 292억 톤의 40.8%를 점한다고 한다.

G2(주요 2개국) 간에 마키아벨리즘[13]이 팽배한 것 같다.

여의도에서 경인고속도로로 직선으로 이어지는 도로, 여의도에서 신월 나들목까지인가를 지하 도로화한다고 한다.

기존 도로는 차선을 줄이고 자전거 도로화, 공원화한다는 것이다. 이렇듯 인간들은 짓고 부수고 짓기를 반복하며 탄소를 방출하고 있다.

부수고 개발하는 것은 인간들이 보편적 가치를 추구하는 일환으로 이해되지만 미물에게는 고역의 고통스러운 악순환의 고리일 것이라는 생각이 든다.

그러나 때로는 식물을 심고 공원화한다고 하니 미물에게도 도움이 될 것이라는 생각이 든다.

정부 간 기후변화위원회(IPCC)는 온실가스 20%가 산림훼손, 토지

---

13) 목적을 위해서는 수단과 방법을 가리지 않는 행동

의 용도변경으로 발생한다고 판단했다. 부수고 개발하는 게 같은 맥락일 듯하다.

내가 살고 있는 아파트 베란다가 마치 아마존 정글이 돼 있는 것 같기도 한데 대개 버려진 식물들을 주워다 살려 놓은 것들이다. '식물의 사선생님'이라는 닉네임이 있는 아내는 구근에 잔발이 돋게 하는 것은 식은 죽 먹기고, 꺾어진 나뭇가지를 주워다 뿌리를 돋게 해 화분에 담아 근사하게 만들어 놓기도 한다.

베란다에는 아마 모르긴 해도 모름지기 피톤치드가 넘쳐날 것이다. 브라질의 아마존 정글에 버금갈 것이다. 개략적으로 우리 집에서 발생시키는 이산화탄소를 충분히 삼킬 양을 상회할 것이다. 도심 속 가로수 포플러 한 그루가 3.5명이 내뿜는 이산화탄소를 마신다니 말이다.

2007년 12월 7~19일, 네덜란드 코펜하겐에서 190여 개국이 참가한 유엔기후변화협약 제15차 당사국 총회(기후변화회의)가 열려 합의문을 발표했다. 하나뿐인 '지구를 구할 마지막 기회', 기대의 '합의문은 세계 각국 지도자들이 가졌던 모임이다. 최소한의 기대조차도 충족시키지 못했다'(뉴욕 타임스). 온난화로 빙하가 녹아 해수면이 높아져 수몰 위기에 처해 있다는 섬나라 투발루의 이언 프라이 대표는 "우리나라의 운명은 당신들의 손에 달려 있다"라고 눈물을 흘리며 호소했다고 한다.

한국은 코펜하겐 기후변화 합의문 발표의 미진한 부분을 충족시키려는 듯 단군 이래 최대 규모의 초대형 원자력 발전사업 프로젝트를 수주했다. 수주 규모 사상 최대라고 한다. 리비아 대수로 2단계 수주 공사 규모의 여섯 배나 된다. 발주국은 아랍에미리트다. 화석 연료 부국인 아랍에미리트의 원유, 가스 매장량은 세계 5위라고 한다.

아랍에미리트의 무함마드 빈 자이드 알라하얀 아무다비 왕세자는 이명박 대통령을 영접한 자리에서 "원유를 많이 보유하고 있어도 '포스트 오일' 시대를 대비해야 한다"고 말했다.

오늘은 '기후변화회의'가 폐막한 지 열흘째 되는 날이다. 저탄소 배출 문제가 세계의 핵으로 부각된 시점에 아랍에미리트 원전을 수주해 국력을 신장시킬 수 있는 절호의 기회인 것 같다. 선진국들을 제치고 수주했으니 말이다.

'더블딥'이 우려되는 글로벌 경제위기 상황에서 국민에게 희망을 주고, 도약의 발판이 됐으면 한다.

원전기술이 우리나라보다 약 200년 앞섰다고 하는 프랑스, 더구나 원전에 관한 한 세계 최고라고 하는 프랑스를 제쳐 그야말로 우리나라가 세계 최고라고 할 수 있어 정말로 좋다.

원자력발전에서 방출되는 이산화탄소는 유연탄의 100분의 1에 불과하다. 게다가 원전은 전력 생산비가 효율적이고 경제적 차원에서 재인식되고 있는 현실에서 미래의 에너지 자원으로 급부상하고 있다. 화석 연료 부국 아랍에미리트가 원전을 건설하려는 데서도 이를 알 수 있다. 전문가들도 '원전 르네상스' 시대가 열릴 것으로 전망하고 있다.

그런데 원전에는 위험 요소가 따른다. 체르노빌 원전사고를 예로

들 수 있겠다. 체르노빌 원전 폭발사고는 23년 전에 발생했다.

이 사고로 많은 인명피해가 났을 뿐만 아니라 동, 식물의 피해도 컸다. 23년이 지났지만 그 상처는 아직도 아물지 않다고 한다. 주변의 많은 사람들이 암으로 사망하기도 하고, 동물들이 기형으로 태어나기도 하고, 식물이 돌연변이로 변하기도 한다.

반경 10㎞ 이내에는 식물이 고사해 '붉은 숲'이 돼버렸다고 하는데, 이 구역은 23년이 지났지만 새들이 돌아오지 않고 있다고 한다.

사고 중심부 석곽 안에 있는 방사능물질의 유출을 방지하기 위해 특수 약제 살포를 진행 중이지만 방사능물질은 지금도 유출되고 있는 것으로 보고 있다.

1986년 4월 26일 체르노빌 원전 폭발 사고가 일어났다.

사고 발생 열흘 동안 반경 30㎞ 이내 주민들을 강제 이주시켰다. 사고를 처리하기 위해 동원된 '해체 작업자' 60만 명에서 80만 명 (정확한 숫자는 불분명) 가운데 25,000명 이상이 사망했다는 말이 있다.

한국이 아랍에미리트에 수출하는 원전(APR1400)은 안전성 면에서 탁월하다고 한다. 대부분의 다른 나라 방식(OPR1000)의 사고 발생률을 10분의 1로 줄여 사고 확률을 100만 년에 1회 미만으로 줄였다고 한다. 그야말로 사고 확률 제로라고 해야 할 것 같다.

참고하자. 안전성을 높이기 위해 대한민국의 APR1400 원자로는 1미터 안팎의 방호벽이 5겹 둘러싸고 있다. 즉 1방호벽에는 핵분열에 의해 생기는 방사성 물질이 갇히게 되고, 2방호벽은 만약 1방호벽으로 극소량이 새어 나왔을 경우 밀폐하게 돼 있다고 한다. 만약 2방호벽에 결함이 생겼을 때 방사능물질은 3방호벽 안에 갇히게 된다. 4방호벽, 5방호벽도 만약의 사태를 대비하게 돼 있다고 한다.

그런데 핵 물질을 처리하고 남은 찌꺼기가 골칫거리인가 보다. 예컨대 부안 앞바다 한 외딴섬의 암반을 뚫어 드럼통에 담은 핵 쓰레기를 저장하는 핵폐기물 저장창고를 만들려다 반대에 부딪쳐 수포로 돌아간 적이 있다. 결국 '방폐장' 건설지역은 경주로 선정되었다.

정말로 정점에 달하는 현대 과학의 기술도 한계점이 있는 것 같다. 핵폐기물을 '방폐장'에 쌓아두는 것은 '눈 가리고 아웅' 하는 식으로 미봉책이랄 수 있다.

중이온가속기(RHIC)를 통해 빛의 속도로 태양으로 날려 보내 완전히 연소시켜 버리는 방법은 없을까. 8분 후면 태양에 당도할 테니 말이다.

부안에서 군산을 연결하는 '새만금방조제'가 건설되었다. 파생되는 여파 중의 하나는 세계 최고라고 하는 갯벌이 사라진 것이다.

갯벌이 인간에게 주는 이익은 무한하다고 하는데, 새만금방조제로 사라지는 갯벌을 대상으로 한 동화가 있다. 이영옥 작가가 쓴 '바다로 간 장승'이다. 동화를 보면 각지의 장승들이 새만금으로 모인다. 백합, 피조개, 농발게 등 많은 생물들의 울음소리가 안 들리도록 하기 위해서다. 다시 말하면 장승들이 자연을 지켜야 한다는 항의이다.

코스타리카라는 나라가 있다. 코스타리카는 자연을 중시하는 친환경 정책을 펴는 나라다. 세계가 코스타리카를 주목하고 있다. 전 국토의 25%가 생태 보존 지역으로 지정될 만큼 친환경 정책으로 자연이 잘 보존되는 코스타리카는 명소가 돼 관광객이 끊이질 않고 있다. 그래서 관광 수입이 어마어마하다고 한다.

인간사회에서는 인간들의 '행복 지수'를 계측하는 사람들이 있다. 그들에 의하면 코스타리카는 행복 지수가 높은 나라에 속한다.

무분별한 개발만이 인간들의 행복도를 높이는 것이 아니라는 것을 방증하는 것 같다. 인간들이 자연을 소중히 여기고 공존할 때 자연이 인간에게 주는 이익은 무한하다는 생각이 든다. 한 해가 가기 전에 노벨평화상 수상자를 발표한다.

우리나라에서는 김대중 전 대통령이 노벨평화상을 수상했다. 김대중 전 대통령은 김영삼 전 대통령과 민주주의 수호신이다.

김대중 전 대통령이 반환경적이라는 비판이 있다. 새만금 사업 강행 결정에 노벨상의 제정국인 노르웨이 언론에 알리겠다는 사람이 있었다고 한다. 그는 '지구의 벗 국제본부' 리카르도 나바로 의장이라고 한다. 방한한 그는 새만금 갯벌을 파괴하는 간척 사업을 막기 위해 '새만금 갯벌은 인류 공동의 자산입니다'라는 피켓을 세우고 정부청사 앞에서 1인 시위를 했다.

다이너마이트는 노벨이 만들었다. 다이너마이트는 핵과는 판이하지만 살상용으로 무기화할 수 있다는 데는 별반 차이가 없다.

노벨은 어느 날 친형의 죽음을 '죽음의 상인 노벨 사망'이라는 잘못 보도한 신문의 부고장을 보고 전혀 다른 사람이 되었고, 그때 노벨상을 제정하게 됐다고 한다.

그는 한편 자신이 발명한 다이너마이트가 유용하게 쓰이기도 하지만 살상용 무기가 된 데에 많은 고뇌를 했다는 것이다. 그의 고뇌는 전 재산으로 노벨상을 제정하라는 유언으로 이어지게 된다.

그의 유언에 따라 제정된 노벨상은 노벨평화상, 노벨 생리학상, 노벨의학상, 노벨경제학상 등이 있다. 노벨상의 '꽃'이라고 하는 노벨평화상을 제외한 나머지는 스웨덴 스톡홀름에서 수여된다. 노벨평화상만큼은 노르웨이에서 수여된다. 노벨평화상을 수상한 김대중 대통령도 재임 시절 노르웨이 오슬로에서 상을 받았다.

핵(원전)은 미래의 에너지가 돼 가고 있는데 핵이 잘못 이용될 때 인류의 재앙이 되고 만다.

제2차 세계대전이 이를 말해주고 있다. 연합군이 1945년 포츠담회담 선언을 통해 일본의 항복을 요구했으나 일본이 이에 응하지 않자

원자폭탄을 투하했다. 2개의 원자폭탄을 맞은 일본은 그제야 투항했다. 원자폭탄을 투하한 조종사는 폴 티베츠이다. 1945년 8월 8일 6만 피트 상공에서 B-29 폭격기가 원자폭탄을 히로시마에 투하했다. 아인슈타인의 역할이 컸을 것이라고 하는 원자폭탄을 미국이 만들어 인류 역사상 최초로 일본에 투하한 것이다. 어머니의 이름을 딴 폭격기 '이놀라 게이'를 몰고 인류 최초의 원자탄 '리틀 보이'를 투하한 폴 티베츠는 회고록에서 '히로시마와 나가사키에 원자폭탄을 투하한 것은 전쟁을 끝내는 데 필요한 조치였다'며 '원자폭탄 사용은 전쟁이 일찍 끝나도록 해서 수많은 연합군과 일본의 무가치한 희생을 막을 수 있었다'고 썼다.

아쉬움이 있다. 만일이라는 가정법이 참 부질없기는 하지만 어차피 원자폭탄을 투하할 거라면 그 시대 사람들이나 생물들에게 미안하지만 조금만 더 일찍 투하했더라면 고양잇과인 한국호랑이가 사라지지는 않았을 것이라는 생각이 든다.

일제강점기 때 일본군이 한국호랑이를 사냥해서 멸종됐을 것이라는 말이 전해오기 때문이다. '해로운 것은 없애야 한다'라는 명목으로 일본군은 당시 호랑이를 잡는 부대까지 두었다고 한다.

1953년 1월, 한국전쟁이 아직 끝나지 않은 때다. 이승만 대통령이 일본에 갔었다고 한다. 미국의 주요 동맹국인 한국과 일본이 화해하도록 미국이 주선한 자리였다고 한다.

대한민국의 이승만 대통령과 일본 총리인 요시다가 마주 앉은 화해

세상은 말이다 또또야

의 자리는 한동안 침묵이 흘렀고, "한국에는 호랑이가 많다지요"라고 요시다가 입을 열었다고 한다. 이에 대한민국의 이승만 대통령이 "없소. 일본 사람들이 다 잡아가 버렸소"라고 말했다고 한다. 우리나라가 해방된 지 8년 만에 두 정상이 만난 자리에서 더 이상의 대화는 없었다고 한다.

백두산에는 200여 마리의 호랑이가 살고 있다고 한다. 한반도인 백두산에서 서식하지만 토종 한국호랑이가 아니라 시베리아산 호랑이라고 한다. 어쨌든 백두산에 서식하는 호랑이가 태백산, 오대산, 지리산 등에 오고 싶어도 못 올 것이다.

한반도에는 혁대인 양 비무장지대(DMZ)를 가로로 지른 철책선이 있어서다. 물론 북한 대부분의 산이 민둥산들이라고 해 백두산 호랑이들이 우물 안 개구리처럼 지낼 터이지만 말이다.

'사회통합위원회' 고건 위원장이 북한의 민둥산에 사방림을 조성해 주겠다고 하는데, 북한이 이를 거부한 상태인가 보다.

2009년 12월 어느 날부터 맡은 '사회통합위원회' 고건 위원장은 2009년 3월 11일 창원 컨벤션센터에서 열린 '한국 임학회', '한국 목재공학회' 학술회의에서 '한국의 치산녹화, 그리고 북한의 산림녹화'라는 기조연설에서 "북한의 나무 심기 사업지원은 기업이 탄소배출권을 확보하게 하고 북한의 산을 푸르게 하는 등 남북한 모두 상생할 수 있는 사업"이라고 말했다.

북한의 산들이 밀림화된다면 백두산 호랑이들이 철책선을 뛰어넘어 서라도 남북을 오가며 자유롭게 살아갈 수 있을 것이다. 또또 가 디딤 판도 도움닫기도 없이 앉은 자세에서 식탁이나 싱크대를 가뿐히 오르 내리는 것을 봤을 때 호랑이가 철책선을 넘나드는 것은 '누워서 떡 먹 기'일 듯하다.

50년대 60년대까지만 해도 대부분 민둥산이었던 대한민국의 산들 은 박정희 정권 때 사방사업으로 녹음이 짙어졌기 때문에 호랑이들이 서식하는 데 추호도 부족함이 없을 것이다.

사방림 조성을 위해 아카시아나무, 오리나무, 리기다소나무 등을 심었다.

계단을 만들고 풀 씨앗을 뿌려 토사가 흘러내리는 것을 예방하기도 했다. 계곡에는 석축을 쌓기도 했다.

오리나무 고목에서는 영지버섯이 나기도 한다. 신령스러운 버섯으 로 약용, 장식용으로 쓰이기도 한다. 우리나라의 '사방사업'은 1970년대 에 시작된 '새마을 운동'과 더불어 번영을 가져오게 했다. 앞에서 말한 바 있는 새마을 운동은 '한국 사회를 특징짓는' 범국민적 운동이었다. 대변혁을 가져왔다.

일제강점기 때 '해로운 것을 없애야 한다'라는 구호 아래 호랑이 잡 는 부대까지 뒀던 일본이 1,000여 마리의 호랑이를 포획해 갔다는 기 록이 있다고 한다.

지형이 대륙이 아닌 열도에다 야생에서 살아가는 호랑이가 없는 일본은 포효하며 기개가 넘쳐나는 호랑이의 지형인 한반도에 대한 열등의식의 발로에서 호랑이를 없애려 한 건지 모르겠다. 일제는 한반도에 기를 없앤다고 삼천리 금수강산에 쇠말뚝까지 박고 다녔다고 언론이 보도했었다.

1907년 영광 불갑산에서, 1921년 경주 대덕산에서 발견될 만큼 전국토에 널리 분포돼 있었을 호랑이가 멸종됐다고 한다. '한국에는 더 이상의 야생 호랑이가 존재하지 않는다'라는 1996년 환경부의 발표도 있었다. 1921년 경주 대덕산에서 발견된 호랑이는 암컷으로 함정에 걸려 죽었다고 한다. 이보다 앞서 1907년 영광 불갑산에서 발견된 호랑이도 죽은 채로 발견되었고, 100년 넘게 박제된 채 목포의 한 초등학교에 보존돼 있다고 한다. 박제일망정 그렇게 존재한다는 게 다행인 것 같다. 한 농부가 파놓은 함정에 빠져 죽은 호랑이를 일본 상인 하라구치가 사들여 초등학교에 기증한 것이라고 한다.

호랑이의 '추격자' 길을 걷는 사람이 있다고 한다. '호랑이 보호협회' 임순남 소장이다. 그는 '한국에는 더 이상의 야생 호랑이가 존재하지 않는다'라는 환경부의 발표가 있을 만큼 대한민국에는 야생 호랑이가 없다는 의견이 팽배한 상황이지만 1994년부터 '외로운 추격자'의 길을 걷고 있다고 한다.

그의 말이 맘에 들어 적어본다. "호랑이는 먹을 때까지 열흘 동안 굶주리며 때를 기다리는 동물입니다. 잘났다고 으스대지도 않죠. 우리가 봉황이나 용과 같은 허상이 아닌 호랑이를 닮아야 하는 이유입니다."

호랑이가 멸종됐다고 보는 정부는 호랑이 복원사업에 나섰다고 한다. 복제 동물 복원에 개가를 올리는 시대인 만큼 복원 성공에 희망적이고 별 이의가 없는 것 같다.

한편 호랑이 하면 '인왕산 호랑이'가 불현듯 떠오르는데 백호라고 하는 경인년을 즈음해 인왕산에는 호랑이 동상이 세워지기도 했다.

실물 크기로 제작돼 세워진 호랑이 조형물은 인왕산 정상, 청운공원, 사직공원 세 곳에 들어섰다. 인왕산 정상의 백호는 '국가와 민족의 융성을 기원'하고, 청운공원의 호랑이는 '문화 강국'을 상징하고, 사직공원 삼거리의 누런 빛이 나는 황금빛의 황호는 '청와대와 경복궁을 지키는 호랑이'라는 의미를 부여했다고 한다.

5장

또또의 세상살이 1

호랑이에 관한 전설은 많은데 '인왕산 호랑이' 말이 나왔으니 인왕산 호랑이와 관련한 전설이 떠오른다.

조선시대 박태성이라는 사람은 그가 어렸을 때 돌아가신 아버지의 산소를 아침 일찍 일어나 참배하러 다니곤 했다고 한다.

그가 묘소로 가는 길은 호랑이가 가끔 나타난다는 무악재와 박석 고개를 넘어야 했다. 그는 어느 날 고개를 넘다 호랑이와 맞닥뜨렸다고 한다. 갑자기 나타난 호랑이에 놀라 뒷걸음치던 그는 놀란 가슴을 다소 진정시키고 뒷걸음질을 멈췄다고 한다.

'어흥'하고 덤벼들어야 마땅하다고 해야 할 호랑이의 이상한 행동에 그는 호랑이 등에 '올라타라'라는 뜻이라는 것을 간파하고 호랑이 등에 타고 그가 가고자 하는 산소까지 갔다고 한다. 이윽고 그는 참배를 마친 뒤에도 그를 기다리고 있던 호랑이를 타고 돌아왔다고 한다.

박태성은 그날 이후 아침마다 그를 기다리는 호랑이를 타고 40년 동안이나 산소를 오갔다고 한다. 호랑이를 타고 아버지 묘소를 왕래했던 박태성이 늙어 세상을 뜨자 후손들이 그를 그의 아버지 묘 곁에 장사를 지냈다는데 그때 늙은 호랑이 한 마리가 나타나 슬피 울더니 막 만들어 놓은 박태성의 묘 앞에서 죽었다고 한다. 이때 만든 호랑이 무

세상은 말이다 또또야

덤이 지금도 박태성의 묘 가까이에 있다고 한다.

나의 고향 마을에서 불과 700여 미터 정도 떨어진 곳의 전설이다. 감천 공, 감천오준(1444년 출생)은 조선 성종 때 효자로 알려져 있다.

그는 28세 때 모친 병환에 좋다는 약을 백방으로 다 써봤지만 병세가 되레 악화됐다고나 할까 차도가 없자 손가락을 잘라 음혈하여 사나흘을 더 연명하게 했다고 한다.

효행심이 깊은 그는 모친 장사 후 부친마저 병이 나 두 달 만에 세상을 뜨자 묘 옆에 막을 지어놓고 묘소를 지켰다고 한다.

그는 어느 날 호랑이가 방장산 너머 장성의 백암에서 함정에 빠져 위험에 처해 있다는 꿈을 꾸게 된다. 꿈을 깬 후 그는 곧장 그곳으로 한걸음에 가 보게 되는데, 과연 마을 사람들이 함정에 빠진 호랑이 한 마리를 에워싸고 호랑이를 잡으려 하고 있었다.

그런 광경을 목도한 오준이 "이 호랑이는 내가 기르는 호랑이입니다. 절대로 해치지 마시오"라고 말하자 마을 사람들이 "어디, 당신이 기르는 호랑이라면 어서 빨리 함정에 들어가 보시오"라며 시큰둥하게 말한다. 오준은 보란 듯이 꺼림칙한 기색 없이 함정에 들어가 감격하듯 호랑이와 포옹했다고 한다.

그는 곧바로 함정에 빠진 호랑이를 구출한 뒤 그 호랑이 등에 올라

타서 해발 700미터가 넘는 방장산을 넘어 그가 지키는 묘소까지 왔다고 한다.

그가 넘었던 방장산이 지금은 하늘을 나는 패러글라이더들의 활공장으로 인기가 높다. 전국 대회도 열린다고 한다.

감천공 오준 묘소에서 100여 미터 아래에는 샘이 하나 있다. 그게 효감천이다. 효감천은 오준이 부모 묘소를 지킬 때 묘소 근처에는 우물이 없어 약 2킬로미터 떨어진 뺨산이라고도 하는 수산 중턱까지 가 물을 길을 만큼 효성이 지극했다. 이러한 그의 효심에 감동한 신령이 맑은 날에 뇌성벽력을 치게 해 샘이 파이고 물이 솟구쳤다고 한다.

당시 이 소식을 전해 들은 흥덕 현감이 인부를 시켜 샘을 축조하게 하고 효감천비(孝感泉碑)를 세웠다고 한다.

2010년 봄에 효감천에 갔었다. 농로를 건너 논둑 밭둑이었던 길이 차가 그곳에서 돌아 나올 수 있게 포장돼 있었다. 벽해상전[14]이 따로 없었다.

차가 진입하도록 급경사를 흙으로 돋우어 내가 어릴 적 무서워했던 집을 둘러싼 담장이 한쪽 면은 지붕만 남아 발끝에 차일 것만 같았다.

한 길 정도 되는 담장이었던 것 같은데 흙을 채워 담장 지붕만 남아 미관상 좋지 않았고 볼썽사나웠다. 담 옆에 바짝 축대를 쌓아 흙을

---

14) 변함이 심함

돌위 틈을 뒀더라면 어땠을까 하는 생각이 들었다. 효감천에 발을 디디는 순간 원상회복했으면 하는 생각이 우선 앞선다.

어릴 적 아련한 기억들을 반추해 봤다. 지나칠지 모르겠는데 효감천이 옹달샘 같은 기분이 들었다.

언뜻 정사각형으로 보이는 샘의 가로 세로 길이를 뼘으로 대충 계산해 봤다. 가로 세로 길이가 각각 120센티미터, 130센티미터는 되는 것 같았다.

샘의 바깥쪽 지표면에서 돌출된 샘의 상단부 높이는 겨우 20센티미터 정도이고, 축조된 맨 위 네 기단석 중 지형적으로 아래쪽에 있는 기단석을 반달 모양으로 도려낸 홈으로 물이 시냇물처럼 흐르고 있었다. 뭇 저수지들이 말랐으면 말랐지 효감천은 제대로 된 수맥에서 물이 솟구치는 것 같았다.

지난겨울 이래로 유난히 눈도 많이 오고 비도 자주 내리긴 했다. 하지만 갈수기에 이처럼 물이 많이 흐른다는 게 믿기지 않았다. 팔을 내리면 바닥에 닿을 것만 같은 샘의 깊이는 어른거리는 물빛 때문에 가늠할 수가 없었다.

샘 위 우측에는 바람에 씻기고 비에 씻긴 작은 비석이 하나 있었다. 높이가 60센티미터 정도 돼 보였는데 '孝感泉(효감천)'이라고 적혀 있었다.

서까래에 오방색이 칠해지고 기와가 올려진 작디작은 원두막 같은 곳에 효천감천비가 있을 것으로 생각했는데 비석은 밖에 있다는 것을 이제야 발견했다. 그럼 그 안에는 무엇이 있을까 하고 들어가 봤다. '오준지문'으로 네 면이 벽 없이 기둥만이 지붕을 받치고 있었다. 오준 후손들로 보이는 이름이 적힌 판이 걸려 있었다.

'오준지문'으로 들어갈 때 작고 아주 낮은 문이었는데 '머리 숙여 들어간다'라는 뜻 같았다. 효감천비가 현 위치에 있는 것도 매우 긴요하지만 풍상우로[15]를 막기 위해 '오준지문' 안으로 정중히 안치했으면 하는 생각이 들었다. 지금의 비석 자리에는 안내문을 세우면 충분할 것 같다. 아니면 풍상우로를 막는 막이라도 세웠으면 좋겠다.

오준지문 위쪽, 도로 아래에는 내가 어릴 적에는 없었던 조형물이 있었다. 평면에 조각돼 일렬횡대로 배열된 석상, 감천효행칠도(感泉孝行七圖)였다.

호랑이 석상도 있었다. 우측에 있는 입체상인 호랑이 석상은 평면의 감천효행칠도를 호위하듯 머리를 좌로 한 채 효감천 감천효행칠도를 주시하고 있다. 감천효행칠도와 호랑이 석상 등은 국회의원을 지냈던 이호종 고창 군수가 재임 시절 세웠다고 한다. 신구의 조화가 대비됐다.

---

15) 바람 서리 비 이슬

효감천이 무서웠었다. 우리 논밭에서 200여 미터 밖에 효감천이 있었고, 농번기에 물 긷는 심부름을 종종 했었다. 물 뜨러 갈 때마다 무서움을 느낀 건 할머니에게서 효감천에 관한 이야기를 들을 때마다 느꼈던 무서운 감정이 중요한 원인이 된 것 같다. 어렸을 때는 효감천 전설에 등장하는 천둥, 번개, 호랑이가 무서움의 1호였다.

게다가 울긋불긋하게 칠해진 오방색이 두려움을 가중시킨 것 같다.

어릴 적 효감천에 물을 뜨러 갔다가 고양이들 때문에 얼마나 놀랐는지 모른다. 그렇지 않아도 물을 길어 오라는 심부름은 고역으로 하릴없이 '번갯불에 콩 구워 먹듯' 샘에 주전자를 후딱 집어넣어 물이 담아지기가 무섭게 뒤도 안 돌아보고 꽁지가 빠지도록 달아나기 일쑤였는데 고양이 한 쌍이 담 위에서 후다닥거렸으니 정말로 기절초풍할 지경이었다. 순간 나는 호랑이 새끼나 되는 줄 알고 참말로 간이 콩알만 해졌던 것 같다.

효감천 담장 밖으로는 백일 동안 꽃이 핀다는, 수십 년은 됐을 법한 백일홍 나무가 댓 그루 있었다. 그 백일홍 나무를 보는 순간 내가 자랄 때 동네 앞에 있던 고목화된 백일홍 나무가 불현듯 떠올랐다. 어렸을 때 백일홍나무를 배롱나무라고 했다.

고목화된 배롱나무에는 원통처럼 속이 텅 비어 있었고 중간에는 타원형으로 세로로 길게 구멍이 나 있었다. 그 구멍으로 굴뚝새, 뱁새 등이 들락거리기도 했다. 둥지를 틀었던 모양이다. 그 나무를 '간지럼

나무'라고 했었다. 밑동의 지름이 30센티미터 남짓 됐던 것 같은데 반 질반질하기가 그지없었다. 속이 텅 비어 있기도 해 전형적인 고목 같 았다. 지름이 약 30센티미터가 될 만큼 당당히 컸었는데도 조금만 건 드려도 사람이 간지럼에 웃고 몸을 움직이며 반응하듯 가지나 잎들이 아니 나무 전체가 움직이는 것 같았다. 민감하게 반응하는 재미에 손 톱으로 때깍때깍, 때깍거리기도 했다. 그 배롱나무의 민감한 반응은 또또가 배를 만질 때 또또가 민감히 반응하는 것과 흡사해 보인다.

그래서 으레 지금도 백일홍 나무를 '간지럼 나무'라고 한다. 내가 어 릴 적 마을에는 백일홍 나무가 단 한 그루만 있었기 때문에 다른 백일 홍 나무를 간지럼 태워 본 적은 없다. 본디 백일홍 나무가 외부의 자 극에 '사시나무 떨듯' 민감한 것인지는 잘 몰랐었다.

어릴 적 귀찮게 간지럼을 태웠던 그 백일홍 나무 지금은 동네에 없 다. 오래전 고가에 정원수로 팔려 갔다고 한다. 정원수로서 천 년, 이 천 년 고귀한 자태를 뽐냈으면 좋겠다. 백일홍 나무는 사람들이 고양 이나 애완견을 키우듯 분재로 키우기도 한다.

백일홍 나무는 부처꽃과로 특이성이 있는 것 같다. 가을까지 피는 꽃의 삭과가 이듬해 10월이 돼야 여물게 된다. 산업화되면서 가정은 핵가족화하여 식구가 단출해지는 반면에 백일홍 나무는 3대 이상이 공존공영[16]하는 것 같다.

---

16) 함께 살며 함께 번영함

간지럼을 태웠던 백일홍 나무 자리 옆에는 한 성씨의 재각이 있는데 봄이면 날아와 처마 안쪽 깊숙이 끝닿는 곳에 집을 짓는 철새가 있었다. 귀제비였다. 귀제비는 제비보다 쉼직해 보이고 보랏빛을 띤 검은 청색을 하고있다. 제비에 비해 검은색이 짙다.

귀제비는 처마 끝 위의 도리에 밥그릇 반쪽 모양의 집을 짓는 흥부전에 나오는 제비와는 다르게 집을 짓는다. 흥부 제비의 집이 삼간초가라면 귀제비의 집은 굉걸한 기와집이고 공정도 흥부 제비 집의 몇 배는 소요됐을 것 같다.

귀제비 집은 물총새가 절벽에 수십 센티미터 터널을 뚫어 둥지를 짓듯 마룻대에서 짓기 시작해 호리병박처럼 짓곤 했다. 길게 지은 집의 길이가 50센티미터는 돼 보였다. 그야말로 요새 중의 요새로 해자를 두루 갖춘 무풍지대의 산성이라고 할까.

요즘은 환경 변화로 제비의 개체수가 줄어 발견하는 것조차 흔치 않다. 어릴 적 귀제비가 '천연기념물'쯤 되는 희소 조류일 거라는 생각이 들기도 했다.

마당에 쳐놓은 빨랫줄이 모자랄 만큼 수십 마리의 제비가 줄지어 앉았는데 빨랫줄이 축 늘어질 정도였다. 거기서 귀제비는 못 봤고 귀제비는 한 쌍 정도가 한 성씨의 재각에 둥지를 짓는 게 고작이었다. 하지만 귀제비는 흔한 철새라고 한다. 외려 환경 변화로 부쩍 개체수가 감소한 제비가 천연기념물로 지정될 전망이라고 한다.

참새목 제빗과인 제비는 멱과 부리 위아래 주위로 붉은색 털이 나

있고 배, 가슴 털이 흰색이다. 귀제비는 멱 주위로 붉은색 털이 없고
배와 가슴이 갈색으로 구분된다.

우리가 사는 곳은 북반구다. 서울은 북위 37도 동경 127도쯤에 있
다. 북반구에는 북극이 있다. 우리가 사는 북반구 적도 너머를 남반
구라고 한다. 북반구에 북극이 있듯 남반구에는 남극이 있다. 노르웨
이의 아문센이 남극을 발견했다고 한다.

북반구와 남반구를 말하다 보니 지구본이 언뜻 떠오르고 또 바가
지가 되는 박이 연상된다. 내가 어릴 때 농촌에서 박을 타 본 경험이
있어서인데, 박을 탈 때 남극의 꼭짓점과 북극의 꼭짓점을 기준으로
그어진 날짜 선을 자르는 것 같았기 때문이다. 박을 타고 나서 박속으
로 만든 포심채를 먹었던 기억이 새록새록 난다.

표피 안쪽에 붙은 연질 부분을 숟갈로 박박 긁어서 삶아 나물 무치
듯 갖은양념을 해 먹었다. 하지만 반추하고 반추해도 박속 맛이 되새
겨지질 않는다. 다만 물컹거림만 되풀이된다.

지구본은 타는 박과는 반대라고 생각해봤다. 적도직하[17]를 가른 두
쪽이 잇대 있기 때문이다.

사람들은 남극이 오염되지 않은 마지막 남은 곳이라고 이구동성으

---

17) 적도의 선에 해당되는 지역

로 말한다. 인간들은 예컨대 고양이들이 도심에서 오염 때문에 먹을 물조차도 없는 형편인데 환경 면에서 지구의 마지막 보루라고 할 수 있는 남극마저 개발에 휩싸인 듯하다. 여러 나라가 인류의 공동소유인 남극에서 지분확보를 위한 기지 건설에 혈안이 돼 있다. 연구 목적이라는 명제를 달긴 하지만 궁극적인 목적은 딴 데 있다고 해야 할 것이다. 자원 확보가 목적일 것이다.

남극에는 현재 20개 국가가 건설한 상주기지가 40개에 육박한다고 한다. 미국과 호주는 3개의 상주기지를 갖췄고, 8개국은 2개의 상주기지를 확보한 상태라고 한다.

우리나라도 2014년이면 2개의 상주기지를 갖추는 아홉 번째 국가가 된다고 들떠 있다.

두 번째 기지가 건설될 테라노바만은 킹조지섬에 있는 세종기지에서 직선거리로 4,500킬로미터 떨어진 곳이다. 남위 74도, 동경 164도에 있다. 테라노바만은 넓은 평지가 있어 항공기가 이착륙을 하기에 용이한 지리라고 한다.

한편 우리나라는 우리 기술 최초로 건조한 쇄빙선 '아라온호'가 출항해 시험과 현장 조사를 끝내고 '남극조약협의당사국회의'에 제2의 '남극기지 건설 의향서'를 제출했다고 한다.

또또는 밤하늘 유성우를 못 봤을 것이다. 밝은 조명 때문에 서울에서는 좀처럼 유성우를 관찰할 수 없다.

그래서 '유성우가 떨어진다'는 천문대의 예보라도 있다 싶으면 도시를 벗어나 떨어지는 유성우를 관찰하는 사람도 있다.

나는 유소년기, 청년기 때는 가끔씩 유성우를 관찰할 수 있었다. 한적한 산골 마을에서는 조명 빛이 없어서 유성우를 볼 수 있었다.

유성우가 사라지기 전에 소원을 빌면 그 소원이 이뤄진다는 말이 있다. 유성우는 발견되고 시야에서 사라질 때까지의 시간이 불과 1초 미만이라고 한다. 유성우는 대개 0.2초에서 0.3초 사이에 사라진다.

그래서 유성우가 떨어지는 동안 품었던 꿈을 다 말하는 것은 요원하고 난망하다고 생각하는데, 달리 보면 그것은 한시라도 꿈을 잊어서는 안 된다는 말일 듯싶다.

사람들은 누구나 꿈이 있다. 그러나 그 꿈을 이루기 위해서는 노력 또 노력해야 한다. 꿈을 향해 정진했을 때 그 꿈은 현실이 된다.

유성우가 공중에서 사라지는 것을 볼 수 있는데, 대부분의 유성우는 대기권에 진입하기 전에 타버린다. 개중에 타다 남은 부분이 지상에 닿기도 하는데, 그것을 우리는 운석이라고 부른다.

지구에 떨어지는 운석의 70~80%가 남극에 떨어진다고 한다. 우리의 세종기지 대원들이 남극에서 수집한 상당수의 운석이 국내로 반입됐을 것이다. 그런 뉴스를 접한 지가 벌써 한참 됐으니 말이다.

또또에게 물과 생선류 먹이를 줄 때 또또가 먹이보다는 먼저 물을 할짝할짝 마실 때가 많았다. 어떤 때는 족히 1분 이상 물을 먹는 것 같았다. 습성상 할짝대서 망정이지 꿜꿜거리며 마시는 것과 별반 차이가 없었다. 사람으로 비유하자면 갈증 난 사람이 목구멍이 미어지도록 고개를 들고 입에 마구 물을 들어붓는 것 같았다. 좀 과하게 표현하면, 또또가 체할까 봐 염려됐고 조선을 건국한 이성계의 갈증 이야기가 생각나 또또의 밥그릇에 나뭇잎이라도 하나 띄워 놓고 싶었다. 이성계는 어느 날 길을 걷다 목이 말라 우물가의 여인에게 마실 물을 부탁했다고 한다. 그 여인은 물이 담긴 바가지에 버들잎 하나를 띄워 이성계에게 건넸다. 급히 마시는 물에 체할까 봐 걱정이 됐기 때문이라고 한다.

탐험이라는 것 자체가 위험을 무릅쓰고 해야 하는 것이므로 내재적 위험 요소가 다분하다. 불상사가 발생하기도 한다. 한 예로 아이를 둔 미국의 여교사는 우주로 오르다가 장렬히 산화했다. 크리스타 매콜리프라는 고등학교 교사였다. 그는 미국의 우주 왕복선 '챌린저호'를 타고 오르다 그만 하늘에서 폭발해 그의 꿈은 실패하고 말았다. 당시 생중계 방송으로 사고를 지켜본 세계는 슬픔에 잠겼었다.

하지만 그는 교육자로서 선구자적 용기로 자라나는 어린이들에게 희망과 꿈을 심어주는 데 전혀 손색이 없었던 것 같다.

우리나라도 우주 탐험에 대한 집념이 강하다. 2009년 '나로호' 발사는 실패했지만 올해 나로호 재발사를 코앞에 두고 기대와 희망이 부풀어 있다. "국민 여러분 많이 기뻐해 주십시오. 우리의 기술로 제작한 나로호가 나로우주센터를 이룩해 지구궤도 진입에 성공했습니다"라는 중계방송 멘트를 들을 수 있었으면 좋겠다.

또또가 주림에도 물부터 먹기 일쑤였다. 사람은 식량이 없으면 버틸 수 있는 한계시간이 3주이지만 물이 없으면 3일을 버텨 내기 어렵다. 물이 생명을 유지하는 데 아주 중요하다는 것을 증명하는 것 같다.

남극에는 빙산과 만년설이 있다. 남극은 뒤뚱거림의 대명사 격인 펭귄의 천국이기도 하다. 펭귄은 적도 부근에 한 종이 서식하고 대부분은 남반부에 분포돼 있다.

뒤뚱거리며 걷는 펭귄의 걸음은 마치 사람이 태어나 돌을 전후해 뒤뚱뒤뚱 걷는 것과 너무나 닮은 것 같다. 금방이라도 넘어질 것처럼 걷는다. 그래서 친근감이 드는 건지도 모르겠다.

뒤뚱뒤뚱 걷다가 넘어지고 다시 일어나는 건 성장을 위한 도전이다. 사람은 갓난아이로 태어나서 일어서는 데까지만 해도 무려 2,000번은 넘어진다고 한다. 펭귄을 보는 것 같다.

펭귄을 바닷새라고 부른다. 날지 못하는 새라는 것이다. 펭귄이 날지 못하는 건 육지의 타조와 같다. 타조는 체중 136kg에 날개가 작아 날지 못한다. 펭귄은 걸음걸이가 뒤뚱뒤뚱하지만 물속에서는 새처럼 날듯 빠른 속도로 유영한다. 타조는 날지는 못하나 빨리 달리는 새다.

또또가 집에 있을 때 손가락 크기의 아주 작은 펭귄 인형 두 마리를 실에 달아 끈 적이 있다. 또또를 놀리기 위해서였고 또또가 어떻게 반응하는가를 보기 위해서였다. 영락없는 펭귄처럼 뒤뚱뒤뚱하는 모습이 괴이한 듯 잠자코 있던 또또가 못내 몸이 쑤신 듯 얼마 못 가 달려들어 잽싸게 앞발로 살짝살짝 건드리며 흥미를 느꼈던 적이 있다.

펭귄은 대개 검은색 등과 흰색 가슴에다 흰 목도리를 두른 듯 목에는 흰색이 빙 둘러 있는 경우가 많다. 색의 조화가 천연기념물인 반달곰과 비슷한 것 같다. 펭귄은 아주 귀엽게 생겼다. 펭귄은 인간들이 걷는 것처럼 직립하고 어린아이 걸음을 걸어서인지 정말로 정겹기 그지없다. 색의 조화는 아름답지만 그깟 걸음걸이가 인간의 것을 닮았다고 해 상찬하는 것 같아 '가재는 게 편'이라는 생각이 든다. 인간이 친근감이 가는 펭귄에게서 발견한 '펭귄효과'라는 말이 있다.

빙산 절벽에서 바다를 향해 있던 펭귄 중에 굴러떨어지듯 한 마리가 바닷속으로 들어가면 나머지 펭귄들도 우르르 따라 들어가는 장면을 TV 화면에서 본 적이 있다.

펭귄들의 이러한 행동에 빗대어 '펭귄효과'라는 말이 생겼다. 바닷속에 천적이 있으면 어쩌나 하고 지레 겁을 먹고 바닷속에 들어가는 것을 꺼리는 펭귄들의 무리 중 용감한 한 마리가 바다로 뛰어들면 나머지 펭귄들도 곧바로 따라 들어가는 것을 '펭귄효과'라고 한다.

사람들도 때로는 상품을 구매할 때 살까 말까 고민하다, 아니 옆 사람의 눈치를 살피다 어느 한 사람이 구매하면 따라 구매하는 경향이 있다. 이러한 현상을 '펭귄효과'라고 해도 될 것 같다.

나는 시골에서 청년기 전까지 왁시글덕시글한 5일 장터에 이따금 갔었고, 거기서 약장수 구경을 한 적이 있다. 약방의 감초격으로 시장에 약장수는 꼭 있었던 것 같다.

말을 잘 한다고 하는데 말을 잘 하는 건지 말을 많이 하는 건지 쉴 틈 없이 말을 내뱉는다. 약장수는 약 선전을 하다 그에겐 아주 긴요하다 할 수 있는 '약 판매 시간'이 있었다. 이때 뭇사람들이 이 눈치 저 눈치를 보는 것 같았다. 삐죽이 나서 한두 사람이 약을 사면 이 눈치 저 눈치 봤던 사람들도 따라 약을 샀다. 지금 생각하면 처음 나서 약을 샀던 몇 사람들은 야바위꾼이었는지 모른다는 생각이 든다. 아무튼 '펭귄효과' 현상이었으리라. 약장수의 말 부림과 사람을 꾀는 수단은 정말로 대단했다.

싸움질 잘하는 사람을 싸움닭 같다는 말을 한다. 끄떡하면 무시로 싸우는 게 싸움닭이다. 싸움닭은 고개를 쳐들고 쪼고 찍고 유혈이 낭자하게 계관이 찢어지도록 이판사판으로 싸우기도 하지만, 깃털을 세우고 싸우는 척하다가 그냥 말기도 한다.

싸움질 잘하는 사람만을 싸움닭 같다고 할 게 아니라 인간들 모두가 싸움닭이라는 생각을 해 본다.

인간들이 갖고 있는 싸움닭 성향은 국가와 국가 간에도 팽배해 있는 것 같다. 양보해도 될 것 같은 사안에 한 치의 양보도 없다. 티격태격 긁어 부스럼 내기 일쑤다. 사소한 이익 때문에 이런 행동을 하는 걸 보면 이런 것을 국수주의[18]라고 해야 되나 싶다. 싸움닭은 사소한 이익을 가지고 싸우지는 않는다. 자기 번식을 위한 싸움을 한다.

길을 가다 처음 보는 사람과 시선을 마주칠 때 시선을 딴 데로 돌리는 게 인간이다. 인간들이 처음 보는 사람과 시선을 피하는 건 시비를 막기 위한 것이라고 한다. 싸움닭 같은 인간들의 특성을 잘 포착해 풍자한 것 같은 사자성어가 있다. '장자'의 달성편에 나오는 '목계지덕'이라는 말이다.

옛날 주나라에는 싸움닭을 무척 좋아하는 선왕이라는 왕이 있었다. 이 왕은 싸움닭을 조련하는 기성자라는 사람을 찾아가 그가 아끼던 싸움닭이 이 세상에서 가장 싸움을 잘하게 해 달라고 부탁했다.

조련을 하도록 싸움닭을 맡긴 선왕은 열흘이 지나자 기성자에게 싸움닭을 투계장에 내보낼 수 있겠느냐고 물었다. 이에 기성자가 "아닙니다. 닭이 강하긴 하지만 자기가 최고인 줄 알고 있습니다. 아직은 기다려야 합니다"라고 말했다.

---

18) 자기 나라의 전통만이 우수하다고 믿으며 다른 나라의 문물은 배척하는 것

그후 또 열흘이 흘렀다. 선왕은 그가 맡긴 싸움닭이 무예를 충분히 연마했겠다 싶어 기성자에게 투계장에 내보낼 수 있겠느냐고 물었다. 기성자는 "아직 멀었습니다. 이 닭이 교만함은 버렸지만 상대방의 소리와 심지어 그림자에도 매우 예민하게 반응해 인내와 평정심을 길러야 하는 시간이 절실합니다"라고 말했다.

또 열흘이 지났다. 최고의 싸움닭이 되게 해 빨리 투계장으로 내보내고 싶은 선왕이 기성자에게 투계장에 내보낼 수 있겠느냐고 또 물었다. 이에 기성자가 "아닙니다. 닭의 조급함은 사라졌지만 상대방을 노려보는 눈초리가 너무 공격적입니다. 그 눈초리를 버려야 합니다"라고 말했다.

열흘이 흘러 마침내 40일이 지났다. 선왕이 이제는 싸움닭을 투계장에 내보낼 수 있겠느냐고 묻자 조련사 기성자가 기다렸다는 듯 "이제는 된 것 같습니다. 상대방이 소리를 질러도 아무 반응을 하지 않습니다. 이제는 나무와 같은 목계가 되었습니다. 아무리 싸움 잘한다는 싸움닭이라도 이 닭의 모습만 보면 도망갈 것입니다"라고 말했다는 이야기다.

이 세상 동물 중에 가장 시끄럽게 한다는 인간들이 저지른 전쟁이 한시도 그치지 않고 끊임없이 지속되는 것 같다. 국가와 국가 간에 벌이는 전쟁도 있고 내전도 있다. 이 두 부류의 전쟁은 이 시각에도 진행되고 있다.

2000년도를 맞아 강산이 변한다는 기간 10년이 지났건만 아직도 기승을 부리는 게 전쟁이 아닌가 한다. 2000년을 앞두고 새로 맞는 밀레니엄에는 전쟁이 줄어들어 평화가 유지될 것이라는 게 지배적이었던 것 같다.

동아일보 김순덕 논설위원은 칼럼에서 '인간의 DNA가 바뀌지 않는 한 전쟁은 경쟁처럼 피하기 힘들다'라고 썼다. 그는 2010년 4월 19일 자 동아일보 '김순덕 칼럼'의 모두에서 '반성한다. 10년 전 나는 21세기도 정복자의 시대가 되어선 안 된다고 쓴 적이 있다…'며 '부와 과학기술의 발달에 따라 전쟁과 폭력이 사라진다는 이상은 원시시대가 평화로웠다는 환상만큼이나 무모하다. 서기 2000년에서 10년이 지난 지금도 그리스 신화가 읽히는 이유를 미국의 포린폴리스 잡지는 '도저히 상상도 못 할 일이 인간 세상에선 번연히 일어나기 때문'이라고 했다. 부와 테크놀로지가 감정과 믿음을 누리지 못한다. '인간의 DNA가 바뀌지 않는 한 전쟁은 경쟁처럼 피하기 힘들다'라고 썼을 만큼 이 세상은 아직도 전쟁이 진행되고 있다.

인간들 사회에는 신토불이라는 말이 있다. '사람의 육체와 그 사람이 태어난 땅의 토양은 하나'라는 뜻을 갖고 있는 말이다. 사람은 자신이 태어난 곳에서 생산되는 농산물이 체질에 맞는다는 것이다. 그래서 인간들이 지구에서 살아가는 한 인간들의 DNA는 변하지 않는 만고불멸[19]일지 모른다는 생각이 든다. 용광로처럼 뜨거운 마그마가 때로는 화산이 폭발하게 한다. 지구에 사는 인간들에게는 신토불이가 뜻하는 것처럼 땅속 뜨거운 본연의 DNA가 유입돼 전쟁을 마다하지 않는 것인지도 모른다.

이러한 인간들의 전쟁 유전자는 일찍이 고대국가 스파르타가 혹독한 군사 훈련을 한 데서도 잘 나타난다. 스파르타 훈련은 군사교육뿐만 아니라 엄격한 훈련을 본뜬 스파르타교육에도 적용되었다. 전쟁 전문 서적으로 유명세가 타의 추종을 불허하는 '손자병법'도 궤를 같이한 것 같다.

여성단체에서 호주제 폐지, 남녀 균등한 상속 등 남녀평등을 주장할 때 여성도 병역을 필해야 한다는 일각의 주장이 불현듯 생각나는데, 춘추시대, 오나라의 왕인 합려는 손자를 불러 궁녀에게 군사 훈련을 시키도록 부탁했다고 한다. 합려는 손자가 군사 전략가로서 얼마만큼 능한가를 보기 위해서였다고 한다.

합려의 허락 하에 손자는 180명의 궁녀를 불러 모은 뒤 두 무리로 나누고 각 무리의 대장을 한 명씩 임명했다. 임명된 두 대장은 합려가 아주 총애했던 궁녀였다. 대열을 정비한 손자는 궁녀들이 쉽게 이해하

---

19) 영원히 없어지지 않음

도록 자세히 제식 훈련에 관한 설명을 하고 급기야 군사 훈련에 돌입해 명령을 내렸다고 한다.

하지만 궁녀들은 시시덕거리며 농담으로 받아들이듯 명령에는 따르지 않았다고 한다. 손자는 '어디 두고 보자. 내가 누군데 내로라하는 군사 전문 전략가가 아닌가'하며 본때를 보일 기회를 엿보고 있었다. 손자는 화가 머리끝까지 올라 목청을 높여 북을 치며 제식 훈련을 또 명령했다. 하지만 외려 궁녀들은 손자의 바짝 오른 목청이 반사된 듯 더 왁자지껄할 뿐 요지부동이었다. 이에 분개한 손자는 "군령이 분명하게 전달됐는데도 병사들이 따르지 않는다는 것은 대장에게 책임이 있다"라며 두 대장의 목을 여지없이 날려버렸다고 한다.

중국 춘추전국시대 오나라와 월나라는 엎치락뒤치락하는 전쟁을 오랫동안 지속했다. 오나라 부차의 와신과 월나라 구천의 상담이 오월동주 하듯 합쳐진 '와신상담'이라는 사자성어가 있다.

오월동주는 나쁜 관계지만 곤경에 처하거나 필요시에 서로가 협력하는 것을 비유하는 말이다. 예컨대 때로는 정치권에서 당파 간에 실컷 싸우다가도 언제 그랬냐는 듯 의견을 같이할 때가 있다. 이런 것도 오월동주라고 한다면 터무니없을지 모르겠다.

'손자병법' 구지 편에 '월나라 사람과 오나라 배를 타고 가다가 풍랑을 만나면 서로 돕기를 오른손과 왼손처럼 하게 된다'라고 적혀 있다.

손자병법은 세계적으로 정치, 경제, 군사 등 여러 방면에 두루 활용

되는 지침서이다.

오나라와 월나라에서 유래된 와신상담은 섶 위에서 잠을 자고 쓰디
쓴 쓸개를 맛본다는 뜻으로 목적을 달성하기 위해 온갖 고난과 고초
를 참고 견딤을 비유하는 말이다. 오나라의 합려는 월나라로 쳐들어갔
지만 많은 병사를 잃고 자신도 화살에 맞아 중상을 입었을 만큼 월나
라 왕 구천에게 대패했다고 한다.

전쟁에서 패한 오나라의 합려는 전쟁에서 입은 상처가 악화돼 임종
을 앞뒀다고 한다. 그는 죽기 전 그의 아들 부차에게 여하한 일이 있어
도 원수는 갚아야 한다는 유언을 남겼다. 아버지의 유언을 한시도 잊
지 않은 부차는 가시 달린 섶나무로 신발을 만들어 신고 섶나무로 엮
은 자리에서 자는 고행을 하며 각오를 다졌다. 그는 마음을 굳게 먹고
전력을 보강하는 등 전투태세에 만전을 기했다고 한다.

아버지의 원수를 갚기 위해 이를 갈고 있는 부차의 전쟁 준비는 누
설돼 월나라 구천의 귀에 들어갔다고 한다. 이러한 소식을 접한 구천
은 허를 찌르는 선제공격이 최선이라고 생각하고 선공을 감행했다고
한다. 하지만 준비가 안 된 선제공격은 얼마 못 가 힘을 잃었고 결국
전쟁에서 대패하고 말았다. 설상가상으로 월나라의 수도마저 포위돼
위기에 직면한 구천은 퇴각해 최후의 보루로 삼은 회계산에서 버텼지
만 오래가지 못하고 항복하게 된다..

패자가 돼 포로로 전락한 구천은 며칠 간 부차의 노복으로 일해야
했고 온갖 고초를 겪어야 했다. 심지어 부차의 역겹고 쓰디쓴 변을

핥아야 하는 수모를 겪기도 했다. 구천의 아내는 부차의 첩이 됐다고 한다.

게다가 구천은 맹세서에 '월나라는 영원히 오나라의 속국이 될 것'이라고 서명하고 구차하게 목숨만 부지한 채 귀국했다. 한 나라의 왕으로서 상상하기조차 힘들 것 같은 수모와 치욕을 당한 구천은 문얼굴에 쓸개를 매달아 놓고 드나들 때마다 쓸개를 핥으며 치욕적인 것들을 반추했다고 한다. 언젠가는 치욕과 수모를 되갚는 날이 오리라는 걸 믿었던 것이다. 호시탐탐 기회만 엿보던 구천은 부차가 중원을 노릴 때 그 틈을 놓치지 않았다. 구천은 부차 진영의 허점이 노출되자 오나라를 쳐들어가 정복하고 부차를 생포한다.

2010년 4월 28일이다. 날씨가 춥다. 이 날짜 기온으론 기상관측 이래 최저라고 한다. 서울의 체감온도가 영하 이하로 내려갔다. 강원도에 많이 내린 눈을 TV 화면으로 볼 수 있었다.

진즉 왔어야 할 완연한 봄이 늦어지고 있다. 짧은 빙하기가 시작됐다는 말이 있다. 지난겨울 북반구는 눈이 많이 내리고 유난히 추웠다고 한다. 미국 워싱턴에는 지난겨울 100년 만에 140센티미터의 적설량을 보여 눈과의 전쟁을 겪어야 했다. 올 1월 4일 서울에도 103년 만에 기록적으로 내린 25.8센티미터의 눈이 연일 계속되는 강추위로 쉬이 녹지 않아 한동안 '교통대란'을 겪기도 했다. 급기야 염화칼슘 살포 제설 차량으로는 한계에 달해 포클레인, 불도저 등이 동원되고 덤프트럭 등은 눈을 실어 나르기도 했다. 남반구에는 때아닌 홍수가 곳곳에서 발생해 '물난리'를 겪는다는 보도가 있었다.

지난겨울 날씨가 따뜻할 것이라는 중앙관상대의 장기예보는 터무니없이 빗나갔다. 이미 눈이 쌓인 뒤에 대설주의보를 내려 "뒷북치는 중계방송을 한다"라는 비아냥을 듣기도 했다.

주가 전망과 일기예보는 틀리기 위해 있는 것이라는 말이 실로 실감이 난다. 지금의 과학 발전이 정점에 달한 것 같지만 자연 앞에선 속수무책인 경우가 많다. 바꿔 말하면 대자연을 상대로 해 시계열을 측정하는 어마어마한 고가의 '슈퍼컴'이 있다고 해도 과학자들이 담배 연기가 5초 뒤 확산되는 속도와 어느 방향으로 어떻게 흩어질 것인가를 예측하는 것은 불가능하다고 하니 일기예보는 참으로 난해할 것 같다는 생각이 든다.

이즈음 날씨를 보면 봄을 건너뛰고 여름으로 직행할 것만 같다. 오늘이 5월 1일이건만 서울의 아침 기온이 영상 7도였다. 계절은 분명히 봄이건만 봄이 온 건지 안 온 건지 요즘 날씨는 '미쳤다'라고 하는 사람이 많다.

우리뿐만 아니라 돌기처럼 솟아 지구의 중심에 있는 우리나라 좌우에 있는 중국, 일본도 그렇거니와 몽골, 러시아도 이상기온을 겪기는 마찬가지다.

지난 겨우내 낮았던 기온이 이월된 것 같고, 지난겨울에 왔던 눈에 오는 눈이 반사돼 냉각 효과 현상이 빚어지는 건지 모르겠다. 얼마 전

아이슬란드에 있는 화산이 폭발했다. 폭발한 화산은 태고의 만년 설산이다. 겉켜를 뚫고 솟구친 마그마는 눈과 만나 화학작용을 일으켰는데, 불타는 기름에 물 붓는 격으로 엄청난 폭발력이 생겨 화산재가 유럽 전체를 뒤덮었다. 하늘을 뒤덮은 화산재는 며칠 동안 거의 모든 유럽 국가들의 항공기 이착륙을 막았다.

이 화산재는 제트기류를 타고 한반도 상공에도 날아들었다. 이 화산재들이 태양을 가려 미미하나마 저온현상의 원인이 되는 건지도 모르겠다. 어쨌든 저온현상은 이어지고 있다.

앞에서 '일기예보는 난해할 것 같다'라고 말한 바 있는데, 어쩌면 일기예보는 청개구리가 어느 방향으로 뛸 지를 알아맞히는 것과 대동소이하다고 생각해 본다. 청개구리는 바라보고 있는 쪽으로 뛰지 않는 예측불허의 엉뚱한 구석이 있다.

어렸을 때, 비록 꿈은 예속화돼 버렸지만 동물이나 파충류, 곤충을 관찰하는 데 다소나마 흥미를 가졌던 것 같다. 반추해 보면 여러 일들이 떠오르긴 하는데 청개구리 얘기를 해 보자. 내가 자랐던 집은 빙 둘러서 무궁화나무 생울타리로 돼 있었다. 늦가을까지 무궁화꽃이 피고 지기를 반복하는 마치 3.1운동 사적지라도 되는 것처럼 보였다.

생울타리는 청개구리들의 아지트 같았다. 쉽게 눈에 띄었고 비가 오기 전에는 어찌 알고 청개구리들은 냇가에 어미 묘소가 떠내려갈까 봐 "개굴개굴"하고 울어댔다. 여러 마리가 개굴개굴하는 것 같았는데 개굴개굴하는 소리는 어그러지지 않고 하나의 소리가 됐던 것 같다.

지금처럼 디지털화된 시대도 아니고, 아니 전기도 들어오지 않았으니 뛰노는 게 놀이의 전부라 할 수 있다. 한 날은 생울타리에 앉은 청개구리를 무심코 관찰하게 됐다. 관심의 핵심은 이 개구리가 어디로 뛸 건가였다. 앞으로 한번 폴짝 뛸 것으로 생각했었는데 얼토당토않게 예측은 빗나갔다.

청개구리는 내 마음을 꿰뚫어 보고 짐짓 그러는 양 제자리에서 발을 옮기고 옮겨 360도 한 바퀴 회전했다. 도로 제자리에 머물렀다는 말이다. 태평양전쟁에서 '개구리 뛰기 전술'로 승리한 맥아더 장군 같았다. 맥아더 장군은 수심이 깊어 적도 예상 못한 곳으로 상륙해 허를 찔렀다.

요즘 흐릿한 시계가 천안함 침몰 당시 실종자를 찾느라 수중수색에 나선 사람들이 '30센티미터 앞도 안 보였다'는 말과 다를 바 없는 것 같다. 경제의 시계도 개구리가 어느 방향으로 뛸지 모르듯 예측불허인 것 같다.

'CEO 대통령 또는 경제 대통령'인 이명박 대통령이 해외 순방을 의욕적으로 하는 것 같다. 이 시간에도 중국을 순방하고 있다. 후진타오 국가주석과 정상회담을 했다. 이명박 대통령은 중동으로 날아가 원전을 수주하기도 했다. 이명박 대통령은 올해 말 우리나라에서 열리는

'주요 20개국 정상회의(G20)'의 의장이기도 하다.

무디스는 한국의 신용등급을 며칠 전 상향 조정해 발표했다. 국내 주요 대기업들의 2010년 1분기 경제 성장률은 7.8%인데, 이는 전년 1분기와 비교해 봤을 때 예상치를 훨씬 앞지르는 수치라고 한다. 지표상으로만 보면 경제가 많이 호전된 것 같다. 경제가 마냥 장밋빛 같다.

하지만 서민경제가 요즘 날씨와 어쩜 그리도 많이 닮았는지 모르겠다. 암울한 서민경제와 요즘 날씨가 서로 약속이라도 한 듯 원원하는 것 같다. 게다가 천안함 침몰은 온갖 억측을 자아내며 국민들 마음을 심란하게 하는 것 같다.

우리나라는 1950년 한국전쟁이 발발해 1953년에 휴전이 됐다. 57년 동안 휴전상태이다. 휴전상태라고 하는 것은 전쟁을 서로 합의하여 멈추고 쉬고 있다는 것을 말한다. 엄연히 말해 아직 한국전쟁은 종식된 것이 아니다.

오랫동안 휴전상태라 우리가 무감각해진 걸까. 외국 사람들 중 일부는 한국 사람들이 전쟁에 무뎌져 있다고 말한다.

우리나라는 강대국들이 개입하는 바람에 분단국가가 되었다. 지금도 주변 강대국들의 개입은 진행 중이고, 그들은 은연중에 한쪽 편을 들어 지원군이 되고 있다. 강대국 중 어떤 나라는 때로 흡혈 동물 같은 모습을 보이기도 한다.

주변국들은 우리의 통일을 원하지 않을 것이다. 남과 북은 주변국들이 우리의 통일을 바라지 않는다는 사실을 명심해야 할 것 같다. 여

하튼 통일은 요원해 보인다. '우리의 소원'이라는 노래가 있는데 누가 뭐래도 우리의 소원인 통일은 이뤄져야 할 것이다. 우리의 소원 통일은 우리가 이뤄야 할 것이다. 통일되면 우리도 강대국의 반열에 들 것이다. 5000년 동안 유구하게 내려온 DNA라면 강대국 반열에 오를 역량은 충분할 것이다.

인구 1억 명은 돼야 할 것이다.

우리나라의 출산율이 0.7명 정도로 낮아졌으니 보통 문제가 아니다. 그래서 더더욱 통일을 해야 한다는 것이다. 집권세력 어른들이 통일을 이루는 데 결판내기 힘들다면 어린아이들에게 전권을 부여해도 좋을 듯하다. 아이들이 가위, 바위, 보를 해서라도 통일을 결정해야 한다고 본다. 무력 통일은 있어서는 안 되는 일이다. 우리의 소원이라는 노래는 부자가 작사와 작곡을 했다고 한다. 아버지인 안석주가 작사하고 아들 안병원이 작곡했다. 이 노래는 본디 '독립'을 염원했다는데, 정부가 수립되면서 문교부가 노랫말의 '독립'을 '통일'로 바꿔 통일을 염원하는 노래가 됐다. 5000년 역사의 메커니즘[20]은 아무리 거듭 생각해도 정말 놀라울 뿐이다. 예컨대 지금은 비록 미사일 개발 수준이 미국 등이 앞서 있지만 1400년대 중반 무렵 우리는 대신기전이 개발돼 실전 배치됐다고 한다. 지금으로 말하면 미사일이다. 서양보다 450년이 앞선다. 대신기전은 강폭 2킬로미터가 넘는 압록강을 거뜬히 날아가 오랑캐(여진족)를 초토화시켰다고 한다.

---

20) 사물의 작용 원리

지금 우주개발 면에서 미국이 세계 최고 수준을 자랑한다. '우리는 60년대에 달에 갔다 올 것이다. 그것이 쉬워서가 아니라 어렵기 때문이다.' 이러한 정신을 바탕으로 한 1967년부터 시작한 케네디의 아폴로 계획은 급발전해 계획대로 60년대가 가기 전에 인류가 달에 첫발을 내딛게 했다. 첫발을 내디딘 사람은 암스트롱이다.

또 미국은 최근 오바마 대통령이 "2030년대 중반까지 화성에 탐사선을 보내겠다"라고 할 만큼 우주개발 기술이 뛰어나지만 1828년 프랑스에서 태어난 공상 소설가 쥘 베른의 『지구에서 달까지』를 모티브로 한 것이다. 『지구에서 달까지』가 나온 지 100년 만에 달에 첫발을 디딘 것이다.

『지구에서 달까지』를 읽어봤다. 초창기 미국의 우주선이 달에 갔다가 바다로 귀환하는 것까지도 이 공상 소설을 판박이처럼 닮았다.

『지구에서 달까지』(출판 열림원, 번역 김석희)의 작품 해설2를 보면 '1968년 12월까지 날아간 최초의 유인 우주선 아폴로 8호 선장' 프랭크 보먼은 1969년 쥘 베른의 손자에게 보낸 편지에서 '우리의 우주선은 바비 케인의 우주선과 마찬가지로 플로리다에서 발사되어…, 태평양의 착수지점은 소설에 나오는 지점에서 겨우 4킬로미터밖에 떨어지지 않은 곳이었습니다'라고 썼다고 적혀 있다.

우리나라의 미사일 역사가 세계 어느 나라보다도 450년이나 앞섰고 순수한 우리의 기술이라는 것이 놀랍고 경이롭다. 우리 역사의 메커니즘은 살아있다. 단 외부 세력들의 개입으로 아픔을 겪으면서 잠시 주춤했을 뿐이다. 대한민국은 반쪽만 가지고도 선진국 대열에 합류하고 있다. 수혜국에서 공여국으로 발전했을 만큼 성장했다. 가정해 보자. 통일이 되면 어느 누가 넘보겠는가. 진디 하나도 얼씬거리지 못할 것이다.

만약 한국전쟁 같은 불상사가 다시 발생한다면 우리는 생명과 재산을 잃을 것이다. 우리가 다시 그런 우를 범한다면 주변국이나 강대국들의 들러리로 살아갈 수밖에 없을 것이다.

우리가 반세기가 넘는 동안 그랬듯 반목과 대결만을 반복할 것이 아니라 타협과 지향점을 찾아 공유해야 할 것이다. 한민족이지만 엄존하는 2개의 체제에 동질성보다 어쩌면 이질성이 커져만 가는 것은 아닌지 모르겠다.

앞에서 우리나라 남과 북의 통일을 아이들에게 전권을 부여해 '가위, 바위, 보'를 해서라도 통일을 결정짓게 해야 한다고 했는데, 김영삼 전 대통령과 김대중 전 대통령이 단일화에 실패해 여당이 어부지리로 당선된 적이 있다. 때는 바야흐로 6.29 특별 선언이 있은 뒤였다.

대통령 직선제에 목말라했던 민주화 세력의 민의는 1987년 절정에 달했다. 이즈음 누가 보더라도 체육관에서 선출될 차기 대통령은 '이 사람 믿어 주세요'라는 닉네임이 붙어 다니는 노태우 민정당 대표였다. 그가 봇물 터질 듯한 민주화 세력의 직선제 요구에 백기를 들고 수용

한 것이 '6·29 특별 선언'이다.

여당에 차기 대통령 후보로 노태우가 있다면 야당에는 민주화의 수호신 김대중, 김영삼 두 지도자가 있었다. 서로 호형호제할 만큼 막역한 두 사람은 6·29 특별 선언 이후 호형호제는 무색해졌다. 대통령을 꿈꿔왔던 두 사람은 마치 대통령의 권좌가 자기 손에 잡히기라도 한 듯 서로를 견제하면서 사이는 벌어졌다. 쌍두마차처럼 어그러짐 없이 두 사람은 앞에서 나란히 민주화의 마차를 끌어왔던 사람들이다.

머잖아 닥칠 유력 야당 대통령 후보의 단일화에 '나 아니면 안 된다'라는 식으로 꿈쩍 않고 타협의 여지가 좁혀질 기미가 없어 보이자 시중에는 여러 가지 말들이 나돌았다. '이들을 방에 가두고 가위, 바위, 보를 해서라도 단일화하기 전에는 절대로 밖으로 내보내지 말아야 한다.' 이 가십은 언론에 보도되기도 했다. 끝끝내 단일화에 실패한 이들은 지난날의 호형호제를 뒤로한 채 각자 출마했다. 정치학자인 미국의 애덤 프셰보르스키는 투표를 '종이로 된 돌'이라고 했다는데, 이들의 단일화 실패는 선거의 패배를 부르는 것이었다. 6·29 특별 선언이 있었던 1987년 12월 16일 대통령 선거에서 민주화 표는 예견된 것처럼 분산돼 정 맞은 돌처럼 반으로 쪼개졌다. 당시 여당 후보 노태우는 36.6%를 얻어 대통령에 당선되었다.

단일화를 통일에 대비해 봤다. 그리고 생각해 보자. 우리가 남북 통일을 게을리하고 부정한다면, 요컨대 과연 어부지리를 누가 챙기느냐는 것이다.

영화 〈아바타〉가 큰 성공을 거뒀다. 비록 영화이긴 하지만 평화스러운 우주에까지 가서 전쟁을 일삼는다. 아바타는 그리스 신화에 나오는 '판도라 상자'를 열어버린 것 같다. '별들의 전쟁'의 서막인지 모르겠다.

아바타는 언옵테늄이라는 광물질을 빼앗으려고 파란색의 외계 생명체 나비 족을 무참히 살해한다. 그것도 비겁하기가 짝이 없다. 나비 족과 연인 관계를 맺고서도 말이다.

아바타는 가상이지만 현실로 도래할지도 모르겠다. 블랙홀 이론의 창시자이고 '우주의 비밀에 가장 근접한 물리학자'라는 평가를 받는 영국의 스티븐 호킹 박사는 최근 디스커버리 채널이 방영한 '스티븐 호킹의 우주'라는 다큐멘터리의 인터뷰에서 "다른 별에 외계 생명체가 존재한다고 믿는다. 하지만 접촉은 피해야 한다"라고 말했다. 아바타를 생각하게 한다.

조지 W. 부시 전 대통령이 일으킨 이라크 전쟁이 명분 없는 전쟁이라는 비판이 비등하다. 로스앤젤레스타임스는 "영화 속 지구인들이 판도라에서 자원을 캐기 위해 나비 족을 학살하는 내용은 이라크 전쟁을 떠올리게 한다"라고 썼다.

조지 W. 부시 전 대통령의 아버지 조지 부시 전 대통령도 이라크에서 1차 '걸프전쟁'을 일으킨 사람이다. 물론 부시 부자 대통령들의 싸움 전쟁이라는 비판이 있지만 그들이라고 해서 전쟁의 DNA가 높을까 하고 그들을 두둔해 본다.

동아일보 김순덕 논설위원이 '인간의 DNA가 바뀌지 않는 한 전쟁은 경쟁처럼 피하기 힘들다'라고 쓴 글은 '다른 별에 접근하는 것은 피해야 한다'라는 스티븐 호킹 박사의 말과 맥락을 같이하는 것 같다. 인간의 DNA가 바뀌지 않는 한 전쟁은 경쟁처럼 피하기 힘들다는 글을 읽고 하릴없는 신토불이일 것으로 생각하고 지구에 마그마가 사라져버렸으면 하는 생각을 한다.

아니면 응고돼 돌로 변해 버렸으면 참 좋겠다. 펄펄 끓고 있는 마그마가 전쟁을 충동하게 하는 DNA를 만들지도 모른다는 생각에선데 마그마가 자연적으로 응고될 일은 없을 테지만 만약 마그마가 응고된다면 인간에게 유입될 것 같은 전쟁의 DNA는 물론이려니와 지각을 건드리는 일 그 자체가 영원히 사라질지 모를 것이다. 지진, 해일, 쓰나미, 화산 폭발, 지각운동 등이 역사 속으로 사라질지도 모를 테니 얼마나 좋겠냐는 것이다. 더 좋은 건 인류의 염원인 전쟁이 없을 것 같은 생각이 든다.

공상영화보다 더한 공상을 해봤다. 지구가 있는 한 마그마는 존재할 것이고 인간들의 DNA도 지금처럼 이대로 만고불변[21]일 것이라는 생각을 하게 한다. 그래서 나는 지구인들이 마그마가 없는 우주 어느 곳으로 이주하지 않는 한 전쟁이 지속될 것이라는 생각을 다시금 해본다.

---

21) 영원히 변하지 않음

철학자 헤겔은 인간을 '죽을 지경으로 병든 자연'이라고 했다는데 자연을 병들게 하는 인간들의 병폐는 지구가 모자라 우주로 뻗고 있다.

인간들은 벌써 지구의 표면을 산성화했고 인간들은 또 우주에 쓰레기를 널브러뜨리고 부메랑이 돼 돌아올 피해를 염려하고 있다고 한다.

말을 한국전쟁으로 잇는데 남극에 사는 펭귄들에게서 발견되는 펭귄효과는 인간들의 전쟁에서도 유효한 것 같다. 더욱이 지정학적으로 강대국들 속에 낀 우리나라는 말이다.

한국전쟁 때 인천상륙작전만큼이나 중요시한 다부동 전투가 있다. 다부동 전투에서 펭귄효과가 극대화한 것 같다.

다부동 전투는 국군 제1사단이 대구 북방 다부동에서 미군과 함께 북한군의 3개 사단을 격멸시킨 전투인데, 당시 사단장은 백선엽 장군이었다. 백선엽장군 용감한 펭귄이었다.

다부동은 전황을 바꿔 놓을 수 있을 만큼 명운이 걸린 요충지라 견고한 보루는 절대적 사수뿐이었다.

하지만 보급이 지연돼 이틀 동안 주린 병사들이 무기력해져 싸울 용기를 잃고 후퇴하기 시작했다고 한다. 이를 지켜본 사단장 백선엽 장군이 병사들 앞에 나가 "여러분이 후퇴하면 나라가 망하는 것이다. 미군들이 우리를 보고 있다. 미군들도 우리를 위해 싸우고 있다. 여러분 힘내시오. 나를 따르시오. 만약 내가 후퇴하면 여러분이 나를 쏘시오"라고 말하며 앞장서서 싸워 승리로 이끌었다고 한다.

당시 백선엽 장군의 용감한 행동에 '나를 따르라'라는 미국 보병학교 교훈을 가지고 있는 미군들이 백선엽 장군을 신병(神兵)이라고 했다고 한다. 신이 내린 병사라는 것이다.

많은 사상자를 내고 다부동 전투를 마친 1사단이 미군에 다부동 지역을 넘겨줄 때 EO 미군들이 '저 위에 있는 시체들을 모두 파묻기 전엔 지역을 인수하지 않겠다'라고 했다는 말을 백선엽 장군이 영문으로 출간한 그의 회고록 '부산에서 판문점까지'에 썼다.

한편 미국의 역사가 로이 애플먼은 그의 저서 『남으로 낙동강 북으로 압록강』에서 '백 소장의 강력한 지도력 아래 1사단은 대구에 이르는 산악 접근로에서 용감하고 피 흘리는 방어전을 수행했다'라고 썼다고 한다. 또 한편 한미 친선 협회인 '코리아 소사이어티'는 2010년 '밴 플리트상' 수상자로 백선엽 예비역 대장을 선정했다고 한다.

밴플리트상은 한국전쟁에 참전한 제임스 밴 플리트 장군을 기리는 상이다. 1992년부터 수여한 이 상은 정치인 대통령으로는 지미 카터 전 미국 대통령, 조지 W. 부시 미국 전 대통령, 대한민국의 김대중 전 대통령이 순차적으로 받은 바 있다.

미국은 아직도 한국전쟁에 관한 행사에 '한미 동맹의 상징적 인물'인 백선엽 장군을 초청해 참석하게 하고 그의 자리를 좋은 곳에 배치한다고 한다.

올해가 한국전쟁이 발발한 지 60주년이 되는 해다. 조선일보는 한국전쟁 60년을 맞이해 '나와 6.25'라는 수기를 모집했다. 수기 당선자 중에는 김은숙 할머니가 있었다.

김 할머니의 수기가 2010년 3월 10일 자 조선일보에 사진과 함께 실렸다. 1951년 1·4 후퇴 때 열차를 타고 부산으로 피란을 가던 때의 이야기였다. 1·4 후퇴라는 것은 한국전쟁 당시, 즉 1951년 1월 4일 대규모의 연합군이 퇴각한 날이다. 한국전쟁에 개입한 중공군이 인해전술로 물밀듯이 무지막지하게 밀고 내려와 퇴각할 수밖에 없는 전황이었다고 한다.

김 할머니의 수기 중에 '젖이 안 나와 아이가 울어댔어요. 불쌍한 것 세상에 나온 지 고작 일주일인데… 객석을 돌아다니면서 젖동냥을 했습니다. "젖 먹이는 분 있으면 조금만 먹여주세요." 여기저기서 젊은 여자들이 젖을 물려줬습니다'라고 썼는데 가슴이 뭉클했다. 더욱이 폐렴에 걸린 아이에게 값싼 폐렴 주사를 맞게 해 백일을 못 넘기고 하늘나라로 갔다는 데에 숙연해졌다.

비록 아이가 전쟁 무기에 의해 하늘나라로 간 건 아니지만 전쟁의 아픔과 상처가 그대로 남아있는 것 같다.

아 참! 수기를 쓴 김 할머니는 또또가 몇 개월 살았던 우리 아파트 같은 동 바로 옆 라인에 거주한다.

또또가 지난겨울 급작스러운 추위에 가게 안으로 들어와 난로 앞에서 위를 올려다보며 시청한 TV는 평면TV가 아닌 브라운관이 튀어나온 오래된 구형 TV이다. 그야말로 고물이다.

요즘은 대개가 얄팍한 디지털TV를 시청한다. 머잖아 방송이 디지털 송신을 해 브라운관 등의 아날로그 TV는 지상파 디지털 컨버터를 설치해야 시청할 수 있다고 한다. 어느새 또 3차원(3D) TV가 개발됐다. 3D TV는 입체 영상 TV를 말하는 것이다. 아날로그 TV 방송은 2010년 12월 종료된다. 올 10월이면 HD급 지상파 3D TV 실험방송을 한다. 2011년에 대구에서 열리는 '세계육상선수권대회'와 2012년 '여수 엑스포'를 3D TV로 실험 중계 방송한다고 한다. 참말로 입체 영상의 '르네상스' 시대인 것 같다.

영화 〈아바타〉가 3D 영상 르네상스 시대의 매개가 되는 것 같다. 특수안경을 쓰고 보는 아바타가 태풍을 몰고 왔다. 누적 관객 1,000만 명을 돌파했고 사람들이 만나면 인사말이 "아바타를 봤느냐?"고 할 정도였다. 다섯 명 중 한 명이 관람한 셈이 된다. 속된 말로 '대박을 터뜨렸다'고 할 수 있다.

영화 〈아바타〉가 '하나뿐인 지구를 살리자'라는 구호와 맞물려 도는 톱니바퀴 같다고 생각한다. 저탄소로 지구적 차원의 온실가스 감축 방안을 채택하기 위해 제15차 '유엔기후변화협약 (UNFCCC) 당사국 총회'가 코펜하겐에서 열릴 때 부정적이긴 하지만 인류를 위해 아바타가 우주로 나섰다는 것이다.

유엔기후변화협약 당사국 총회 코니 헤데고르 의장은 "이번 회의에서 (합의할) 기회를 놓친다면 더 좋은 기회는 오지 않을 것"이라고 말했

다고 한다. 이번 회의에 세계를 이끌어 가는 지도자(정상) 110여 명이
모였다고 한다.

기후변화는 인간들뿐만 아니라 미물들에도 치명적이라고 한다. 또
또가 길바닥에 고인 물을 먹는 것을 본 적이 없다. 아니 갈증이 난 듯
한 또또는 고인 물을 먹으려고 하다가도 그냥 말곤 했었다.

후각이 탁월한 또또가 눈으로 보고 코로 냄새를 맡고서는 먹을 수
가 없다는 것을 알아차린 듯했다. 다시 말하면 파다한 중금속 등에 오
염된 물을 도저히 먹을 수가 없었으리라는 것이다.

더욱이 수돗물을 먹는데 길바닥에 고인 물을 어찌 먹겠나 싶었다.

또또가 길바닥에 고인 물을 안 먹으려 하는 것도 탄소 배출로 인한
환경 변화에서 초래됐을 것이다. 인간들이 하루에 일만 리터를 마신
다는 공기와 인간들이 하루도 안 마시면 안 되는 물이 문제가 된다.

빗물을 이야기해 보자. 또또가 피해 다니는 빗물은 강물, 바닷물
등이 증발해 높이 올라가 찬 공기와 만날 때 엉겨 다시 땅 위로 떨어
지는 것을 말한다. 롤러코스터라고나 해야 할까 비는 순환해 돌고 도
는 것이다. 내가 어릴 때 내렸던 비와 요즘에 내리는 비는 천양지판인
것 같다.

즉, 요즘 내리는 비에는 대기 중에 떠돌아다니는 중금속 등이 섞여
있지만 산업화되기 이전인 농경사회 때만 해도 빗물이 아주 깨끗했다.

예컨대 온도가 내려가 뭉친 수증기가 얼어서 내리는 게 눈인데, 내가 자랄 때 시골에는 벼를 추수하고 남은 볏짚을 이엉용으로 소 먹잇감으로 땔감용으로 사용하기 위해 쌓아 놓는다. 겨울이면 그 위에 눈이 쌓이곤 했다. 내가 자란 고향은 눈이 많이 내리는 지역이기도 하다.

볕에 못 이겨 녹는 눈은 어김없이 볏짚 끝에 석회 동굴의 석순처럼 거꾸로 매달려 자라는 '수정 고드름'을 만들어냈다. 요컨대 한 자, 두 자, 한 길씩 자라는 고드름을 꺾어 아이스크림 먹듯 아작아작 씹어댔었다. 하지만 지금은 어림없는 일로 '보고도 못 먹는 떡'이 돼버렸다는 것이다.

하지만 빗물은 산성 빗물이니 중금속 등으로 오염돼 버렸다는 식으로 싸잡아 도매금으로 넘어가서 문제이지 기실은 지상에 닿기 이전에는 그리 심각하지는 않다. 우리나라보다 더 발달한 호주는 빗물을 받아 정제해 식수로 이용한다고 하니 빗물을 다시 생각하게 한다. 호주는 빗물을 정제해 우리나라의 샘물처럼 페트병에 담아 클라우드 주스라는 이름을 붙여 판매한다고 한다.

빙산이나 만년설이 인간들의 식수로 이용되고 있다. 유럽의 한 국가가 만년설로 만든 맥주를 수입해 높은 가격에 판매되고 만년설의 물도 수입되기는 마찬가지라고 한다.

어마어마한 바위에 구멍을 뚫고 정을 꽂아 해머로 두들겨 암석을 조각내듯 남극의 빙산을 조각내서 선상에 실릴 날이 머잖은 것 같다.

봉이 김선달은 풍자적인 사람으로 조선 후기 때 나라를 들썩거리게 했다. 평양 출신인 그는 대동강 물을 팔아먹은 사람으로 각인되고 있다.

신분사회에서 배움은 있었으나 변변하지 못한 가벌이 장애가 돼 출셋길이 막히자 그는 평양이나 지금의 서울인 한양을 쏘다니며 권력가, 양반, 부잣집 등을 상대로 풍자한 일화가 재밌다.

김선달은 어느 날 대동강 강가에서 한 무리의 물장수를 모아 주막으로 데려가 한턱을 제대로 냈다. 한편 그는 얼큰해진 물장수들에게 동전 몇 닢씩을 주고 '내가 내일부터 어느 길목에 앉아있을 테니 며칠 동안만 동전 한 닢씩을 던져주고 모르는 체하고 갔으면 한다'라고 부탁했다.

김선달은 다음 날 의관을 정갈히 잘 갖추고 전날 약조한 자리에서 한통속이 된 물장수가 던져주는 한 닢씩의 동전을 받고 있었다고 한다.

아직껏 본 적이 없는 물장수들이 삼삼오오 무리를 지어 수군거리는 터였다. 그즈음 돈을 내지 않고 지나가려던 물장수 한 명이 김선달의 호통을 받고 있었다. 이러한 광경을 곁에서 지켜본 물장수들은 물값을 내야만 하는 줄로 알고 김선달과 담판 흥정을 벌여 결국 수천 냥을 물값으로 냈다고 한다.

김선달의 호인 봉이가 재미있어서 봉이와 관련한 이야기를 하나 더 해 보련다. 김선달이 대동강 물을 팔아먹은 이야기보다 더 재밌는 것 같다. 호가 된 봉이의 봉은 불황의 준말이라고 한다.

김선달이 어느날 시장 골목길을 지나다 닭을 판매하는 닭집에 들어가 닭장에 갇힌 닭 한 마리를 찍어 가지키며 주인에게 부러 '봉이냐?'라고 물었다고 한다.

'닭을 가리켜 봉이냐?'라는 말이 얼토당토않다고 생각한 주인은 김선달이 거푸 "봉이냐?"고 물으니 귀찮은 나머지 "봉이 맞다"라고 말했다. 자신의 수작이 계획대로 먹혀들기 시작한 김선달은 일부러 닭 가격의 몇 배나 되는 가격으로 치르고 닭을 건네받았다.

훙이 난 김선달은 찌든 깃을 닦고 잘 다듬어 고을의 원님을 찾아가 닭을 '봉'이라고 바쳤다. 닭을 봉이라고 하는 김선달의 행동에 화가 치민 원님이 태형을 내렸다고 한다. 매를 맞은 김선달이 원님에게 자신은 닭 장수에게 크나큰 사기를 당한 것이라고 말했다. 봉이라고 해 엄청난 가격에 샀다는 것이다.

원님은 곧 그 닭을 판매한 닭 장수를 붙잡아 들여 김선달이 맞은 태형을 돈으로 환산해 내도록 하고, 또 닭을 봉이라고 하여 엄청나게 많이 받은 금액을 어처구니없는 금액으로 보상하도록 명령했다고 한다. 그 뒤 김선달에게는 봉이라는 호칭이 붙게 됐다.

봉황은 실존하는 새가 아니다. 궁, 상, 각, 치, 우의 5음을 낸다는 봉황은 상상의 새로서 벼슬은 닭을 닮고 목은 뱀을 닮고 턱은 제비를 닮고 등은 거북이를 닮고 꼬리는 물고기를 닮고 몸과 날개 깃털이 오색영롱하다고 한다.

벽오동나무에서만 살면서 대나무 열매를 먹는다는 봉황은 태평성대할 때는 감미료처럼 단물이 솟는다는 예천의 물을 마시며 사는 새로 전해져 내려오고 있다.

봉이 김선달 하면 대동강 물을 팔아먹은 사람으로 각인되고 허황함을 생각하게 한다. 하지만 김선달은 선견지명이 있었던 사람 같다.

지하수를 뽑아 판매하는 시대이다. 봉이 김선달 같다면 지나칠까. 아직 물장사를 하지 않은 기업도 자꾸 물장사에 뛰어드는 추세인 것 같다.

물장사를 하면 이익이 많이 남는다는 게 뇌리를 스치는데 물장수가 우후죽순처럼 느는 것을 보면 백 있고 돈 있으면 '인허가증'을 따내 한 번 해보고 싶은 사업이라고 생각한다. 물장사가 춘추전국시대로 접어들었지만 말이다.

토질오염 수질오염 등 환경 변화로 사용할 수 있는 물이 고작 1%밖에 안 된다고 한다. '물을 물 쓰듯' 하던 시대는 지났다는 말이 각종 매체에 오르내린 지가 벌써 까마득한 것 같다.

그 와중에 물 가격이 10년 이내에 기름 가격을 상회할 것이라는 예측이 있다. 주유기로 기름을 주유 판매하는 것처럼 물도 수유기로 계기 판매하게 될 것이라는 말이 나비의 날갯짓처럼 서서히 미동하고 있다.

미국의 한 경영자는 "이산화탄소 배출권 거래제를 통해 최대 온실가스 배출자에게 부담을 주듯이 물을 거래함으로써 물 소비의 억제를 유도하는 방안이 그리 놀라운 구상이 아니다"라는 말을 했다고 한다.

뉴욕타임스는 '미래가 말라붙고 있다. 묵시적인 재앙이 1년 뒤, 혹은 10년 뒤에 닥칠지 아무도 예상할 수 없다는 것이 물 부족 현상의 잔인한 점'이라고 보도했다.

중국이 동북공정이다 뭐다 하며 역사를 왜곡하고 있는데 지금은 중국 땅에 속해 있지만 국토를 넓힌 광개토대왕이 그랬듯이 과거의 전쟁은 대개 영토전쟁이었다. 하지만 현재의 전쟁은 과거의 전쟁과는 사뭇 다르다. 단적인 예로 이라크 전쟁은 석유 전쟁이었고, 물 부족이 당면 문제가 된 지금 미래의 전쟁은 물 전쟁이 될 것이라는 예측도 나오고 있다.

세계은행 부회장이고 세계 수자원위원회 회장은 "21세기 전쟁은 물 때문에 일어난다"라고 말했다.

만년설과 빙산으로 이뤄진 남극이 분쟁의 화약고가 될지 모른다는 생각이 앞선다. 남극은 물이 되는 빙산과 만년설뿐만 아니라 해저에는 광물자원이 널브러져 있다고 한다. 예컨대 남극의 해저 수심 3,000미터, 5,000미터에는 주먹만 한 망간단괴가 검은 감자를 흩트려 놓은 것처럼 깔려 있다고 한다.

바로 이러한 광물자원들이 분쟁의 불씨로 발전할 수 있다고 한다. 예를 들어보자. 2007년 8월, 북극해에서 있었던 일을 생각해 볼 필요가 있다. 러시아의 미니잠수정 미르호 두 대가 북극해를 잠수해 '내 땅이다'라는 식으로 해저에 말뚝 박듯 러시아 국기를 꽂은 사건이 있었다. 그 장면은 TV 화면으로 전파됐다. 당시 미국의 시선은 곱지 않았던 것 같다. 단적인 예로 미국의 타임스지를 봐도 미국의 속내가 잘 반영된 것 같다. '현재 북극에 대한 높은 관심은 정치적 낙관주의와 국민적 자존심, 군사력 과시, 높은 에너지 가격, 그리고 애매한 국제법 규정이 한데 엉켜 괴력을 지닌 거대한 폭풍으로 발전할 것이다'라고 보도한 데서 알 수 있다.

북극은 니켈, 우라늄 등의 광물자원을 채취하는 광산이 이미 개발돼 있고 지구에 매장돼 있는 천연가스 매장량의 25%가 있을 것으로 추산된다고 한다. 캐나다는 북극에서 다이아몬드를 캐내어 다이아몬드를 채굴하는 주요 국가가 됐다고 한다.

물 자원이 되는 만년설, 빙산을 비롯해 뭇 광물자원이 매장된 남극에도 이권을 두고 다투는 와각지쟁[22]의 조짐이 보인다.

이 세상의 생물체 중 사람이 세상을 가장 시끄럽게 한다는 말이 있는 것처럼 그래서 사람들이 모여 집단이 된 국가의 구성체는 오죽 시끄러울까 하는 생각이 들어 자위도 해보지만 과도할 만큼 세력 다툼이 심하다는 생각이 든다.

---

22)　달팽이의 촉각 위에서 싸운다는 뜻

인간들이 벌이는 국가와 국가 간의 경쟁은 영역수호를 위한 것이라고 할 수 있지만 어떻게 보면 또또같은 미물들이 아귀다툼하는 것이 오히려 신사답다는 생각이 든다.

포클랜드제도와 조지아 섬, 비스카야만 등의 주변 지역의 자국령 남극지역 100제곱킬로미터에 이르는 남빙양 해저를 영유권이라 주장하는 영국을 견제하는 국가들이 있다고 한다.

남극해에 근접한 칠레와 아르헨티나 등의 남반구 권의 견제는 물론이려니와 남반구 권이 아니더라도 러시아, 프랑스, 노르웨이 등도 영유권 주장에 나설 가능성이 크다고 한다. 상주기지를 두 곳이나 갖게 될 우리나라도 강 건너 불구경하듯 그냥 구경만 하고 있을 것 같지는 않아 보인다. 에너지자원이 풍부한 중동지역을 '화약고'라고 한 적이 있다. 화약고가 수자원이 풍부한 남극으로 이동하는 것인지도 모르겠다.

이 지구상에서 유독 인간들만이 갖은 문제를 일으키는 것 같다. 인간을 제외한 그 어떤 동물도 지구를 멍들게 하지는 않는 것 같다. 굳이 들추어내자면 초식동물이 반추할 때 생기는 메탄가스가 문제가 된다고나 해야 할까.

인간들이 만든 허술한 문명에 애먼 미물들이 수난을 당하는 것 같다. 우리나라에서 최근 발생한 기름 유출 사건을 보자. 2년 전에 서해 태안 앞바다에서 유조선 기름 유출 사건이 발생했다.

당시 태안 앞바다는 온통 기름투성이였다. 소라, 조개, 게, 해초류 등 많은 동식물이 희생되었다.

특히 기름 범벅이 된 가마우지가 어찌할 바를 모르고 넋 나간 듯이 우두커니 서 있는 모습을 TV로 봤던 게 지금도 생생하다. '소라야, 잘 지내니? 기름이 바다를 덮었는데 괜찮지? 너는 집도 없는데 어떡하니?'라고 신문에 초등학생이 쓴 글이 심금을 울렸다.

당시 자원봉사자들이 자진해 태안 해변으로 몰려 들어와 흡착포로 엉겨 붙은 기름을 닦아냈다. 정치인들도 태안 앞바다로 몰려들었다.

나는 자원봉사 활동을 하러 태안 앞바다에 가진 않았지만 TV로 봤을 때 참말로 장관이 따로 없었다. 이타심의 집합체였다. 하양, 노랑 방제복을 입고 해변을 가득 메운 모습은 백의민족의 저력이 연상됐다. 당시 기름 제거 자원봉사에 나선 사람이 123만 명이었다.

기름 유출이 발생한 지 2년이 후딱 지난 지금 태안 앞바다는 복구되었는데, 이를 기념한 '에버그린 희망 벽화'는 세계 최대 규모로 기네스북에 등재됐다. 벽화 길이가 2.7킬로미터, 면적은 19,440제곱미터에 달하며 원북면과 이원면을 잇는 이 방조제에 손도장을 찍는 캠페인이 벌어지고 있다고 한다. 오는 10월 말까지 벌이는 이 행사는 태안군 인구인 7만 개의 손도장이 찍힐 예정이라고 한다. 손도장 아래에는 자신의 사인이나 문구 등을 삽입할 수 있다.

만리포에는 '서해의 기적 위대한 국민'이라고 쓴 비가 있다. '2008년 12월 5일 국무총리 한승수'라고 적혀 있다고 한다. 또 '누가 검은 바다를 손잡고 마주 서서 생명을 살렸는가'라는 시비 아래 받침돌에는 '취지문'이 적혀 있다.

'이 찬양 시비는 2007년 12월 7일 만리포 북서방 6마일 해상에서 발생한 허베이스피리트호 유류 유출 사고로 실의에 빠진 태안군민들의 슬픔을 위로하고 절망의 검은 바다를 희망의 바다로 바꿔 놓은 123만 자원봉사자들이 헌신하신 뜻을 높이 찬양하여 전 군민의 정성을 모아 세웁니다'(2008년 12.5 태안군민 일동)라고 적혀 있다고 한다. 4월 20일, 멕시코만의 원유시추시설이 폭발했다. 1,500미터 해저 유정에서 하루 4,800톤 이상의 기름이 유출돼 바다를 오염시키고 있다. 폭발 방지기에 점토 성분이 높은 액체를 쏘아 막는 톱킬(Top Kill) 방법을 사용해서 막지 못하면 '강압유정'을 뚫어 막을 수 있는 8월 말까지도 원유 유출이 계속될 수 있다고 한다. 5월 26일, 현재 유출된 양만 해도 1,900만 갤런으로 1989년에 발생한 '엑손' 사건 때의 1,100만 갤런을 앞질렀다. 1갤런은 영국에서는 4.54리터, 미국에서는 3.78리터이다.

인류 문명은 1억 5천만 년 전에 만들어진 화석 연료인 '검은 석유'를 발견하면서 발전하기 시작했다. 태안 앞바다에서 홍콩 선적의 허베이 스피리트 유조선과 삼성물산의 삼성1호가 충돌해 유출된 기름도 1억 5천만 년 전에 만들어진 것이다.

검은 석유로 문명을 밝힌 인류는 배은망덕하게 인간들만을 위한 이

기심으로 인간들을 제외한 동류의식[23]이 결여돼 있다는 생각이 든다. 때문에 지구가 검게 되는 것 같다. 그 부류는 허다하겠지만 단적인 예를 들면 여기서는 태안 앞바다에서 발생한 기름 유출 사건이 그 하나가 될 것이다.

기름 범벅이 돼 망연자실한 듯 서 있는 가마우지를 보고는 전에 읽은 『갈매기에게 나는 법을 가르쳐준 고양이』라는 책이 떠올랐다. 그린피스 일원으로 활동하고 있는 칠레 작가 루이스 세풀베다가 쓴 책이다. 루이스 세풀베다는 1999년 중앙일보의 '행동하는 지성인으로 떠오르는 밀레니엄 작가 20인'에 선정되기도 했다.

이 책을 읽노라면 2년 전 유조선에서 기름이 유출돼 '검은 바다'가 된 태안 앞바다가 대입되기도 한다.

'8세부터 88세까지 읽을 수 있는 소설'이라는 『갈매기에게 나는 법을 가르쳐준 고양이』의 줄거리를 요약해 보련다.

인간들이 유출한 기름에 범벅이 된 켕가라는 갈매기가 어느 날 소르바스라는 검은 고양이가 있는 곳에 떨어졌다.

검은 고양이 소르바스는 기름 덩어리가 된 갈매기 켕가를 핥으며 아무 일 없기를 기원했다. 하지만 켕가는 소르바스의 정성을 뒤로한 채 다 죽어가는 지경임에도 알 하나를 낳고 그만 죽었다. 소르바스는

---

23) 집단과 내가 동류라고 생각하는 것

켕가를 장사지내줬는데 고양이, 개, 참새, 개구리 등이 슬피 울었다.

갈매기 켕가는 소르바스에게 죽기 전 세 가지를 부탁했다. 첫 번째는 '알을 깨 먹지 않겠다'라는 것, 두 번째는 '알이 부화할 때까지 알을 보호하는 것', 세 번째는 '부화한 새끼에게 나는 법을 가르쳐 주는 것'이었다.

소르바스는 켕가가 부탁한 약속을 지키기 위해 자신의 체온으로 알을 품고 20일째 됐을 때 켕가의 2세 갈매기 아포르뚜나다는 부화해 태어난다.

두 발 달린 새끼 갈매기 아포르뚜나다는 네 발 달린 고양이 소르바스를 "엄마"라고 부르며 무럭무럭 자랐다.

조류는 가장 먼저 본 움직이는 대상을 엄마라고 한다고 한다. 예를 들기 위해 '선 이야기'에 줄탁동시(啐啄同時)라는 말이 있다. 줄탁동시를 '톡톡, 탁탁'이라고 한다. 즉 부화할 병아리가 알 속에서 밖으로 나가려고 '톡톡' 쪼고 밖에서는 병아리가 쉽게 알에서 나올 수 있도록 어미가 '탁탁' 쪼는 것을 말한다는데, 병아리는 그즈음 움직이는 대상 중에 가장 먼저 본 것을 엄마로 각인한다는 것이다.

아포르뚜나다가 알 속을 뚫고 껍데기를 깨고 나왔을 때 제일 처음 본 움직이는 대상은 소르바스였다. 인간들은 간혹 이러한 각인 효과를 이용한다. 갓 부화하는 새들이 첫 번째로 움직이는 대상으로 사람을 보게 하며 새를 멀리 이동시킬 때 그 사람이 탄 비행기를 이용한다. 개체수가 얼마 남지 않은 멸종 위기 종을 보호하는 수단이라고 한다.

몇 년 전이었다. 307명의 최고경영자(CEO)에게 '불황 극복 방법'으로 적합한 사자성어가 어떤 게 있느냐는 질문에 '줄탁동시'라고 답한 CEO가 많았다. 어려움은 결국 혼자 슬기롭게 극복해야 하는 것이지만 협력의 자세가 매우 중요한 것 같다.

알에서 나올 때 맨 먼저 움직이는 대상을 어미라고 따라다닌다는 사실을 발견한 사람은 오스트리아의 동물심리학자 로렌츠다.

빈에서 태어난 로렌츠는 쾨니히스베르크 대학 교수를 지냈고 막스플랑크 행동연구소장을 지냈다.

그는 주로 기러기, 오리 등 조류의 행동과 습성을 연구하고 관찰했다. 한편 그는 1973년에 노벨생리의학상을 받았다. 조류가 태어날 때 처음으로 보는 움직이는 물체를 어미로 각인한다는 사실을 밝혀낸 공로였다.

한편 로렌츠가 '각인 효과'를 발견한 조류는 거위였다. 거위를 실험할 때 배양기에서 막 부화한 새끼 거위들이 처음 본 로렌츠를 어미로 알고 따라다닌다는 것을 발견한 것이다.

한편 로렌츠에게는 재밌는 에피소드가 있다. 어느 날 그는 기르던 갈까마귀가 주는 한 줌의 벌레를 받았다는데 교미 시기를 맞이한 갈까마귀가 '선물 공세'를 폈다는 것이다.

이런 현상을 대부분 연구자들은 다른 학습과 동일한 신경 메커니즘을 통해 일어난다고 믿는다.

"나는 날아다니고 싶지 않단 말이야. 그리고 갈매기는 되기 싫어. 나는 고양이가 되고 싶어. 고양이들은 날지 않아도 되잖아"라며 아포르뚜나다는 나는 것을 두려워했다.

하지만 그는 어느 날 용기가 생겨 날아야 한다는 것을 깨닫고 날려고 노력했다. 그런데 첫 번째 시도에서 불과 지상에서 몇 센티미터도 날지 못했다. '나는 안돼', '나는 할 수 없다'라고 좌절할 법도 한데 새끼 갈매기 아포르뚜나다는 나는 두려움을 떨쳐버리고 날 수 있다는 신념을 가졌다. 결국 아포르뚜나다는 부단한 각고의 노력 끝에 하늘을 날 수 있게 됐다. "자, 이제 훨훨 날아야지"라는 엄마 소르바스의 격려가 잇따랐다. "엄마, 사랑해요. 정말 고마웠어요"라는 작별 인사를 하고 아포르뚜나다는 무한한 창공을 날기 시작했다.

고아가 되었던 갈매기 아포르뚜나다가 나는 것이 두려워 고양이처럼 살겠다는 무기력에서 벗어나 날아야겠다는 생각을 한 게 중요해 보인다. "날개만으로는 하늘을 날 수 있는 게 아니야. 오직 날려고 노력할 때만이 날 수 있는 것"이라고 소르바스가 한 말이 정말로 긴요한 것 같다.

'마시멜로'는 미국에서 달콤하고 맛있기가 유명한 사탕이라고 한다. 간략히 축약하면 마시멜로를 있는 대로 먹어 치우면 안 된다는 『마시

멜로 이야기』(저자는 호아킴 데포사다, 엘런싱어 번역 김경환, 정지영 출판 한국
경제신문 한경BP)가 있다.

'아주 특별하고 놀라운 이야기에 앞서'라는 머리말에 이런 이야기가
있다. 무더운 한여름에 인간들이 뱃놀이하는 것처럼 말이다. 개구리
세 마리가 탄 나뭇잎이 강물을 따라 떠내려가고 있었다.

뜨거운 햇빛을 받으며 나뭇잎을 타고 가는 것보다는 물속이 더 낫
겠다고 생각한 듯한 개구리 한 마리가 "너무 더워, 난 물속으로 뛰어
들 테야"라고 소리쳤다. 다른 개구리 두 마리는 수긍이 가는지 고개를
위아래로 끄덕였다.

여기서 저자는 '자, 이제 나뭇잎에는 몇 마리의 개구리가 남아있을
까?'라고 문제를 낸다. 이어 저자는 대부분 사람들이 '두 마리요'라고
답할 거라고 말한다.

하지만 저자는 나뭇잎에는 개구리가 여전히 세 마리가 있다고 말한
다. 왜냐면 '결심'과 '실천'은 차원이 다르기 때문이라는 것이다. 즉 개
구리가 "너무 더워, 난 물속으로 뛰어들 테야"라고 선언만 했을 뿐이지
정말로 중요한 실천은 아직 안 했다는 것이다.

인간들은 누구나 꿈이 있다. 하지만 꿈만 있다고 해서 그 꿈이 이뤄
지는 것은 아니다. 꿈을 향해 움직이는 자만이 꿈을 이룰 수 있다.

'아는 것이 힘이다'(철학자 프랜시스 베이컨)라는 말은 유명하다. '알아
야 면장을 한다'라는 말과 맥락을 같이하는 것 같다. 『마시멜로 이야
기』의 저자는 책머리의 말미에 '아는 것을 실천해야 힘이다'라고 아는
것에 실천을 업그레이드했다.

나의 어린 시절을 이야기해 보련다. 내가 초등학교 4학년 때로 기억된다. 새 학기 초였다. '교훈', '급훈', '태극기' 등을 넣어 걸어 놓은 액자 등을 교체하는 '환경미화' 작업이 있었다.

선생님은 내 아버지가 목수라는 것을 알고 있었다. 선생님이 "아버지에게 부탁해 교훈과 급훈, 태극기를 보관할 수 있는 액자 세 개를 만들어 왔으면 한다"라고 내게 말했다. 다소 멈칫한 것 같은데 엉겁결에 "예, 예"라고 대답했다.

딱히 하릴없는 상황에 "예"라고 대답한 나는 참말로 걱정이 이만저만이 아니었다. 그 까닭은 활발하지 못한 아이로서 자신감이 없어 아버지에게 액자를 만들어 달라는 말을 할 수 없어서였다.

딴 도리가 없었다. 어쩔 수 없이 내가 만들기로 작정했다. 부리나케 대패로 밀고 톱질하고 못 박고 사포질하고 뚝딱뚝딱 만들어 액자를 완성했다. 하교 후 두어 시간씩 여러 날에 걸쳐 만들었다.

그러나 만든 액자를 며칠째 학교에 갖고 가질 않았다. 선생님의 독촉을 받은 다음날 등굣길에 액자를 갖고 갔었다. 선생님은 한눈에 알아챈 것 같았다. 내가 만들었다는 것을…. 선생님은 "잘 만들었다"라느니 "잘 못 만들었다"라느니 말이 없었다. 다만 생각하는 것 같았는데 선생님은 알 듯 모를 듯 고개를 끄덕였다.

물론 내가 만든 액자는 사용할 수도 없었고, 그날 이후 내가 만든 액자를 보지 못했다.

생각해 보자. 아버지의 유전자를 이어받은 듯 어렸을 때 만드는 솜씨가 있었다. 아무리 아버지의 유전자를 이어받았다 한들 초등학교 4학년 아이의 바심은 뻔한 일인 것이다.

조잡한 액자를 학교에 갖고 갔을 만큼 어렸을 때 의기소침했다. 어렸을 때 아버지가 너무 무서웠다. 불현듯 체벌을 하는 아버지라고 생각할지 모르겠다. 하지만 그건 아니었다. 아니 아버지로부터 한 차례의 매도 맞아 본 적이 없다. 나의 형제들도 매 맞은 적은 없다고 한다.

참말로 괴이하지 않는가? 체벌도 하지 않은 아버지가 무서웠다는 게 말이다. 내가 주눅이 들어 기를 펴지 못했던 것이 요인 같다.

그래서 아버지에게 한마디의 질문 같은 것도 한 적이 없는 것 같다. 아버지가 묻는 말에나 겨우 모깃소리만한 목소리로 대답을 할 정도였던 것 같다. 예컨대 아침, 저녁 식사 시간이 되면 겨우 아버지에게 "진지 잡수세요"가 전부였던 것 같다. 모깃소리만한 목소리 때문에 혼나기도 했다.

어렸을 적 주눅 들고 의기소침한 성향은 나의 꿈과 희망을 움트게 하는 데 장애요인이 된 것 같은데, 유아기(幼兒期) 중반 때만 해도 그렇지는 않았던 것 같다.

인간들이 태어날 때는 두려움이나 공포심 같은 걸 갖고 태어나지는 않는다는데, 57년 전쯤 세 살일 때 어느 봄날이었다고 한다. 세 살이라고 해 봤자 태어난 생월이 늦게 들어 있기 때문에 두 돌도 채 안 됐을 때였던 것 같다.

어머니 등에 업히기도 하고 어머니 손에 이끌려 외가쪽으로 따져 어머니에게는 고종사촌댁이고 나에게는 아저씨뻘 되는 댁에 간 적이 있다. 거리가 무려 20킬로미터나 된다. 『부의 미래』를 쓴 세계적인 미래학자 앨빈 토플러는 어렵시대에서 '농업혁명'으로 발달한 시기를 '제1의 물결'이라고 정의했고, 농업에서 '산업혁명'(1600년대)으로 발달한 시대를 '제2의 물결'이라고 정의했으며, 컴퓨터 등이 발명된 지금의 시대(1950년대 중반부터)를 '지식혁명' 시대로 '제3의 물결'이라 정의했다. 내가 세 살 무렵 내 고향은 '제1의 물결' 시대 같았다는 생각이 든다. 내가 세 살 무렵에는 절대적인 농경시대였다는 생각이 들어서다.

교통이 발달하지 않았던 농경시대에는 대부분의 사람들이 평생 생활반경 24킬로미터를 벗어나지 않았다. 내가 세 살 무렵, 비록 제1의 물결 시대는 분명히 아니지만 아무튼 꽤 먼 거리를 갔었다는 생각이 들어 적어봤다.

몇 시간 만에 아저씨 댁에 당도한 어머니와 나는 그곳에서 점심을 먹게 됐다는데 밥상에는 속되게 말하면 또또가 환장하는 갈치가 올려져 있었다.

어머니가 한술 내게 떠먹이는 밥숟가락에 이제나저제나 갈치가 놓일 기미가 보이지 않는다고 생각한 나는 갈치가 고파 갈치가 놓여 있는 접시를 가리키며 목청껏 "고고"라고 말했다고 한다. 자라면서 아니 지금도 어쩌다 "고고"라고 했다는 말을 어머니로부터 듣곤 한다.

말이 늦돼 세 살이 돼서도 떠듬떠듬 겨우 갈치를 '고고'라고 했던 모양 같다. 그때만 해도 태어날 때 갖고 태어나지 않은 두려움, 공포, 부끄럼, 무기력 등은 존재하지 않았다. '고고'라고 했던 말이 방증하는 것이리라. 아이들이 기다가 일어서기 위해 넘어지면 일어나고 또 일어나듯 용기가 다분했던 것 같다.

초등학교 4학년 때 '액자' 이야기에서 말해주듯 나는 두려움과 공포 속에 의기소침한 아이였다. 말 한마디 제대로 못 하는 아이로 말이다. '학습된 무기력'(펜실베이니아대 마르틴 셀리그먼 박사)은 내 삶에 지대한 영향을 미치는 것 같다.

6장

또또의
세상살이
2

세상이 하루가 다르게 변모하는 것 같다. 엄청난 속도로 말이다. 인간이 만든 지능이 사람을 능가했다. 미국에서는 컴퓨터가 '퀴즈왕' 2명을 제치고 우승했다고 한다. 2011년 3월 16일, 전대미문[24]의 역사적 주인공은 미국의 IBM이 만든 인공지능 슈퍼컴퓨터 '왓슨'이라고 한다.

　인간이 만든 컴퓨터는 내가 어릴 적 그야말로 철석같이 믿었던 전설을 옛이야기로 만들었다.

　예컨대 달 전설만 해도 두말할 나위가 없다. 고요의 바다 계수나무 아래서 토끼가 쿵덕쿵덕 떡방아를 찧는 전설 말이다.

　약 400년 전에 망원렌즈가 갈릴레이에 의해 개발되고 공상 소설가 쥘 베른의 지구에서 달까지의 소설 속 예언이 있은 지 약 100년 만에 현실이 돼 '아폴로 11호'를 타고 간 암스트롱이 인류 역사상 최초로 달을 밟으면서 전설 속 이야기들이 요즘 아이들에게 먹혀들 리 없고 호랑이 담배 피우던 시대의 전설이 돼 버렸다.

----

24)　아직 들어 본 적이 없음

검게 보이는 달의 부분 평온의 바다라고도 하는 고요의 바다에 대한 전설이 있다. 아라비아에서는 사자가, 페루에서는 두꺼비가 살고 있다고 믿었다. 우리나라는 계수나무 아래서 절구를 들고 떡방아를 찧는 토끼가 있다는 전설이 있다.

토끼는 달의 정령이다. 토끼가 나왔으니 토끼 칭찬을 굉장히 해 보자.

2011년이 신묘년 토끼해다. 토끼는 십이지로 호랑이와 용 사이에 있다. 오행으로 호랑이와 토끼는 목(木)으로 동등하며 음양으로 조응한다. 호랑이가 양이고 토끼가 음이다.

호랑이와 맞담배를 피우는 토끼의 대등함과 천연덕스러움이 민화를 보면 해학적이다. 이뿐만이 아니다. '수궁가'를 보면 토끼가 용궁에 불려 가 용왕의 병 치료에 쓰기 위해 자신의 간을 빼내 줘야 하는 절체절명의 위태로움에서 '여기 오기 전 간을 빼내 나뭇가지에 걸쳐 놓았기 때문에 가서 가지고 와야 한다'고 둘러대고 나와 위기를 모면한 지혜의 상징이 되기도 하다.

토끼는 나태한 동물로 회자되기도 한다. 요즘 애니메이션으로 제작된 한 회사의 세제 광고가 그 예이기도 하다.

거북이와 토끼가 주방에서 설거지하는 모습을 해설자가 설명을 한다. "거북이는 간편하게 거품을 바로 내는데 토끼는 아직도…"라고.

이솝우화 '토끼와 거북이'의 경주에서 부각되는 토끼의 나태함은 허구일 뿐이라는 생각이 든다. 그냥 두면 마냥 자라 장애가 되는 이가 자라지 못하도록 틈만 나면 짬짬이 갉아대는 데서도 근면성은 여실하다.

토끼는 24방위 중 주어진 방위가 있다. 진(震)방위의 묘(卯, 토끼)는 정 동을 차지한다. 동서남북 8방 24방위의 꽃등에 있다. 정동 쪽은 일출로 만물의 탄생과 활동을 의미한다.

김치 중에는 깍두기가 있다. 크기는 다소 커도 괜찮고 작아도 괜찮은데 무를 모나게 즉 또또가 때로는 장난감 삼아 쥐 놀리듯 갖고 놀았던 주사위처럼 썰어 갖은양념을 해 담근 김치를 말한다.

깍두기의 효시는 조선시대 숙종의 딸이 개발한 것이라고 한다. 조선 중기에 사색당파가 있었다. 노론, 소론 등등. 요즘 정치의 여러 당파처럼 말이다.

또또가 십이지에 들지 못해 깍두기라고 자조할지 모르겠는데 그것은 아니다. 우리나라에서는 고양이가 십이지에 못 끼지만 동남아에 있는 베트남에서는 당당히 십이지에 들어있다고 한다. 뿐만 아니라 고양이가 최고의 동물로 대접받는 나라가 베트남이라고 한다. '다문화 시대'로 베트남 새댁이 늘고 있는데 그들에게서 직접 듣고 싶다. 베트남에서 고양이를 어떻게 대우하는지 그 융숭한 생각들을 듣고 싶다. 내가 베트남어를 못해도 그들이 대한민국 사회에 잘 적응하고 한국어를 잘 하는 새댁이 많을 테니 어려움이 없을 것이다.

베트남은 고양이 종들의 지상낙원일 것 같은 생각이 불현듯 떠오른다. 또또가 겨울에 발견될 당시 사시나무 떨듯 한 그런 추위도 없을 것이다.

한국에 시집온 베트남 새댁이 겨울이면 추위 때문에 어려움을 겪는다는 말이 있다.

미국이 베트남 전쟁을 일으켜 십수 년을 질질 끌다 종국에는 호랑이가 고슴도치를 못 삼키는 꼴이라고 할까, 천문학적인 돈만 날리고 종전시켰다는 말이 있다.

호찌민의 위상만 높여 위대한 인물로 업그레이드된 것 같다. 위대한 인물이라고 생각이 들지만 말이다.

미국은 고엽제 투하로 지탄을 받기도 했다. 고엽제 공중투하로 그 안에 살던 동물들의 피해가 엄청났을 것이다. 식물의 피해도 엄청났을 것이다. 인적미답[25]의 원시림인 베트남 산림을 초토화했다는 보도가 이를 뒷받침한다.

물론 식물도 생명이지만 본디 목적이 정글을 제거하는 것이었던 만

---

25) 처음 있는 일

큼 하다못해 비선택성 제초제 '라운드업'이라도 사용했어야 한다. 다시 말하면 동물에 피해가 덜 가는 살포가 전혀 고려되지 않았다는 게 문제인 것 같다. 무자비했다는 것이다. 고양잇과 미물들도 피해가 막심했을 것 같다. 사람들의 피해도 엄청났다고 한다. 피해자가 20만 명이라는 말도 있다.

고엽제 공중투하로 피해자가 된 전역자들이 있다. '맹호', '청룡', '비둘기' 부대 등이 참전했었다.

미국 하면 투계 같고 전쟁을 일삼는 나라라는 생각을 지울 수 없다. 또 미국은 부패하고 억압적이고 비민주적인 나라를 비호하며 우호적인 관계를 유지하기도 한다. 이집트 민주화 초기 조 바이든 미국 부통령이 "무바라크 대통령은 독재자가 아니다"라고 했다고 한다. 민주주의 민주국가 1번지라고 할까. 민주적을 빼면 광대등걸[26] 같을 나라가 아이러니한 것 같다.

민주주의 꽃등에 있는 나라가 그에 맞는 명성과 부조화는 갓 쓰고 자전거 타는 것 같기도 하다.

최근 무너진 무바라크 정권과도 그렇다. 북아프리카 튀니지에서 '재스민 혁명'으로 촉발된 민주화 시위가 이집트로 번져 42년 통치의 무바라크가 사면초가였을 때 '미국이 딜레마에 빠졌다'라는 언론의 보도가 있었다.

---

26) 얼굴이 파리해져 뼈만 남은 모습

하지만 힘에 기반하는 주도권은 세계 질서 안녕에 중추적 역할을 하는 것 같다. 생각해본다. 선장이 많으면 배가 산으로 간다는 말을…. 지구적 리더가 필요한 것이다. 한 나라의 독주를 막아야 한다는 말도 있지만 말이다.

미국은 끝 모를 내전에 병력을 투입해 인명피해를 줄이기도 한다.

만약 지구상에 미국이 없다면 어떻게 가고 있을까를 생각해 본 적이 있다.

전쟁 이외에 군대를 파견해 안정시키는 일을 '무트와'라고 한다.

"아이티를 한국처럼 경제적으로 성공한 나라로 만들고 싶다"라는 힐러리 클린턴의 말처럼 우리나라가 G20에 가입하고 수혜국에서 공여국으로 성장한 나라가 됐다. 우리나라가 소말리아 해역에 군함을 파견하고 있다. 아프가니스탄, 동티모르 등에도 '평화유지군'을 파견하고 있다. 무트와적이라고 할 수 있다. 하지만 하릴없는 들러리에 불과할지 모르겠다.

미국은 무트와로 재미를 보며 승자독식화가 날로 점철돼 가는 것 같다.

2010년 1월 지진 발생으로 막대한 피해가 나고 대통령궁까지 무너져 대통령도 마땅히 오갈 데가 없을 만큼 아이티가 무정부 상태였을 때 미국이 군함과 함께 지상군을 파견했다.

미군은 대통령궁까지 점령하고 치안을 유지하고 평온을 되찾게 했다. 대통령궁까지 점령하는데 문제라는 지적이 있었다.

아이티의 대통령궁까지 점령한 미국에 레거시(과거의 유산)가 오십보백보일 프랑스가 마뜩잖았던 모양이었나 보다. 보이지 않은 날샌 각을 세웠다고 하니 말이다.

아이티를 점령한 경험이 있는 프랑스가 옛 생각이 난 것 같다. '추억이란 지나기 전엔 돌덩이 지나고 나면 금덩이'라는 한 시인(이원진)의 '추억'이라는 시가 있다.

아이티만을 놓고 생각을 해봤다. 미국과 프랑스의 생각을 추측해 본다. 지금 지배하는 미국은 '추억이란 지나기 전엔 금덩이', 프랑스는 '추억이란 지나고 나면 돌덩이'라고 했을 듯하다.

동남아 일부 지역까지 지배한 프랑스가 강화도에서 약탈해 간 외규장각 의궤가 고작 영구 임대 형식으로 들어온다고 한다. 아이티를 점령했던 프랑스 먼 대한민국까지와 약탈해 간 걸 생각하면 대단하다고 아니 할 수 없다.

튀니지에서 시작된 민주화 물결이 도미노화하고 있다. 튀니지의 '민주화 혁명'은 배고픔에서 촉발됐다. 대졸 노점상 무함마드 부아지지의 자살이 도화선이 됐다. 원인은 물가상승, 서민들의 생활고였다.

"물가보다 더 가치가 중요한 건 없다." 물가 폭등이 진행되는 북아프리카 등지에서 나온 말이 아니다. 대한민국에서 나온 말이다. 그것도 한 나라의 은행권을 발행하고 화폐, 금융 등을 총괄하는 한국은행 김중수 총재가 한 말이다.

한편 그는 "애초 물가 상승률을 상반기 3.7%, 하반기 3.3%로 봤는데 상반기 여건이 더 악화됐다"며 "당분간 물가는 높은 수준을 지속할 것"이라고 말했다.

2011년 3월 10일, 정부과천청사에서 '국민경제대책회의'를 주재하면서 이명박 대통령은 "올해의 국정 과제 중 성장과 물가 문제가 있는데 물가에 더 심각하게 관심을 두고 총력을 기울일 수밖에 없다"라면서 "물가 문제가 가장 중요한 국정 이슈"라고 말했다.

이날 회의를 주재하기 위해 고개를 숙이고 회의장으로 들어가는 이명박 대통령의 모습이 언론에 보도됐다. 물가상승이 갖는 심각성을 보여주는 한 단면인 것 같다.

우리나라는 민주적이고 민주화 시위가 불붙는 나라와 비교할 바가 못 된다. 터무니없는 비교다. 하지만 지구적으로 번지는 '재스민 혁명'이 남의 일 같지만은 않다. 물가 인상은 차치하고 나랏돈이 요리조리 누수되는 것 같다. 다 드러나지 않아서지 공직 사회가 상당히 썩은 것 같아서다.

전직 경찰 총수는 '함바집 사건'으로 연루돼 구속됐다. 정신 나간 총

영사도 있다. 국가가 돈 들여 외국에 나가 국익을 위한 외교 하랬는데 외도하다 기막히게 '딱' 걸렸다. 일간지 신문 1면에 놀아난 '기념사진'이 모자이크 처리돼 실리기도 했다.

불거지는 사건들이 '빙산의 일각'일지 모른다.

국회의원들도 문제다. 그들이 자신들의 일일 국회의원을 그만두면 기존 약 50만 원을 월 120만 원인가를 받는 법으로 인상 처리하더니 또 그들을 위한 유불리를 따져 유리한 대로 '정치자금법'을 개정했다.

여야 할 것 없이 한통속이다. 정치자금법 개정안은 '전국 청원 경찰 친목협의회(청목회)' 입법 로비 의혹 사건으로 서둘렀던 것이다.

서민들은 돈이 없어 한 푼이라도 절약하고 아끼자는 생각에 과일, 야채, 생선 등을 쪼갠 '커팅 상품'으로 구매하는데, 이게 정치인들에게 아이디어로 제공된 것 같다.

'정치 후원금 쪼개기'. '정치자금법 개정안'을 두고 하는 말이다. 오늘 뉴스에 나오고 있다. 한 도지사의 후원 계좌에 1억여 원이 소액으로 쪼개져 입금한 것을 보도했다. 한 운수회사가 입금한 것이라고 하는데 직원들 명의로 입금됐다고 한다.

불법 정치자금 등이 불거지면 이리저리 짜 맞추어 장마철에 미꾸라지 빠져나가듯 잘 빠져나갈 궁리만 하는 우리네 정치인들과 비교가 되는 정치인이 있다. 일본의 정치인이다.

마에하라 세이지라는 정치인이다. 차기 총리감으로 유력한 사람이라고 하는 그가 장모라는 재일 교포로부터 2005년 이후 4년간 5만 엔씩 20만 엔을 정치자금으로 받은 게 문제가 돼 외상 자리를 내놓고 물러났다. 행동이 구차하지 않고 참말로 시원스럽다.

마에하라 세이지에게 정치헌금을 낸 장모라는 사람은 일본에 사는 한국인이라고 한다.

국적을 바꾸지 않았지만 사용하는 이름만큼은 일본식이었다. 국적을 바꾸지 않고 정치헌금을 냈다는 것이 문제였다. 일본은 정치자금법상 외국인에게서는 정치헌금 수수를 금지하고 있기 때문이다.

대한민국이었다면 마파람 지나가듯 흐지부지 넘어가도 모를 사안이었는지 모르겠다.

미에하라 세이지가 받은 20만 엔, 한화 약 270만 원은 고관대작에게 '껌' 값이고 '떡' 값일지도 모를 테니 말이다.

다산 정약용의 『목민심서』가 있다. 고관대작에게 무조건 『목민심서』를 필독서로 강제해 줄거리, 독후감을 쓰도록 했으면 좋겠다. 제대로 목민하는 교육을 하자는 것이다.

'무전유죄 유전무죄'라는 말이 있듯 가진 자에게 적용되는 법이 무르기가 무쇠는 저리 가라고 할 정도다. 강철은 돼야 하는데 그렇지 않다. 물러터진 관대함은 불공정의 극치다. 끄덕하면 특사로 풀려나는 게 정치인이고 가진 자다.

요즘 다소 뜸한 것 같긴 한데 보석금으로 풀려나기도 한다. 변칙을 동원한 것이다. 조선시대 태형을 돈 주고 떠넘겨 대신 곤장을 맞게 하는 것과 별반 차이가 없겠다.

대한민국은 든든한 백이 있는 가진 자들의 천하제일 지상낙원임이 틀림없는 것 같다.

나랏돈이 새는 건 사람으로 치자면 피가 새는 것이다. 사람은 피가 부족하면 빈혈이 생기고 무기력해진다. 국가도 마찬가지일 것이다. 지도층이 바로 섰으면 한다.
또또의 발을 미화하지는 못할지언정 폄훼하는 것 같아 대단히 송괴하다만 괴발개발[27] 쓴 게 참말이지 야단스럽다.

42년간 철권 통치를 한 무아마르 카다피가 민주화 앞에 풍전등화 같다. 미사일, 전투기까지 동원해 무자비하게 진압한 카다피가 자살할 것이라는 보도가 나오고 있다. 무스타파 압둘 잘릴 리비아 전 법무장관은 스웨덴 신문 '엑스프레센'과 가진 인터뷰에서 "카다피의 인생은 얼마 남지 않았다", "그는 순순히 물러나기보다는 아돌프 히틀러의 길

---

27) 고양이의 발과 개의 발

을 따라 자살할 것"이라고 말했다.

튀니지, 이집트 정권을 무너뜨린 민주화 시위는 바레인, 예멘, 사우디아라비아 등 중동 지역에서 소용돌이 치고 있다. 그 소용돌이는 무서운 기세로 번질 거라고 이구동성으로 말한다. 아시아도 예외는 아닌 것 같다. 인도와 방글라데시도 그런 징조가 있다고 한다. 자국민이 2010년 '노벨평화상' 수상자로 선정됐는데도 수상자가 시상식에 참여하지 못할 만큼 민주화가 더디게 진행되고 있는 중국이 긴장하고 있다. 2010년 노벨평화상 시상식에는 수상자가 앉아어야 할 의자는 휑하니 비어 있었고 수상자 대신 사진이 있었다.

중동의 민주화 열풍이 전대미문의 '오일쇼크'로 이어져 세계적 이슈가 될지 모른다. 70년대에 발생한 두 번의 오일쇼크만큼은 되지 못할 거라는 전망이 있기는 하다.

이 때문에 스트레스가 가중될지 모르겠다. 요즘 세상이 변하다 보니 별스럽다고나 해야 할까. 스트레스가 되는 주요인도 변해 첫 번째가 경제 때문이라고 한다.

스트레스가 만병의 원인이라는 말도 있는데 스트레스는 코르티솔을 분비하게 해 면역력을 저하시킨다.

재작년 미국에서 촉발된 세계 경제 위기가 진정돼가는 이맘때 지구적인 민주화 열풍이 세계 경제에 악영향을 미쳐 더블딥이 우려된다고 전문가들은 말한다. 세계적으로 불고 있는 민주화 열풍은 세계 66억 인구가 뜀뛰기 하는 것 같고, 66억 명의 뜀뛰기는 지구축을 변동시킬지도 모를 일이다. 지구에 사는 전 인구가 동시에 뜀뛰기를 하면 지구축의 변화를 가져올 것이라고 말한다.

23.5도로 자전하는 지구축이 변한다는 것이다. 혹여 요동치는 지구적 '민주화 혁명'이 지구축을 변형시킬지 모르겠다.

이 글을 쓰는 동안 '동일본 대지진'이 터졌다. 15미터의 쓰나미를 동반한 일본 대지진으로 지구축이 10센티미터 가량 이동된 것으로 보인다는 보도가 있었다.

뿐만 아니라 일본열도가 약 2.4미터 이동됐다고 한다. 한국으로부터는 동쪽으로 2미터가량 이동됐고, 한반도도 서쪽으로 약 5센티미터 가량 이동됐다고 한다.

일본 동북부 해안에서 발생한 동일본 대지진은 규모 9.0으로 1906년부터 지진을 측정한 이래 네 번째로 큰 규모였다. 지구축 변화에 기후적 환경 변화가 어떻게 진행될지 모른다는 우려가 있다.

민주화 혁명이 도래해야 하지만 민주화에 따른 지구축 변화가 환경 변화를 가져와 지구의 재앙이 될지 모른다는 생각이 든다. 지구적 민주화 혁명이 평온 속에 진행된다면 얼마나 좋겠나 싶다.

하지만 염원일 뿐일 것이고 고래 싸움에 새우 등 터지는 격으로 깨지는 건 서민들이라는 생각을 해본다.

2011년 2월 15일 오전 태양의 흑점이 폭발했다. 이로 인해 통신망이 교란됐다. 내비게이션(GPS) 작동에 오차가 생길 수 있다고 보도했다. 운전할 때 길 안내를 내비게이션에 많이 의존하는 나는 18일 새벽에 장거리 여행이 예정돼 있어 걱정되기도 했다. 예정된 이동거리는 왕복 600킬로미터 정도였다. 하지만 여행에서 다행히 내비게이션의 작동 오차는 나타나지 않아 불편은 없었다.

언론에 의하면 천문연구원 한 관계자가 "15일 폭발을 시작으로 2013년 5월까지 태양 흑점 폭발이 종종 일어날 것으로 예상된다"고 말했다.

기후에 따른 환경 변화는 농작물 경작에도 막대한 영향을 미친다. 농작물의 가격에도 영향을 미칠지 모르겠다. 다른 건 다 몰라도 유독 담보 상태였던 쌀 가격이 오르고 있다. 평소 쌀 가격이 적정가보다 낮다고 생각하므로 인상돼야 한다고 생각하고 있는 터이지만 그동안 워낙 담보 상태였기에 물가상승의 심각성을 보여주는 것 같다. 물가상승은 연쇄적으로 일어나는가 보다. '월급 빼고 다 오르는 시대'라는 말이 딱 맞는 것 같다.

서민들에게 된서리를 맞게 하는 게 경제 불황이다. IMF(국제통화기금) 환란 이후 스스로 중산층이라고 자부하던 계층이 무너지고 있다.

요즘은 자산이 수십억 원이 돼야 중산층이라고 할 수 있다고 한다.

백일반지, 돌반지 등 금을 모아 수출해 외환위기를 벗어났고 그로부터 십수 년이 됐다. 서민들의 경제 상황 호전은 요원해 보인다.

소비자 물가는 몇 퍼센트 상승이라고 연일 보도하고 있다. 민주화혁명 등 중동지역 불안정으로 유가가 상승해 물가상승을 부채질한 면도 있지만 IMF 이후 십수 년을 지켜봤을 때 일시적인 현상은 아닐 것 같다.

'정부가 물가 잡기를 최우선 과제로 삼고 있다', '서울우유가 1.8리터 업소용 우유를 최고 66%로 인상한다'고 하는 뉴스가 나왔다. 하지만 다음날 인상을 번복하는 뉴스가 있었다.

'밤사이 무슨 일이 있었을까?' 하는 의구심이 생겼다. 대형마트의 일부 생필품 가격이 인하된 적이 있다. 정부의 입김이 작용했을 것이라는 시각이 지배적이었다. 미봉책이라는 여론이 있다. 권위적이고 시대착오적인 일이라는 비판도 있다.

2월 현재 전년 동기 대비 소비자 물가 상승률이 4.5%라고 한다. 서민들이 체감하는 상승률은 4.5%가 아니라 45%를 상회할 것 같다.

2011년 2월 21일 자 한 신문에는 '이명박 정부 3년 평가'가 실렸다. 2면에 '서민생활 안정 2.3 최하'가 확 눈에 띄었다. 5점 만점에 2.3점이라는 것이었다.

전문가들이 경제를 5점 만점에 3.13점을 줬다. 후한 점수 같다는 생각을 해봤다.

우리나라가 2010년 6.1% 성장률을 기록했고 올해 성장률은 4~5%로 예상된다고 한다. 높은 경제 성장률이 서민경제와는 궤를 달리해 그림의 떡만 같다는 생각을 해봤다. 통계상 숫자는 함정이 있을 수 있으며 서민들의 경제 상황과는 괴리가 있다. 물론 지난 30년 GDP(국내총생산) 연평균 6.83% 성장이라는 경제발전 속에 서민들의 풍요도 있었지만 말이다.

이명박 정부에 대한 국민들의 기대가 많았다. 'CEO 대통령', '경제 대통령'이라는 닉네임이 이를 말해준다. 서민들이 잘사는 세상을 만들 것이라는 기대 속에 이명박 정부는 압도적인 지지로 탄생했다. 선거에서 약 530만 표 차로 승리했다.

미국의 경제가 내리막이었을 때 대통령 후보로 나선 클린턴이 '바보야, 문제는 경제야!'라는 구호를 내세워 많은 득을 봐 당선됐다. 이에 버금갈 듯한 선거구호가 이명박 대통령에게도 있다. '7.4.7'이다. 이명박 정부가 탄생하는 데 지대한 기여를 한 것이라고 해도 과언이 아닐 듯싶다.

7.4.7은 경제성장 연 7%, 4만 달러의 1인당 국민소득, 세계 7대 경제 강대국을 말하는 것이다. 7.4.7은 대선 공약이었다.

이명박 정부 3년 평가가 그렇듯 기대한 만큼에는 못 미치는 것 같다. 국정 운영도 난맥상이 있어 보인다. 시대착오적 국가 경영도 다소 있는 것 같다. 외치에는 그나마 높은 지지를 받고 있다.

60~70년대 '박정희식 국가개발' 같은 생각이 들어서다. 지금은 농경시대도 아니고 산업화시대도 아니다. 바야흐로 디지털, IT(정보기술)시대, 스마트시대가 도래했다.

성공한 청계천 개발이 독인지 모르겠다. 박정희식 국가개발이어도 밀레니엄에 상응하는 '새마을 사업'이었으면 싶다. 즉 컴퓨터로 말하면 하드웨어가 아니라 소프트웨어 말이다.

농경시대라고도 할 수도 있을 지난 새마을 운동은 국가 부흥과 실업자 해소에 도움이 됐다고 본다. 시대가 시대인 만큼 밀레니엄 디지털시대에 적절한 새마을 운동이 절실해 보인다. 강 정비는 필요할 수 있지만 일방통행의 '불도저식'일 수 없고 불요불급[28]하다고 본다. 바로 앞서도 언급됐지만 청계천 복원의 영향을 받은 것 같다.

'고난의 시대'에 건설한 경부고속도로가 '산업의 동맥'이 된 것과는 상이한 것 같다. 한가한 때가 아니다.

남북관계, 서민들의 주택(전, 월세)문제, 청년 실업자, 물가상승 등이 중대한 문제이다.

내가 일하는 곳 옆에는 전문성을 지닌 신문사가 있다. 요즘 시대와

---

28) 필요하지도 급하지도 않음

부합하는 신문이다. 신문사가 매각돼 사장이 교체됐다고 한다. '살얼음판이다.' 사장이 바뀐 뒤 신문사 직원들이 하는 말이었다.

교체된 신문사 사장은 능통한 CEO 출신으로 부임해서는 말과 글의 군더더기를 잘라 내듯 부서를 통합하고 인원 감축을 단행해 적자였던 회사를 흑자로 반전시켜 바로 세웠다고 한다.

한 신문사를 예로 든 것은 회사 경영과 국가 경영은 다르다는 것을 말하기 위해서다. 물론 회사 경영이 인원 감축 없이 증원해 발전할 수 있다면야 두말할 나위도 없이 좋은 일이다. 하지만 국가 경영은 실직자가 없어야 되고 양극화의 격차를 줄여야 비로소 성공한 정권이 된다고 생각한다.

여론조사에서 박정희 대통령이 1위인 것도 그 때문이라고 본다. 당시는 대부분이 굶주리던 시절이었지만 박정희 대통령은 보릿고개를 해결했다. 똥구멍 찢어지는 가난을 해결했다. 양극화의 간격을 좁혔다는 것이다.

박정희 대통령이 만약 유신시대 독재가 없었다면 대한민국 '건국의 아버지'로 추앙받을지도 모를 것이다. 요즘 여론조사에서 대통령 감으로 박정희 대통령의 딸인 박근혜가 압도적 1위를 유지하는 것도 어깨 너머로 배운 박정희 대통령의 추진력이 박근혜에게 남아 있을 것이라는 기대 때문인지 모르겠다.

정치인은 그때그때 할 말은 해야 한다고 보는데 박근혜가 그러지 않아 '기회주의자'라는 적지 않은 비판도 있다.

대통령을 꿈꾸는 사람이라면 선악과 옳고 그름을 판단하기 어려운 경우라도 때로는 적시에 할 말을 하는 주저하지 않는 용기가 필요해 보인다.

어려운 서민경제에다 날이 갈수록 실업자는 양산되는 것 같다. 일용직 근로자도 일자리가 마땅하지 않아 허덕이기는 마찬가지다.

새벽에 열리는 인력시장도 한산하기는 마찬가지라고 한다. 설혹 인력시장에서 팔려 일을 한다고 해도 인건비가 내려 손에 쥐는 돈은 5만 ~6만 원이다. 고공 행진하는 소비자 물가와 대비된다.

서민들은 주택 마련을 위한 부채라면 좀 나으련만 생계형 부채가 늘고 있다.

부자들보다 서민들의 세금 비율이 높다. '공정사회', '공정사회' 하는데 공정사회 기본 틀이 의심스럽다. 최근 보도를 보면 외환위기 때보다 서민들의 세금은 높아지고 부자들의 세금은 낮아졌다고 한다.

철강은 인장강도[29]가 생명이다. 강도 높은 양질의 철강을 얻기 위해 부득불[30] 합금한다고 한다. 그런데 문제는 용접성, 예컨대 정밀한 용

---

29) 물체가 잡아당기는 힘에 대하여 견딜수 있는 최대 응력
30) 하지 않을 수 없어

세상은 말이다 또또야

접을 할 수 없다는 데 있다. 다시 말하면 간극이 생긴다는 것이다.

고품질의 철강을 얻는 데 어쩔 도리 없이 간극이 있는 것처럼 고성장 국가로 발전하는 데도 간극인 양극화가 어쩔 수 없다면 따로국밥 말듯 선제적으로 간극을 메워 나가야 하는 게 국가이고 복지국가 건설이라고 본다. 과거 30년 동안 지금과 같은 간극은 없었을 것이다.

"그래도 계속 성장을 해 왔으니까, 낙제점을 주면 안 되겠고…. 과거 10년에 비해서는 상당한 성장을 했다고 본다." 2011년 3월 10일 하얏트 호텔에서 열린 '전국경제인연합회' 회장단 회의에 앞서 삼성 이건희 회장이 한 말이다.

"과거 10년에 비해서는 상당한 성장을 했다고 본다"는 말은 노무현 정부와 김대중 정부 때를 비교해서 한 말 같다.

언론 보도를 통해 삼성이 지난해 상반기만 해도 많은 흑자를 냈다는 것을 알 수 있다. 삼성은 '과거 10년에 비해 상당한 성장을 해' 다행이지만 서민들은 되레 지난 10년이 나았으면 나았지 지금보다 못하지는 않았던 것 같다.

소비자 물가상승이 됐든 뭐가 됐든 날이 가면 갈수록 삶이 버거워진다고 서민들은 한숨짓는다.

2011년 한국의 경제 성장률은 4~5%로 예상된다고 한다. 아마도 모르면 모르되 서민들에게 직접 와 닿는 서민경제 측면에서 볼 때 그 수치는 '빛 좋은 개살구'일지 모를 것이다. 전년도 국내 총생산(GDP) 6.1%라는 성장률도 서민들에게는 빛 좋은 개살구였다.

칼럼을 쓰는 식자들은 종종 '잃어버린 10년'이라고 쓴다. 무지렁이인 나는 총체적인 건 잘 모른다. 하지만 다른 게 다 합리적이라고 해도 서민들이 피부로 느끼는 서민경제에는 정말이지 '잃어버린 10년'은 얼토당토않다.

세계적인 현상인 물가상승이 원인일 수 있지만 가면 갈수록 서민에게는 산 넘어 산 같다. 중류의식[31]의 확산 현상 뉴리치현상[32]도 퇴색돼 가는 게 서민들의 현실이다.

세금 납부를 못 하는 사람이 늘고 있다. 창업자가 늘고 폐업하는 빈도도 늘고 있다. 이게 안 되면 저걸 하고 저것도 안 되면 저것마저 치운다는 말일 수 있다. 이런 상황을 두고 회자되는 말이 있다. '간판업자는 살판났다.' 이 말은 어떻게 보면 서민들의 지난한 삶을 대변해 준다고 하겠다.

외환위기 때 고사리손으로 자신의 백일반지, 돌반지를 들고 나가 팔았던 장본인들이 지금 중학교 1, 2학년은 될 것 같다. 이들이 대학에 입학하고 군대를 갔다 오고 사회생활에 동참했을 때 휘황찬란하게 미

---

31) 생활 수준이 높다고 생각하는 것
32) 서민층이 중류층이라고 생각하는 현상

래가 밝았으면 좋겠다.

정점에 이른 지니계수가 수직선을 그려 하강했으면 좋겠다. 지니계수는 소득의 불균형, 불평등을 지수로 나타내는 것이다.

우리가 매일 빤히 볼 수 있는 태양. 1초에 지구를 7.5바퀴나 돈다는 햇빛은 우리가 감지했을 때는 이미 8분 전에 태양에서 발사된 것이라고 한다.

태양에서 지구까지의 거리는 약 1억 5,000만 킬로미터라고 한다. 어마어마하게 먼 거리이다. 과히 가늠하기 어려운 거리이다. 애써 유추해 봐도 도저히 감이 오지 않는다. 하지만 끝없이 광대무변[33]한 우주 공간, 우주로 따졌을 때 지적에 불과할 것 같다. 유추해 보자. 다다귀 다다귀 붙어 있는 별과 별들 사이의 거리가 가까운 것이 무려 평균 100만 킬로미터의 3,000만 배나 된다고 하니 말이다.

더구나 우주 전체로 봤을 때 고도 400킬로미터는 참말로 손가락 한 마디에 불과하다는 생각을 해본다. 왜 400킬로미터인가 하면 우주선이 보통 고도 400킬로미터에서 돈다고 해서 생각해 본 것이다.

대한민국 최초의 우주인이 된 이소연도 우주에 10일간 체류하면서 지상으로부터 약 400킬로미터 고도로 지구를 돌았다.

---

33) 한 없이 넓고 끝이 없음

400킬로미터는 대략 서울에서 부산 거리도 안 된다. 지구의를 놓고 봐도 서울에서 부산은 가까운 거리다.

그런데도 지구상 수많은 나라 중 우주선 개발에 성공한 나라는 손가락으로 꼽을 정도니 우주로 나아간다는 것이 무진장 어렵다는 것을 말해준다. 우리나라가 2009년 8월에 '나로호 1호'를 발사했지만 실패했다. 우리나라는 2차 발사도 실패한 바 있다.

'산이 그곳에 있어 오른다'는 말처럼 우리는 그곳에 희망이 있고 지향점이 있기 때문에 때론 실패도 하면서 한 계단 한 계단 시나브로 오르고 있는 것이다. 지그 지글라가 쓴 『정상에서 만납시다』에 나오는 계단을 단계적으로 밟아 정상까지 오르는 삽화처럼 말이다. 등반가가 산을 오르는 것처럼 말이다. 모두가 일취월장만 한다면야 무한량하게 좋겠지만 그렇지만은 않다.

"내가 어떤 멍청한 짓을 저지를 수 있었을까?"라는 말을 한 유명인이 있다. 미국이 쿠바에 카스트로 공산 혁명정부가 들어서자 당시 쿠바에서 쫓겨난 군인들을 무장시켜서 카스트로 정권을 전복하려 하다. 쿠바로 침투한 군인들이 사살되거나 포로로 잡히게 되자 케네디 대통령은 막대한 현금과 물품으로 포로와 맞교환했다. 이에 전 세계인들로부터 비난이 빗발치자 케네디가 자책성으로 그런 말을 했다고 한다.

케네디 대통령이 암살되지 않았다면 세계 역사가 바뀔 수 있었을 것이라는 말이 있을 만큼 케네디는 세계적으로 위대한 대통령이라고 할 수 있다. 케네디는 암스트롱이 아폴로 11호를 타고 가 달에 첫발을 내딛게 한 대통령이다. 인류 최초의 일이었다. 이렇듯 위대한 대통령도 자신에게 '왜 멍청한 짓을 저질렀을까' 하고 반문했다. 달 착륙선은 이글호였다.

그래서 이런 생각을 해봤다. 나부랭이나 미물들의 멍청한 짓이야 별 것 아니라는 생각이 들지만 부화뇌동[34]이나 노력 않고 이익만 바라는 숙시주의[35]야말로 멍청한 짓일 거라고 생각한다.

씨름 선수로서 성공했고 방송인으로서도 성공가도를 질주하는 강호동이 나오는 한 방송의 인기 프로가 있다. '무릎팍도사'다.

영화배우 '최강희 편'이 방송된 적이 있다. 이날 방송된 내용 가운데 그의 말이 가슴깊이 와닿는다. 많은 것을 생각하게 한다. "쪼금씩 쪼끔씩 인기가 올라갔어요. 한방에 확 스타가 된 것도 아니고 진짜 쪼끔씩, 쪼끔씩…. 그냥 전 제자리에 서서 앞에서 가니까 따라가고 뒤에서 미니까 가고 앞에 가던 애들 지쳐서 없어진 뒤에 있던 애들은 포기하고 그러다 보니 제가 남았어요." 쉼 없는 정진의 중요성을 느끼게 해주는 말이다.

인간들은 과정보다는 결과를 중시하는 경향이 있는 듯하다. 물론 결과가 중요하겠지만 그 과정이 어떠한가도 중요하다고 생각한다.

집에서 이렇게 말하곤 한다. 고스톱식으로 1등 아니면 안 되는 시

---

34) 줏대 없이 남의 의견에 따라 움직임
35) 익은 감이 저절로 떨어지기를 기다리는 것

대이지만 꼴찌를 하더라도 열심히 한 결과라면 괜찮다고. 그게 1등이라고 말한다. 1등을 해 출세하고 성공한 사람이 많겠지만 방정식의 결과가 아니고 정비례하는 것도 아니라고 말한다.

바둑을 잘 두는 이세돌 9단이 있다. '비씨카드배' 결승전야 기자회견 때 그는 "진다고 해도 내용에서 앞서면 이기는 것"이라고 말했다.

스포츠계에서는 '경기는 끝나 봐야 안다'는 말이 있다. 미국의 유명한 야구 선수 요기 베라는 "끝날 때까지 끝난 것이 아니다"라고 말했다. 그는 세계야구대회(WBC) 결승전에서 9회 말에 동점타를 친 바 있다.

인간들은 귀가 따가울 정도로 '글로벌 시대'라고 말을 자주 한다. 글로벌 시대에 지리적으로 국경은 있지만 그것은 하나의 표지일 뿐이라는 것이다. 세계 곳곳에서 총성이 울리긴 하지만 '총성 없는 전쟁'이 국경을 넘나들고 있다.

삶이란 생각했던 대로 되지만은 않을 때가 있는 것이다. 쏜 화살이 과녁을 벗어날 수 있듯 말이다. "역사 속에서 권력을 쥔 정치인들이 세계 지도의 경계를 바꿨지만 인류 문명을 일으킨 사람은 과학자"라고 윤종용 삼성전자 고문이 말했다. 이 말처럼 과학자들이 인류 문명의 총아라고 찬미하는 우주 왕복선을 만들었다. 250만 개 부품이 내장된 우주 왕복선은 인류 문명의 극치.

인류 역사상 최초의 우주인이 된 소련의 유리 가가린이 지구를 돌고 귀환할 때 예상 지점보다 250마일 벗어난 지점에 착륙했다.

한국인 최초로 이소연이 우주를 갔다 지구로 귀환할 때 엉뚱한 데에 떨어졌던 일의 회고담이라고 할까. 동아일보에 기고한 칼럼의 일부를 인용해 적어본다.

'2년여 전인 2008년 4월 19일 한국 시간으로 오후 5시 반경 나는 카자흐스탄의 널따란 초원 위에 누워 있었다. 10일간의 우주 비행, 갑작스러운 탄도궤도 귀환 덕분에 이겨내야 했던 높은 중력, 또 알 수 없는 어딘가에 떨어졌다는 불안감, 구조대가 아닌 선장 유리 말렌첸코가 직접 연 해치를 통해 안간힘을 쓰며 기어 나오던 과정, 그리고 무엇보다 놀란 눈빛을 감추지 못하고 우리를 지켜보던 현지 유목민…'

현대 과학의 집합체라고 할 수 있는 우주선도 목표지점에서 벗어나기 일쑤이니 개개인의 목표가 빗나가는 것은 더 허다할 수밖에 없다.

목표가 빗나가는 것도 그러하거니와 예기치 않은 일에 봉착하는 게 삶일까도 싶다. 막히는 것 말이다. 아내와 저녁이면 빼먹지 않고 일과처럼 고스톱을 친다. 돈 잃고 윷진아비가 되기도 한다.

또 패도 매일 떼다시피 한다. 갑오잡기도 마찬가지다. 시간을 낭비한다는 생각이 들기도 한다. 화투놀이를 할 때면 또또가 곁에서 장난꾸러기처럼 장난기가 발동한 듯 앞발로 쥐 놀리듯 살짝살짝 화투짝을 건드리다 혼나기도 했었다.

우리를 두고 '꼭 상습 도박꾼 같다'고 생각할 수도 있겠다. 돈내기할 때도 가끔 있긴 하지만 도박꾼은 아니다. 맹세컨대 재미로 치는 것이니까. 다른 한편으론 얻는 것도 있다. 제로섬 게임[36]을 경험하는 것이다.

고스톱을 치다 보면 전혀 예기치 않은 일이 발생하곤 한다. 도무지 점수 날 가망성이 없는 상대가 이긴다는 것이다. 살다 보면 일이 잘 안 풀릴 때가 있다. 이때 일이 막힌다는 생각을 하게 된다.

화투를 가지고 갑오패를 뗐었다. 결론부터 말하면 막힌 것치고는 참말이지 희한하게 막혔다. 처음 경험하는 일이었다.

갑오패라는 것은 48장의 화투 가운데 '비', '똥'을 제외한 40장을 가지고 두 줄 이상에 한 장씩 번갈아가며 순차적으로 놓는다. 이때 연속적으로 한 줄에 놓인 석 장의 합이 아홉 끗이 되거나 먼저 놓인 선두의 두 장과 후미의 한 장 합이 아홉 끗이 되거나 먼저 놓인 선두의 한 장과 후미의 두 장 합이 아홉 끗이 되면 그 석 장을 떼어 내는 것이다.

두 줄 이상일 때는 어떠한 경우에도 절대적으로 떨어지지 않는다. 한 줄이 되면 '무조건 떨어진다'는 게 불문율로 일반적인 통설인 것

---

36) 한 쪽의 이득과 다른 쪽의 손실을 더하면 제로가 되는 게임

같다. 나도 그렇게 간주했었다. 여태껏 안 떨어진 적이 없었다. 그야 말로 미증유의 상황이 도래했던 것이다. 한 줄이었는데 안 떨어졌다는 것이다.

예를 들어보자. 아니 예를 든다기보다는 다큐멘터리라고 해야 옳을 것 같다. 다큐는 이러하다. 다섯 줄을 놓고 갑오패를 떼기 시작했다. 네 줄이 떨어지고 한 줄만 남았다. 남은 한 줄의 화투가 이렇게 놓여 있었다.

국화(9) 홍싸리(7) 매화(2) 살구(3) 매화(2) 난초(5) 난초(5) 팔공산명월(8) 단풍(10) 목단(6) 단풍(10) 목단(6) 국화(9) 국화(9) 살구(3) 흑싸리(4) 살구(3) 솔(1) 살구(3) 단풍(10) 국화(9) 매화(2)로 스물두 장이다. 그리고 순차적으로 매 석 장씩 갑오 끗으로 떼어 낸 화투는 솔(1) 홍싸리(7) 솔(1) 목단(6) 난초(5) 공산(8) 홍싸리(7) 흑싸리(4) 공산(8) 흑싸리(4) 난초(5) 단풍(10) 매화(2) 솔(1) 목단(6) 홍싸리(7) 공산(8) 흑싸리(4)로 열여덟 장을 손에 쥐고 있었다. 갑오표가 떨어지는 경우 세 장씩 13개의 갑오가 만들어지고 살구(3) 한 장이 남는다.

계속 이어 떼어 봐야 다람쥐 쳇바퀴 돌듯 할 뿐 떨어지지 않았다. 하도 괴이해 40장의 짝패가 맞는가를 확인하기도 했다. 석 장씩 떼어 내는 도돌이표였다. 강조하고 싶은 건 사람이나 동물이나 살다 보면 꼬일 때가 있다는 것을 다시 한 번 생각하게 한다.

고스톱이 아주 잘 짜인 화투놀이라고 말한다. 균형감 있게 재미의 요소가 구성돼 어느 누구도 소외시키지 않을뿐더러 버릴 것 하나 없는 화투놀이라고 생각한다. 좌우 대칭적인 저울을 형상화한 대법원의 심벌마크 같기도 하다.

뉴욕타임스 칼럼리스트 데이비드 브룩스가 "89분을 잘 싸워도 한 방으로 질 수 있는 것이 축구"라면서 "축구는 세상이 불공평하다는 걸 일깨우는 것"이라고 말했다는데, 우리나라 이명박 정부가 기치로 내세우는 '공정사회'의 율이 고스톱 같았으면 참 좋겠다.

1장

또또에게
인생
기록하기

불현듯 또또와의 지난 일들이 반추돼 곱씹어본다. 초식동물들이 되새김질하듯 말이다. 반추되는 몇 가지를 적어 본다.

내가 밖에 있다 집에 오면 자태는 아랑곳하지 않고 요크셔테리어가 먼저 와 알랑방귀 뀌는 귀재답게 엉덩이춤과 함께 꼬리를 흔들어 댄다.

또또가 보이지 않을 때면 가끔 "또또 어디 있지…"라고 말한다. 알았다는 듯 "야~아~오옹"이라고 엿가래 늘어 빼듯 소리하며 다가오는 또또의 자태는 천하제일이다. 네발임에도 불구하고 궤적이 일직선이 되게 걷는다. 호보[37]로 힘차고 씩씩하게 걷는다.

당당한 또또의 걸음을 놓고 호보라고 해 혹여 심드렁할지 모르겠다. 걱정이 앞선다. 하지만 괘념할 필요 없다. 만에 하나 심드렁할지라도 일보만 양보하면 평정심을 찾을 것 같다. 누가 뭐래도 고양이들은 호랑이와 평기평좌(平起平坐)[38]할 테니 말이다. 밴댕이 소갈머리처럼 할 필요가 없다는 것이다.

---

37) 호랑이 걸음
38) 서로 대등한 관계

어쩌다 인간들이 처음에 호보라고 했을 터이고 애당초 묘보 즉 고양이 걸음이라고 했어야 옳았지 않나 싶다. 미사여구[39]만은 아니다. 호랑이, 표범, 치타, 재규어, 퓨마, 스라소니, 고양이 등을 통틀어 고양잇과로 불리는 데서도 고양이들이 우듬지에 있는 것이 틀림없을 테니 말이다.

어쨌든 호보는 인간들이 관심을 많이 갖는 걸음인지도 모르겠다.

호보는 패션모델이 일직선으로 걷는 모습 같기도 하다. 조선시대 팔자걸음과 대비되기도 한다. 조선시대 팔자걸음은 당시 아무나 걸을 수 있는 걸음걸이는 아니었다. 한마디로 팔자걸음은 선망의 대상이었다. 특정 신분만 걸을 수 있는 팔자걸음을 천민이 걷다 매를 맞는 등 곤혹을 치르기도 했다. 다시 말하면 좋지도 않은 걸음걸이를 하다 매를 맞은 것 같기도 하다.

『마의상법(麻衣相法)』이라는 책이 있다. 이 책은 중국 송나라 태종시대 진박희이(陳博晞夷)가 마의선사에게서 배워 쓴 상법에 관한 책이라고 한다.

이 책은 내가 네댓 살 때 접한 것 같다. 접했다는 것은 아버지가 보던 책을 만화 보듯 그림을 봤다는 것이다.

이 책에 나와 있는 얼굴상, 눈썹상, 코상, 입상, 귀상, 손금 등이 그림으로 그려진 것이 흥미로웠던 것 같다. 만화처럼 말이다. 이 책을 지금

39) 아름다운 말과 글

펴보니 발행연도가 단기 4289년이고 출판사는 덕흥서림(德興書林)이다.

걸음 중에 호보가 관상학적으로 최고라고 한다. 호보로 걷는 사람이 있었다. 상투쟁이였다. 상투를 튼 사람을 '상투쟁이'라고 하기 때문에 별 무리는 없겠다만 아무리 생각해도 조금은 호칭이 부적합한 것 같아 '두건 할아버지'라고 호칭한다. '두건쟁이'라고 하는 별칭도 있었지만 '쟁이'라고 하는 건 멋해 '두건'에 '할아버지'를 붙이는 것이다. 상시 두건을 착용하고 다녀 두건 속에 상투가 있는 것조차도 의심할 만큼 좀체 드러나지 않았으니 '두건 할아버지'라 해야 옳고 아주 적합한 것 같기도 하다.

에피소드를 소개한다. 두건 할아버지와 관련한 이야기다. 약 40년 전의 일이다. 산골 아닌 산골 같은 내 고향은 빈월산 '특할시'라고 할 만큼 도로가 2차선으로 포장돼 격세지감[40]이 든다. 빈월산은 동네 이름이다.

논둑 밭둑이었던 길이 '새마을 운동'으로 넓혀져 우마차가 나들게 된 지가 얼마 안 된 때였다.

어느 여름날이었다. 바로 전날 비가 왔었다. 하지만 식사 뒤 냅킨으로 입 닦아 밥 먹은 흔적이 어렴풋한 뒤끝이라고 할까. 구름 한 점 없

---

40) 딴 세상이 된 느낌

이 화창하게 갠 날씨는 언제 비가 내렸나 싶었다.

약 4킬로미터 거리에는 장터가 있다. 5일장이 열리는 날이었다. 자전거를 타고 장에 가기 위해 동네 모퉁이를 막 돌아설 때였다. 두건 할아버지가 나들이 차림으로 내가 가는 방향으로 걸어가고 있었다. 역시 장에 가는 길이었다.

두건 할아버지는 내가 운전하는 자전거의 짐 싣는 칸에 탔다. 자전거를 운전할 줄 몰랐던 두건 할아버지는 비록 짐 싣는 칸일지언정 자전거를 처음 탔다고 했다. 결론적으로 처음이고 마지막이었다.

우마차가 다니는 길이라서 양 바퀴가 굴러갔던 곳은 깊게 패어 두 줄이 나 있었다. 철도 레일처럼 말이다. 다만 철도 레일이 양각이라면 농로는 깊게 패어 음각이었다는 것이 다르다. 요즘의 우마차야 대부분 바퀴가 타이어로 돼 있지만 내가 얘기하고자 하는 그때 동네 달구지의 바퀴들은 나무로 제작된 것들이었다. 그 때문에 좁게 깊게 패어 두 줄이 철도 레일 같았다는 것이다.

조심스레 자전거를 탔다. 인간들의 발자국, 우마들의 발자국이 밟히고 밟혀 조금은 튀어나오고 들어가고 들쑥날쑥한 길을 2킬로미터쯤 갔을 때였다.

과장하면 자전거 전복사고가 발생했다. 눈 깜짝할 사이였다. 손쓸 틈 없이 자전거가 옆으로 넘어졌던 것이다.

내리막길인 이곳은 장터까지 가는 길 가운데 유독 골이 많이 패었던 험로였던 데다 그 전날 내린 비로 미끄럽기가 짝이 없는 사나운 황톳길이었다. 본디 장화를 신을 만큼 질퍽한 길은 아니었다. 표면만 미끄러웠다.

떡판에 미끄러져 넘어진 꼴이지만 다행히 넘어지는 쪽의 발을 땅에 디뎌 충격을 완화시켰다. 결국 넘어지긴 했지만 넘어지는 속도를 한 템포 줄여 완충은 됐을 것이다.

하지만 뒤에 탔던 두건 할아버지는 빗물이 채 가시지 않은 황톳길에 쿵 소리가 날 만큼 땅바닥에 떨어지면서 엉덩방아를 찧었다. 철컥 주저앉았다고나 해야 할까. 나뒹굴거나 넉장거리가 아니었다. 마치 누군가 두 팔로 안아 자전거에서 내려놓은 듯 두 발을 쭉 펴서 앉은 자세였다.

다행히 골절이나 타박상 등 경미한 부상도 없었지만 흰 두건에 흰 한복을 입은 두건 할아버지의 꼴은 말이 아니었다. 체통이 말이 아니었다. 늘상 매무새가 백의민족의 명맥을 잇듯 흰옷이었지만 빳빳하게 풀 먹인 나들이복으로 한껏 갖춘 흰옷이 상당 부분 특히 엉덩이가 황토색이 돼 버렸다. 마포를 덧댄 것처럼 됐다. 마치 토수화[41]를 연상하게 했다.

---

41) 물에 개인 흙으로 그린 그림

넘어진 자전거를 일으켜 세웠다. 두건 할아버지를 평소 죽안방 어른이라고 부른 나는 '죽안방 어른 타십시오.'라고 말했다.

두건 할아버지는 한사코 손사래를 쳤다. 굉장히 건방진 말 같긴 한데 꼭 방금이라도 터질 것만 같은 웃음을 참느라 참말이지 힘이 들었다.

손사래를 치는 모습이 어찌나 빨랐던지 현기증이 날 정도였다. 그것도 한 손이 모자란 듯 두 손으로 흔들었다. 손이 셋이었다면 아마도 손 셋으로 손사래를 쳤을 것이다.

와이퍼가 움직이는 것 같았다. '메르세데스 벤츠'의 와이퍼 하나가 움직이듯 한 손으로 손사래를 치는 것 같더니 금세 남은 한 손도 마저 움직였다. 메르세데스 벤츠에는 와이퍼 하나만을 부착할 수 있는 특허가 있다. 빠르게 움직이는 두 손은 양동이로 퍼붓듯 하는 억수 같은 빗줄기에 3단으로 움직이는 와이퍼 같았다.

소낙비가 와도 태평하고 여유가 만만했던 두건 할아버지가 그토록 날쌘 게 경이로웠다.

와이퍼는 두 개가 동시에 좌로 우로 움직이는 데 반해 두건 할아버지의 양손은 안쪽에서 밖으로 바깥쪽에서 안으로 움직였다는 게 달랐다.

두건 할아버지의 손사래는 자전거를 다시 타지 않겠다는 것이었다.

유구무언[42]이었다. 그때도 그러했지만 지금 생각해도 손사래를 치며 짓던 두건 할아버지의 표정은 참으로 형언하기 어렵다.

한 시간은 지나고 두 시간이 채 안 된 즈음이었다. 장터에서 두건 할아버지를 다시 만났지만 "자전거를 타고 같이 갑시다"라는 말을 할 수가 없었다. 그로부터 며칠이 지났다. 들리는 이야기가 많았다. 35여 가구에 인구는 약 150명으로 자그마한 마을이었기에 망정이지 큰 마을이었다면 떠도는 이야기는 여간하지 않았을 것 같다.

수 킬로미터 떨어진 방장산에 있는 수 마지기의 산삼들이 요란한 소문의 소릿결로 나붓거렸을지도 모른다. 좀 허무맹랑하지만 방장산에 수 마지기의 산삼이 있다는 전설이 전래되고 있다.

자전거 전복이 있은 뒤였다. 소문이 이렇다. 톤날 양반 셋째 아들 자전거 뒤에 타고 가다 자전거가 넘어져 궁둥이가 아작 날 뻔했다', '궁둥이가 바스러지지 않고 온존해 천만다행이다', '자전거 뒤에 탈 것이 아니다', '다시는 자전거 뒤에 안 탄다' 등이었다. 톤날은 나의 아버지 어머니의 택호다.

두건 할아버지는 이 일이 발생한 뒤로 어느 누구의 자전거도 타지 않았다고 한다.

---

42) 입은 있으나 말은 없음

나는 오늘 슬펐다. 어머니가 세상을 떠났기 때문이다. 한 달 중에 달이 가장 밝은 때이다. 어머니는 수술을 받았지만 회생하지는 못했다.

어머니의 수술을 집도한 의사에게 했던 말이다.

'1%의 소생 가능성'만 있어도 수술을 하는 건 의사 선생님의 본분이고 직분이고 사명이라고 할 수 있을 것입니다.

하지만 개구리 해부하듯 메스를 대는 건 정말이지 최선을 다하는 것이 아니라고 생각합니다. 외려 인간의 존엄성과 생명을 경시하는 것이라고 생각합니다.

어머니의 수술 전 유의사항 설명에서 "아흔 살 된 사람도 수술을 한다"고 했다고 합니다. 어머니의 이름표에 어머니의 나이가 83세로 돼 있었습니다. 어머니의 실제 나이가 86세입니다. 83세라고 하더라도 의학적으로는 잘 모르는 바지만 90세와는 오십보백보라는 생각이 듭니다.

물론 아흔 살 된 사람도 수술 뒤 회복하는 데 어려움이 없는 사람도 있을 겁니다. 체력이 고려돼야 할 것입니다. 어머니의 수술은 체력이 전혀 고려되지 않은 것 같습니다.

복부를 가로로 30센티미터 이상을 가른 것 같습니다. 실험적 실습을 한 건 아닌지 의심을 하지 않을 수 없습니다. 그러지 않고서는 체력이 약한 환자를 약 30센티미터 이상 되게 가르진 않았을 것입니다.

어머니는 돌아가셨습니다. 후손들과 대화 한마디 없이 영문도 모른 채 엉겁결에 돌아가셨다고 할 수 있습니다. 이 점이 가장 안타깝습니다. "수술 뒤 원만히 회복을 못 할 수도 있다"는 것을 강조했어야 옳았습니다. "원만한 회복 없이 돌아가실 수 있으니 가족 보호자들이 충분한 협의를 거쳐 수술을 받게 할 건가를 결정해야 한다"는 것을 고지해 좌고우면[43]해 판단하게 했어야 옳았다는 것입니다.

이에 대해 설명이 불충분했다는 말을 듣고 싶습니다. 덧붙입니다. 과실이라 할 수 있는 설명 부족을 호도하려 하는 듯한 의사 선생님이 있었습니다. 중환자실 앞 벽면에 게시된 표어를 인용하고 싶습니다. '진료는 정성으로 고객은 사랑으로'라는 표어 말입니다.

구름이 지나가면 하늘이 드러납니다. 손바닥으로 얼굴 가리고 잘못을 호도하려는 듯한 자세에 표어는 구사(求嗣)가 아니라는 것을 생각하게 합니다.

표어는 먹기 좋은 당의정처럼 미사구어로 먹어치우는 것이 아니라고 봅니다. 눈요깃감이 아니라는 것입니다. 고인이 영면하시도록 기원해 주십시오.

내 어머니가 돌아가신 날이었다. 아내가 어머니의 수술을 집도한 의사를 계단에서 만났다고 한다. 중환자실이 높지 않은 층에 있어 엘

---

43) 이리저리 돌아봄

리베이터를 이용하지 않고 계단으로 걸어서 가는 길이었다고 한다.

아내가 의사에게 "내 남편을 만나면 필히 한 말씀 해 주세요. 가족 보호자들이 충분히 판단해 수술을 받게 할 건가 말 건가를 결정하게 하는 설명이 부족했다는 것을 말씀해 주세요. 고이 보내드려야 할 마당에 큰소리가 나서야 되겠습니까"라고 말했다고 한다.

어머니가 운명하기 약 다섯 시간 전이었다. 12시 30분 면회시간을 말하는 것이다. 나는 오후 6시 면회를 계획하고 있었다. 어머니는 오후 6시 면회 시간을 불과 30여 분 남겨두고 운명하셨다. 나는 12시부터 진행된 면회를 하지 못했다.

다음 날이었다. 어머니의 수술을 집도한 의사선생님이 가족 면담을 요청했다.

의사 선생님은 정중히 사과했다. "수술 전 설명이 부족했습니다. 판단을 흐리게 했습니다. 의식을 회복하지 못해 죄송합니다. 하지만 최선을 다했습니다. 머리 숙여 사죄합니다"를 몇 번 거듭했다.

'진료는 정성으로 고객은 사랑으로'를 몸소 실천하는 참의사 선생님이었다. 잘못을 사과할 줄 아는 자세에 경의를 표한다. '진료는 정성으로 고객은 사랑으로'가 게시용만은 아니었다.

진실 되고 정중한 사과를 보고 커뮤니케이션 컨설턴트 홀리위크스의 말이 불현듯 생각이 났다. "사과는 원래의 실수를 더 악화시키고 때로는 최악의 결과를 만들어 낸다. 상대방이 사과를 받아들일지 말지는 당신이 통제할 수 없지만 당신 사과의 질은 당신이 통제할 수 있다."

어머니가 세상을 뜨기 하루 전이었다. 면회를 했다. 어머니는 점멸하는 촛불 같았다. 어머니는 숨을 가쁘게 몰아쉬었다. 오늘 내일 세상을 뜨실 것 같은 생각이 들었다.

불현듯 쥐와 거북이가 생각났다. 1분에 뛰는 그들의 맥박수와 수명이 떠올랐다. 1년을 사는 쥐는 1분에 맥박이 400~500번 뛰고, 200년을 사는 거북이는 1분에 맥박이 10번 뛴다.

맥박과 호흡은 전혀 다르지만 맥박이 빠르게 뛰는 쥐를 생각하게했다. '빛은 돌이켜 거꾸로 비춘다.'는 회광반조만이 남았다는 생각이들었다. 나는 말했다. 소리 나지 않게 붕어 입 놀리듯 말했다.

반포지효라는 말이 있습니다. 어린 까마귀가 자라 늙고 병든 어미에게 먹이를 물어다 준다는 말입니다. 아버지가 세상을 뜨신 지가 4년이 됐습니다. 그 뒤로는 어떤 방도가 됐든 방안에만 있는 어머니를 책임져야 했습니다. 방관자로 방임하듯 했습니다.

4년은 고사하고 불과 몇 개월도 책임지지 못했습니다. 수개월 전부터였습니다. 전화는 평소 종종 했다고 할 수 있는데 어머니에게 전화를 할 적마다 어머니의 "여보세요"라는 말은 그런 대로 힘이 있었고 또렷했습니다. 애써 나온 힘이었을 것입니다.

"여보세요"라는 말 이외에는 힘이라곤 찾아볼 수가 없었습니다. 수화기 너머로 들리는 목소리가 힘이 없었던 것은 "얘야 나는 어떻게 해야 하느냐?"였을 것입니다. 요양병원에서 큰 병원으로 이송되기 전날이었습니다. 어머니는 기분이 좋아 보였습니다. 요양병원에 입원해 말수가 적었던 것과는 대조적이었습니다. 말씀을 잘하셨습니다.

상복이 형 집터였던 매입한 밭뙈기를 어떻게 했으면 하는 말씀도 하셨습니다. "매도해야겠다."고 하셨습니다. 어머니의 안색이 불콰했습니다.

나는 말했습니다. "이곳이 어머니 집이라고 생각하세요. 어머니에게는 의사 선생님, 간호사, 주사, 약이 필요합니다." 어머니는 "어서 가봐라. 유디 어미 마트에 가겠다"라고 말했습니다. 나는 빙그레 웃었습니다. 애들 엄마가 한 대형마트 '알뜰상품' 코너 출근부에 꼭꼭 도장 찍듯 하루도 빠지지 않는, TV에 나올 만큼 가는 마트에서는 이름난 '알뜰 아줌마'이고 알뜰 주부입니다. 나는 말했습니다. "애들 엄마 마트 가는 길에 들를 거예요. 어머니 편히 쉬세요"가 마지막 대화였습니다.

다음 날 갑자기 어머니는 통증을 호소했습니다. 큰 병원으로 이송됐습니다. 그날 어머니는 수술을 받았습니다. 그 길로 어머니는 깨어나지 못했습니다.

'있을 때 잘해'라는 말이 있습니다. 이 말은 한때 TV에서 대유행을 낳기도 했습니다. 때는 마냥 기다려 주지 않는 것 같습니다.

요양병원에 적어도 1년은 계실 줄 알았습니다. 굉장히 빗나갔습니다. 그게 문제가 됐습니다. 어머니의 친정인 외가댁이나 하나뿐인 어머니의 동서 숙모님에게는 어머니가 요양병원에 입원했다는 사실을 곧 알렸어야 했습니다. 입원한 지 여드레째 되는 날이었습니다.

"외가댁이나 숙모님 댁에 당장 알리기도 그렇고 며칠 있다가 연락할까 합니다"라고 말했을 때 어머니는 "(전화를) 하려면 하고 말려면 마라"고 하신 말을 꿰뚫지 못한 게 원망스럽고 한스럽습니다. 아버지가 죽음을 한달여 앞두고 "유디네 집 가겠다"고 하셨습니다. 하지만 무슨 뜻인지를 꿰뚫지 못했습니다. 그렇게 해 드리지 못한 것도 죄스럽고 원망스럽고 한스럽기는 매한가지입니다.

어머니 저는 '국가가 효자'라고 이 사람 저 사람에게 말합니다. 어머니에게도 여러 차례 말한 적이 있습니다. 국가는 10년 가까이 1주일에 한 번 어머니를 목욕시키고 두 번은 도우미가 찾아와 시중을 들었습니다. 간호사도 1주일에 한 번은 왔습니다. 간호사는 매주 약을 가져왔습니다. 혈압을 체크했습니다. 때로는 영양제도 놨습니다. 참말이지 간호사는 간호사 이상의 주치의였습니다.

말하기 부끄럽습니다만 아들딸 며느리 누구도 그렇게 하진 못했습니다. 과거의 일이 생각납니다.

"어머니 고이 잠드십시오"라는 말을 큰소리로 하고 싶었지만 차마 말을 못 했습니다. 혹여나 깨어나실지 몰라서였습니다. 하지만 마음속으로 아니 모깃소리만 하게 말했습니다. "어머니 편하게 고이 잠드십시오. 죄송합니다"라고 말했습니다. 어머니가 들었을지도 모릅니다.

어머니가 숨을 가쁘게 몰아쉬었습니다. 숨을 가쁘게 몰아쉬면서도 뭐라고 말하는 것 같았습니다. "고통스럽다. '산소호흡기' 등을 제거해 달라"는 것 같기도 했습니다. 나는 어떻게 할 수도 없어 답답해하기만 했던 안동 답답이었습니다.

갈릴레이, 뉴턴, 아인슈타인에 이어 물리학의 네 번째 계보로 이어지는 영국의 스티븐 호킹 박사가 생각났습니다. 몸 안의 운동신경이 파괴되고 뒤틀려 마비되는 루게릭병에 걸린 스티븐 호킹은 설상가상으로 폐렴이 발병돼 기관지 절개수술을 받아야 했습니다. 그는 가슴에 연결된 파이프로 호흡을 하며 대화는 휠체어에 부착된 고성능 '음성확성기'로 합니다. 저는 스티븐 호킹의 대화처럼 고성능 '음성확성기'로 어머니의 말씀을 듣고 싶었습니다.

입이 열 개라도 할 말이 없습니다. '부모가 자식 생각하는 마음 100분의 1만 해도 효자'라는 말이 딱 맞습니다.

애완동물을 많이 키우는 시대인 것 같습니다. '애완견에 하는 만큼의 십분의 1만 부모에게 해도 효자"라는 말도 있습니다.

턱 떨어진 광대처럼 그늘을 잃은 나는 석가모니의 말이 생각났습니다.

석가모니의 입적이 머잖았을 때 한 제자가 "석가모니가 입적하시면 누구를 의지하며 살아야 합니까?"라고 질문하자 석가모니는 다음과 같이 말했다. "나를 의지하지 말라. 세상에 의지할 것은 오직 자신밖에 없다. 무엇에 의지하던 사람은 의지처가 사라질 때 자신도 함께 무너지는 법. 자신을 참된 의지처로 삼고 자신을 등불 삼아 스스로 자신의 길을 비추도록 하여라."

어머니가 세상을 뜬 지 사흘째 되는 날이었다. 새벽 5시에 발인했다. 십이지의 여섯 번째인 사시로 예정된 하관 시간을 맞추기 위해 서둘렀다.

어머니를 실은 버스는 한강의 구곡수(九曲水)[44]를 따라 경부고속도로에 진입했다. 천안, 논산 간 고속도로를 지나 공주를 거쳐 크게는 구곡로(九曲路)[45]를 그리며 장지에 도착했다. 사시로 접어드는 시간쯤에 어머니가 묻힐 장소에 도착했다. 나의 고향이기도 하고 어머니가 살던 동네에 이르기 전에 장지가 있었다. 버스는 동네에 들러 노제를 지냈다. 마을 사람들이 정자에 모여 영구차를 맞이했다.

노제를 지내기 전이었다. 어머니의 '영정'과 '위패'는 어머니의 장손과 그의 동생에 의해 어머니가 빈월산으로 이사해 살다가 새로 짓긴 했지만 63년 동안 살아온 집안 곳곳을 둘러봤다.

나는 말했다. "10여 년 가까이 바깥출입을 못 한 어머니가 세상을

---

44) 굽이굽이 굽은 강
45) 굽이굽이 굽은 도로

뜨고서야 이곳저곳을 다 볼 수 있다."

어머니는 아버지 곁에 묻혔다. 거리는 1미터 정도 떨어졌을 것이다. 살아생전에 한 이불 덮었듯 봉분을 하나로 만들었다.

포클레인이 어머니가 묻힐 곳을 팠다. 1.5미터 정도 됐다. "하얀색이 좋다"고 손수 마포 아닌 옥양목으로 만든 수의를 입고 탈관한 채 어머니는 그곳에 누웠다. 아버지 수의와 같은 커플 수의였다. 상당히 오래 전 윤달에 만들었다고 한다. 아버지 수의도 어머니가 만들었다. 석관 없이 누운 어머니를 일곱 개의 구멍이 뚫린 칠성판으로 덮었다. 다홍 비단 천에 '孺人一見堂靈城丁氏之柩(유인일현당영성정씨지구)'라고 쓴 명정으로 칠성판을 덮어씌웠다.

자손들이 하나하나 '폐백'을 드렸다. 접은 한지를 칠성판 위에 위에서 아래로 차례로 올려놓은 것을 말한다. 칠성판 옆에 선 마을 사람이 폐백지를 건네받을 때마다 고인과의 관계를 말하며 "폐백이오"라고 말했다.

후손들은 또 삽으로 흙을 떠 칠성판 위에 뿌렸다. 세 번씩 뿌렸다. 회토였다.

이윽고 기다리던 포클레인은 엔진 소리를 내며 1.5미터의 깊이를 메웠다. 순식간이었다. 금세 봉분도 만들어졌다. 하나로 된 봉분은 역학 회전체인 자이로스코프 같았다. 딴말이 아니다. 평등해야 할 부부관계가 이제야 평등해졌다는 것이다.

더욱 놀라운 일이 있다. 어머니가 아버지의 오른쪽에 묻혔다는 것이다. 아버지는 생전에 남존여비 사상이 농후했었다. 어머니는 어머니가 바라던 대로 아버지 곁에 고이 잠들었다.

어머니가 아버지의 우측에 묻힌 것은 아버지의 의향도 어머니의 의향도 아니었다. 자손들의 특별한 의향도 아니었다. 아버지가 어머니보다 몇 년 앞서 세상을 뜨시고 영면할 안식처를 잡았는데, 그 지형적 형태 때문에 어머니는 아버지 우측에 묻힐 수밖에 없었다. 사세부득[46]이었다. 어머니가 요구한 페미니즘[47]은 더욱 아니었다. 어찌 됐건 생전에는 자전거의 앞바퀴와 뒷바퀴였다면 이제는 부부로서 수레의 양 바퀴가 굴러가는 것 같다.

'삶과 죽음은 하나'라는 말이 있는데 삶과 죽음은 태어나고 죽는 것을 반복하는 건지 모르겠다. 또 삶과 죽음은 본디 '아무것도 없는 것'인지 모르겠다.

회갑 선물을 받았다. '無無無(무무무)'라는 휘호다. '본디 없는 것조차도 아예 없고 없는 것'이라는 뜻이다. 이 휘호를 선물 받고 이렇게 생각해 봤다.

'유(有)가 무(無)이고 무가 유이다'라고. '있다는 것도 없고 없다는 것도 있는 것'이라는 말이다. 바꿔 말하면 수증기가 구름이 되고 비가 되는 것처럼 세상사는 돌고 돌아 순환한다. 유무가 돌고 돈다는 것이다.

---

46) 일의 형세가 그렇게 할 수 밖에 없음
47) 여성이 사회 정치 법률상의 권리 확장을 주장하는 것

'반야심경'에 나오는 색즉시공(色即是空)이라는 말이 있다. '색이란 유형(有形)의 만물을 말하는 것이다. 이러한 만물은 모두 일시적일 뿐이고 그 실체는 실제 있는 것이 아니라 비어 있는 것'이라는 뜻의 말이다. 또한 공즉시색(空即是色)이라는 말이 있다.

색즉시공에 이어지는 말로 '이 세상에 있는 모든 것은 실체가 없는 현상에 지나지 않는다. 하지만 하나하나의 그 현상들이 실체'라는 뜻을 지닌다.

어머니를 장사지낸 날 밤이었다. 비가 약간 왔다. 문상객들은 '호상'이라고 하지만 호상 아닌 호상인 어머니의 죽음을 날씨도 슬퍼하는 것 같았다.

개구리들이 개굴개굴 합창했다. 여느 때와는 느낌이 사뭇 달랐다. 개굴개굴하는 개구리 소리로 동네가 꽉 찬 것 같았다. 모내기 철을 얼마 앞둔 터라서 들판에는 물이 가득 찼다. 그것 때문이었을까. 농약 살포로 개구리, 맹꽁이의 개체수가 더욱이 줄었다는 말도 있는데 그리 넓지 않은 들판에서 저리도 많은 개구리들이 있나 싶었다.

어릴 때 자라면서 이렇게 많이 우는 개구리 소리를 들어본 적이 없다. 개구리들과 동고동락한 어머니의 죽음을 들판의 개구리들이 모두 나서 슬퍼하는 것 같았다.

약간이나마 내린 비는 개구리들의 폐와 피부로 숨 쉬는 활성량을 도와 개굴개굴하는 소리의 정도가 실제 달랐을 것이다. 개구리들은 습도가 높으면 폐활량이 활성화하기 때문이다.

그리고 매봉산의 소쩍새도 슬피 울었다. 밤새도록 울었다. 집 주변에서 아니 울타리 안에서 대대로 살아왔을 두꺼비들이 와트 수 높은 전구 세 개로 환히 밝힌 마당을 배회하고 있었다. 한두 마리가 아닌 여남은 마리나 됐다.

어른 주먹 남짓 되는 건데 내가 어렸을 때 그쯤 되는 것은 솥뚜껑만 하다고 했다. 청개구리만한 것도 있었다. 예전에는 한두 마리 아니면 두세 마리 정도가 나타났었다. 이렇게 많이 무리를 지어 여남은 마리나 나타난 것은 처음이었다. 일찍이 없었던 일이다.

미물일지언정 모두 나서 어머니의 죽음을 애도하는 것 같았다. 어머니가 혼자서 지키던 집은 이제 불이 켜지지 않는다. 불나방이 찾지 않을 것이다. 너무나 뻔한 명약관화[48]한 일이다. 불 켜지면 나타났을 것 같은 두꺼비도 어찌할지 방황할지 모르겠다.

그러나 감지력이 인간보다 낮다는 미물이기에 곧 평정을 되찾을 것 같다.

20세기 초에 설립된 것으로 알고 있는 한 소주 회사는 제품의 트레이드마크가 두꺼비였다. 지금도 트레이드마크가 두꺼비인지는 잘 모르겠다. 지금은 상표 하단 모퉁이에 있는 둥 없는 둥 트레이드마크인지 뭔지 도저히 분간하기 어려울 만큼 자그많게 그려져 있다. 마치 코

---

48) 불을 보듯 뻔하고 분명함

너킥을 차려고 귀퉁이에 놔둔 축구공 같다.

두꺼비인지 개구리인지 가늠하기 어렵기는 마찬가지다. 트레이드마크로 두꺼비를 대대적으로 내세운 적이 있어 이게 두꺼비라고 간주하긴 한다. 개구리는 분명 아닐 것이다. 하지만 이 그림이 해당 소주의 트레이드마크는 아닐 것 같다. '참이슬'에 그림이 묻혀버렸기 때문이다. 그 옛날에 소주 회사가 수천 개 있었다던가. 많고 많던 일제강점기의 소주 회사는 거의 없어지고 지금은 남은 게 고작 열 손가락 내외가 될 텐데 그중 한 곳이 잘나가고 있다.

한 이십 년 됐다고 해야 하나. 두꺼비에게 미안한 말 같은데 소주를 마시다 떨어지면 "두꺼비 한 마리 더 잡자"며 "두꺼비 한 마리 주세요"라고 한 적이 있다.

'복두꺼비'라고 우대를 받기도 하는 두꺼비는 우둘투둘한 모양새가 도깨비방망이랄까. 등은 우둘투둘하고 못생겼다고 말할지도 모른다. 징그럽게 생겼다고 이야기할지도 모른다. 그렇게 말하는 사람을 봤다. 하지만 대단하다. 나의 고향 집을 지켜주는 수호신일지도 모를 두꺼비다.

이 정도면 수호신으로 충분할 것이다. 반세기 전쯤 된 것 같다. 두꺼비 한 마리가 마당에 나타났다. 비가 내린 뒤였다. 저녁에 몇 방울 내린 비라 마당은 이미 말라 바람에 먼지가 날리고 있었다.

색깔이 누런 개가 있었다. 누렇다고 별칭이 누렁이었다. 누렁이가 앞발 둘을 교대로 살짝살짝 두꺼비를 이리 굴리고 저리 굴렸다. 툭툭 건드릴 때 나는 소리가 때로는 '픽픽'으로 들리기도 했다. 이런 소리가 나다 안 나다 했지만 소리는 세게 건드렸다라기보다는 두꺼비의 특이한 피부조직 특성 때문에 나는 것 같았다.

또또가 펭귄 인형을 놀리듯 '쥐 놀림' 당한 두꺼비는 긴장한 모습이 역력했다. 네 발은 잔뜩 웅크렸고 공기를 들이마신 듯 몸통은 팽창됐다. 마치 공 같아 보였다. 모양새로는 그야말로 놀잇감으로 안성맞춤이고 제격이었지 않나 싶다.

하지만 두꺼비를 장난감으로 삼은 것은 잠깐이었다. 20킬로그램은 돼 부풀려 송아지만 한 누렁개가 코를 실룩거렸다. 코를 땅에다 비벼대기도 했다. 킁킁거리기도 했다. 킁킁댈 때면 코에서 내뿜는 콧바람으로 마당의 먼지가 퍼져 날리기도 했다. 오만상을 짓는 듯하고 킹킹대기도 했다. 코 닦듯 코를 땅에 비비기도 하면서 코를 훑기도 했다.

난감해하는 것이 역력하더니 이리 뛰고 저리 뛰었다. 텃밭이고 뭐고 가리지 않았다. 텃밭의 애먼 채소는 밟히고 뭉개졌다. 한참을 이리뛰고 저리 뛰었다. 두꺼비가 내뿜은 독 때문이었다.

지금 생각하면 동화 속 지네와의 싸움에서 이긴 두꺼비 같다는 생각이 든다. '은혜 갚은 두꺼비'라는 제목의 동화가 있다. 거두절미[49]하

---

49) 앞뒤 말들을 빼 냄

고 이 동화에서 두꺼비는 지네와 싸움을 했다. 두꺼비는 지네와의 싸움에서 불꽃 튀는 혈전을 벌이다 기운이 소진돼 자신도 죽고 만다. 하지만 지네를 쓰러뜨려 죽게 한 뒤였다. 지네도 만만치 않았지만 두꺼비를 당해 내기에는 역부족이었다.

누렁이는 두꺼비가 나타나기만 하면 치켜세웠던 꼬리를 곧장 땅에 닿게 내리고 흙먼지가 꼬리에 묻는 것쯤이야 아랑곳하지 않고 슬금슬금 피하기 일쑤였다. 때로는 느닷없이 기절초풍하는 광경을 연출하기도 했다. '자라 보고 놀란 가슴 솥뚜껑 보고 놀란다'고 개구리를 보고 놀라기도 했다.

또 지금 되돌아보면 두꺼비가 누렁이에게 겁만 주고 봐주었다는 생각을 하게 된다. 동화에서 두꺼비가 지네에게 최후를 맞게 했듯 누렁이에게 최후를 맞게 할 힘이 있었을 텐데 그렇게 하지는 않았다.
더 이상 귀찮게 하지 말라고 했을 것 같다. 마당을 공유하며 공생하자고 말하지 않았을까. 그래서 맛보기로 독맛만 보였을 것이다.

아버지가 세상을 떠났을 때는 미처 다 몰랐다. 아버지, 어머니가 그늘이고 우산이라는 것을 몰랐다. 어머니가 세상을 떠나고 보니 '핵우산'을 잃은 것 같다. 종종 "자녀는 일찍 독립해야 한다"라는 말을 하는데, 60이 넘은 지금 이제야 독립을 한 것 같고 아기주머니를 겨우 벗어난 아기 캥거루 같고 고아 같다는 생각이 든다. 문득 일찍이 조실부모하고 굳건히 사는 사람들을 경애하고 싶다.

일주일에 한두 번은 전화를 했었는데 이제는 어머니에게 전화할 수 없다. 어머니가 썼던 전화번호를 반납했다. 어머니에게 지나치게 의존했던 것은 아니지만 의지할 곳을 잃었다. 구심점이 흐트러졌다. '있을 때 잘하라'는 말이 반추된다. 나는 불효자다. 어머니는 나의 근원이었다.

부모가 펠리컨이라는 것을 미처 몰랐다. 사냥한 물고기들을 턱 주머니에 넣어두면 새끼가 꺼내먹듯 내 부모가 가지고 있던 '빛과 소금' 등 자양분을 빼먹기만 했지 어마한 창고였다는 것은 몰랐다. 나는 철부지였다.

어머니가 세상을 뜨고 나서 보름째 되는 날이었다. 꿈을 꾸었다. 꿈은 이렇다. 어머니, 아버지가 나란히 누워 있었다. 새로 짓기 전 옛집에서였다. 일명 '삿갓집'이었다. 아버지가 목수로서 지은 첫 작품이기도 하다. 한국전쟁이 발발하던 해 피란 가 급조해 지은 집이기도 하다.

새벽이었다. 옥설이 아주 보기 좋게 내려 산천이 은구슬이 뿌려진 듯 아름다웠다. 하지만 옥설이 조금만 더 왔으면 하는 생각이 들었다. 그때였다. 쌀가루 같다고 하면 틀린 것 같다.
둥글둥글한 은단 크기 아니면 그보다 작은 것들의 입자로 된 옥설이 다시 내리고 있었다. 시나브로 희미하게 밝아 오는 여명에 쌓이는 옥설은 더 아름다웠다.

비록 어머니는 첨단 과학이 적용되지도 않았고 반짝이지도 않았지만 우주복과 같은 하얀색의 수의를 입고 하늘에 올라 옥설을 뿌리는 것 같았다.

우주선 없이도 수의로 입었던 옥양목으로 선녀복을 만들어 하늘에 올랐을 것 같다. 어머니는 선녀복을 만드는 일쯤이야 어려움이 없었을 것이다. 어머니는 생전에 수의를 만들 만큼 베 짜고 옷을 짓는 데 능했다.

어머니를 그리스신화에 나오는 여인 아라크네와 비교를 한다. 아라크네는 예술의 여신 아테나와 길쌈을 겨루다 저주를 받아 거미로 변한 여인이다. 어머니는 전생에 아라크네였는지도 모른다는 것이다.

어머니가 전생에 아라크네였다면 거미줄로 만든 동아줄을 매달아 하늘로 올라가는 방법도 알고 있었을 것이다. 어머니는 입고 갈 수의를 직접 만들었지만 노잣돈이라도 담을 주머니는 달지 않았다. '수의에는 주머니가 없다'는 관습을 따른 것도 있지만 어머니는 삶과 죽음이 공수래공수거라는 걸 아주 잘 알고 있었던 것 같다. 수의에는 주머니가 없다는 게 관습이더라도 직접 빚은 수의에 주머니가 없었으니 말이다.

최근 과학자들이 인간의 뇌 연구에 박차를 가하는 것 같다. 범국가적 차원에서 투자를 하기도 한다. '세계를 선도해야 한다'고 말하는 사람도 있다. 뇌에 관한 책도 쏟아지고 있다. 사람뿐만 아니라 동물들의 뇌나 감정에 관한 연구 결과도 나오고 있다.

언젠가 일본에서 울산의 한 수족관으로 돌고래가 옮겨진 적이 있다. TV 뉴스에서 봤다. 신문에도 나왔다. 옮겨진 돌고래가 눈물을 흘리는 장면이 있었다. 이별에 따른 아픔의 눈물이었을 것이다. 또또를 집밖으로 내보냈을 때 또또가 우는 듯 하소연하는 듯했는데 아마도 뇌간이 작동했을 것 같은 생각이 든다. 인간의 뇌와 별반 차이가 있겠나 싶었다.

인간의 뇌는 크게 뇌간, 변연계, 신피질로 분류한다. 뇌간은 눈물 등 생리적 현상을, 변연계는 감정을, 신피질은 이성을 담당한다.

또또가 추위로 말미암아 나를 만나기 불과 얼마 전까지만 해도 집에는 등딱지 길이가 15센티미터가량 되는 거북이 한 마리가 있었다. 이 거북이를 놓고 아내와 가끔 왈가왈부했었다.

거북이 한 마리를 더 입양해야 한다는 게 내 주장인 반면에 아내는 한 마리도 뒤치다꺼리 하기가 힘든데 두 마리가 되면 더 힘들어져 어떻게 하냐며 대립각을 세웠다. 끝내는 거북이를 다른 곳으로 입양 보내야 했다. 입양 보냈던 거북이 얼마 안 돼 다시 돌아왔다. 그 뒤 반년이 됐을 무렵 산 좋고 물 좋고 낚시 등이 금지된 댐 상류에 방생했다.

당시 거북이를 한강에 방생하는 것을 고려했었다. 한강에는 아주 많은 거북이들이 있을 거라는 생각에서였다. 한강이 거북이 종류의 아지트가 분명할 것 같았다. 하지만 거북이를 한강에 내보내면 잘 살아갈지는 알 수 없었다. 또 방생에 제약이 있었다. 매스컴을 보면 토종 물고기를 마구잡이로 잡아먹는 붉은귀거북이를 잡아 도태시킨다고 했다. 집에서 키우던 거북이 문제가 되는 붉은귀거북이는 아니었지만 불안했었다.

'큰 물고기는 큰물에서 논다'는 말이 있다. 거북이를 '한강의 기적'으로 상징되는 한강에 방생하려고 했던 것은 동종들을 만나 희로애락을 되찾으라는 뜻과 함께 서해로 내려가 태평양을 유영하고 다니며 큰 꿈을 갖도록 하는 목적도 다분히 있었다.

소설 '별주부전'에 나오는 수궁의 용왕처럼 바다의 제왕이 되려는 꿈을 갖게 하고 싶었다.

국립수산과학원 고래연구소가 거북이(전남이)를 방생한 적이 있다.

여수 앞바다에서 정치망에 포획된 이 거북이는 국립수산과학원고래연구소가 겨울을 어떻게 나는가, 겨울잠을 자는가 등을 조사하기 위해 GPS를 달아 방생한 것이라고 한다.

부산에서 방생된 이 거북이는 방생되자마자 유유히 유영하더니 6일 뒤에는 제주도 북쪽 해안에 도착했고 한 달 만에는 홍콩 앞바다에 당도한 것이 확인됐다고 한다. 만약 키우던 거북이를 한강에 방생했다면 전남이처럼 넓은 바다로 가 유영하고 다닐지 모른다는 생각이 든다.

또또가 밖에서 동가식서가숙하며 한 달여를 슬픔 속에 탄식한 것 같다. 또또를 바깥으로 내보낸 처음 한 달가량을 말하는 것이다. 또또가 유기당한 뒤 며칠 동안은 유독 밤이 되면 목메어 울부짖곤 했다. 낮에도 그러긴 했지만 말이다. 한 달여 지속됐지만 횟수와 정도는 볼륨을 낮추듯 차츰 줄어들었다.

비록 슬픔의 울부짖음이었지만 굵직한 또또의 울음소리는 음량이 메가톤급이었고 수컷다웠다. 울부짖는 또또의 목소리를 듣고 있노라면 또또가 추위로 떨다 들어왔을 때가 생각난다. 그때 또또가 고개를 위로 120도가량 틀고 높이 놓인 TV를 시청했는데, 그 TV의 볼륨을 최대한 높여 놓은 것 같았다.

120도 가량 고개를 높이 쳐들어 TV를 봤다는 것은 TV가 높은 곳에 설치돼 있고 그 아래 놓인 난로 앞에서 언 몸을 녹이며 TV를 보는 데는 고개를 그렇게 하지 않고서는 볼 수가 없었다는 것이다.

또또의 울부짖는 소리가 어쩜 그리도 어린아이의 울부짖는 소리와 꼭 빼닮았는지 신기할 정도였다. 또또가 하는 소리는 엘레지였다. 또또가 부르는 엘레지는 나를 정말이지 아주 힘들게 했다. 슬픔의 엘레지로 불러대는 또또의 울음은 새벽까지 이어졌다.

주위의 빌딩 경비원, 새벽까지 영업하는 포장마차 주인 등이 짐짓 말을 해 줘서 알고 있다. 말을 해 주었다는 것은 밤새도록 우는 소리가 듣기 싫었다는 표현일 테고 또 하나는 고양이에 대한 부정적 선입견 때문인 것 같기도 하다.

얼마 전 뉴스를 보니 기르고자 하는 애완동물을 여론조사한 결과 애완견과 애완고양이가 압도적으로 우위를 차지했다. 하지만 고양이에 대해 갖는 부정적 선입견은 여전한 것 같다.

또또가 부르는 엘레지는 '엘레지의 여왕'이라고 일컬어지는 가수 이미자를 능가한다는 생각이 들었다. 이미자에게 붙여진 '엘레지의 여왕'이라는 별칭은 그의 자전적 이야기를 담은 영화 〈엘레지의 여왕〉 상영 이후 얻어진 것이기도 하지만 그의 애절한 노래 때문인 것 같기도 하다. '동백아가씨', '여자의 일생', '흑산도 아가씨', '울어라 열풍아' 등 슬픈 곡조의 노래가 많다. 또 보통 사람들보다 2.5배나 높다는 폐활량에 따른 바이브레이션은 더욱 구슬프고 애절하게 들리는 것 같다.

일본의 한 작곡가는 수십 년 전부터 이미자가 이 세상을 다하면 목소리 연구를 하기 위해 보험을 들도록 충고했다고 한다. 이미자의 엘레지! 그 유명세가 어느 정도인지를 유추하고도 남겠다. 2,100여 곡을 부른 이미자는 기네스북에 등재됐다.

또또가 분을 삭이지 못할 수 있겠지만 울부짖음은 이제 그만 뚝 하고 그쳤으면 하는 생각을 해 본다.

고대 그리스의 극작가였던 에우리피데스와 일본의 작가 하세가와 뇨제칸의 눈물에 대한 말이 불현듯 떠올랐다.

"지나간 낡은 슬픔에 새로운 눈물을 흘려서는 안 된다."(에우리피데스) "여자의 눈물은 승리의 눈물이며 남자의 눈물은 패배의 눈물이다." (하세가와 뇨제칸)

또또에게 수컷이라는 데 방점을 찍고자 한다. 즉 하세가와 뇨제칸이 '남자의 눈물은 패배의 눈물'이라고 했듯 강건해지라는 것이다. 오늘은 어제라는 과거가 있고 내일이라는 미래가 있다. 오늘은 어제와 이별을 하는 것이고 내일은 또 오늘과 이별하는 것이다.

새롭게 만난 오늘이 비록 어제와 이별했지만 오늘은 다시 새로운 내일을 만나는 것이듯 이별을 너무 슬퍼할 것만은 아닌 것 같다. 내일이 있으니 말이다. 거푸 다시 말한다. 굳세고 용감해졌으면 좋겠다.

하기야 한 나라를 통치하는 대통령도 눈물을 훔치고, 대통령 후보로 나섰을 때는 눈물을 흘리며 감성적으로 지지를 호소하기도 했다. 눈물을 흘리는 게 바이러스로 번지는 건지 유행처럼 돼 가는 것 같다.

반면에 애써 눈물을 안 보이는 건지 아니면 눈물샘이 말라버린 건지 눈물을 흘리지 않은 대통령이 있었다. 그가 바로 박정희 대통령이다.

시골에 있을 때였다. 원두막에서 몇 명과 함께 박정희 대통령의 '8.15 광복절' 경축사를 라디오로 듣고 있었다. 몇 발의 총탄 같은 소리가 들렸다. 소란스러웠다. 박정희 대통령의 경축사는 중단됐다.

삼척동자라도 무슨 안 좋은 일이 일어났다는 것을 금세 느낄 수 있었다. '분명 무슨 일이 있다'고 약속이라도 한 양 이구동성으로 말했다. 조바심이 가득했었다.

원두막에서 라디오를 듣고 있는 터라서 답답하기 그지없었다. 곧 박정희 대통령의 경축사는 재개됐다. 경축사는 몇 마디로 단축해 종결됐다. 재개된 박정희 대통령의 경축사 목소리는 다소 떨렸다. '천만다행'이라고 말들을 했다.

박정희 대통령의 부인인 육영수 여사가 총탄에 쓰러졌던 것이다. 이 광경을 나중에 TV로 봤다. 재개된 박정희 대통령의 경축사는 비록 떨리는 목소리였지만 담담했다. 눈물은 흘리지 않았다.

일본의 하세가와 뇨제칸이 '여자의 눈물은 승리의 눈물'이라고 했다는데, 아버지의 유전자를 고스란히 이어받았다고 해야 할까, 박정희 대통령의 딸인 박근혜가 떠오른다.

박근혜가 대통령 후보가 되기 위해 벌인 이명박과의 당내 경선에서 패배했을 때의 일이다.

뉴스에서 본 대로 적는다. 박근혜는 대의원 투표에서는 득표수가 많아 승리했지만 전화 여론조사에서 경쟁에 나선 이명박에게 뒤졌다. 결국 박근혜는 대통령 후보가 되지 못했다. 박근혜 지지자들의 울음

소리가 여기저기서 터져 나왔다.

그 와중에 패배한 박근혜의 연설이 있었다. 담담히 연설했다. 박근혜는 울지 않았다. 만약 당시 경선에서 박근혜가 승리했더라면 하세가와 뇨제칸의 말처럼 '여자의 승리의 눈물'을 흘렸을까 하는 생각을 가져본다.

나는 말했다. 박근혜는 아버지의 유전자를 이어받았는지 꼭 빼닮았다. 대통령감이다. 대통령이 되려면 사석은 몰라도 대중적인 데서는 저 정도는 돼야 할 것이다.

"당신이 평화를 원한다면, 소련과 동유럽의 번영을 원한다면, 자유를 원한다면 이 문으로 나오시오. 이 문을 개방하시오. 이 장벽을 허물어 버리시오." 1987년 레이건 대통령이 베를린 장벽이 보이는 '브란덴부르크 문' 앞에서 소련의 미하일 고르바초프 서기장에게 한 연설이라고 한다. 이 연설문은 미국 시사주간지 뉴스앤드월드리포트의 '역사에 남을 만한 미국 대통령의 명연설 7개' 중의 하나로 선정됐다.

헝가리 정부는 자국을 방문한 적이 없는 레이건 대통령의 동상을 세웠다고 한다. 헝가리 정부는 레이건 대통령의 동상 제막식에서 "냉전을 종식시켜 헝가리인들에게 주권을 되찾게 해준 레이건 대통령에게 감사를 드리며 그를 영원히 기억할 것이다"라고 말했다.

지금은 민주주의니 사회주의니 하는 이데올로기는 많이 퇴색됐다. 민주주의가 전 세계로 뻗어나가 선진화한 나라의 정치체제로 자리 잡듯 햄버거는 스펀지에 물 스미듯 전 세계로 번져 가는 것 같다. 민주주의 하면 미국이고, 햄버거도 미국에서 개발돼 퍼졌다.

기자 출신으로 칼럼리스트인 토머스 프리드먼의 『렉서스와 올리브나무』를 보면 '맥도널드 햄버거 매장이 들어선 나라들은 서로 전쟁을 하지 않는다'고 역설한다.

또또가 집에 있을 때의 일이다. 또또가 '책 위 길'로 조심스레 사붓사붓 걸어가다 "어디를 걸어가고 있어."라고 내가 다소 크게 낸 목소리에 깜짝 놀라 다 건너지 못하고 뛰어내렸다. 이 안에는 토머스 프리드먼의 책이 두 권 있다. 『렉서스와 올리브나무』와 『세계는 평평하다』이다.

집에는 TV가 없다. 아이들 교육에 도움이 될까 싶어 TV를 치웠다. TV가 있었던 곳에 3미터 가량 사이를 두고 양쪽에 책이 넘어지지 않게 '북앤드' 하나씩을 세웠다.

북앤드 사이 공간에는 책장에 책이 꽂혀 있는 것과 마찬가지로 세워진 책이 꽉 채워져 있었고, 또또가 이게 길인 양, 고가도로인 양 그 위를 걷다 혼난 것이다.

민주주의 국가에서 발전한 게 또 있다. 골프다. 지금이야 우리나라에서도 골프가 대중화됐지만 부자들의 운동이었고 골프채는 호사스러운 사치품이었다. 회원권이 수억 원을 호가했었다. 하지만 골프채는 여전히 고가품인 것만은 틀림없는 것 같다. 기십만 원짜리도 있지만 수백만 원, 수천만 원짜리가 난무하니 말이다.

골프장 하면 우선 떠오르는 게 있다. 넓디넓게 펼쳐진 땅 면적이다. 넓은 면적의 땅은 차치하더라도 골프장에 살포되는 농약이 수질오염, 토양오염을 일으키고 생태환경을 파괴해 하나뿐인 녹색 지구를 멍들게 한다. 궁극적으로 보면 넓게 펼쳐진 골프장의 그린이 녹색 지구를 멍들게 하는 꼴이니 아이로니컬한 것 치고는 참 아이러니하다. 말만 녹색 그린이지 알고 보면 속 다르고 겉 다른 것 같다.

금방 '넓은 면적의 땅은 차치하더라도'라고 했는데, 이에 대한 내 생각을 개진해 본다. 이 지구상의 인구 절반 가까이가 기아로 허덕인다고 하는데 골프장이 꼭 필요한가를 자문해 본다. 운동도 좋지만 말이다.

18홀짜리 하나를 건설하는 데 필요한 땅이 약 30만 평이고 우리나라만 해도 골프장이 230개가 넘는다고 한다. 전 세계적으로는 4만 개에 근접한다고 한다.

우리나라 땅덩어리를 흔히 '손바닥만 하다'고 한다. 우리나라가 작은 나라라는 것을 우주인 이소연이 아주 적절히 잘 말해 준 것 같다. 이소연의 칼럼이 동아일보에 실렸는데 내용 일부를 인용해 보자.

'랩톱 컴퓨터가 나라 이름을 알려주는데 10분을 넘게 알려주는 나라가 있고 우리나라의 경우는 이름을 듣자마자 창으로 날아가 내려다보아도 파랗고 넓은 태평양만 보기 일쑤였던 것을 기억한다.'

베트남의 국회부의장 응우옌당방이 했다는 말이 있다. "부자들을 위한 골프장이 농지를 차지하면서 공해를 일으키고 식량안보를 위협하니 세금을 높게 부과해야 한다."

골프를 선망한 여우가 있다. 실화가 아닌 동화에서 말이다. 동화 제목이 '여우 캥길이의 슬픔'이다.

저자는 일본의 다지마 신지이고 다지마 가즈코가 그림을 그렸다. 최시림이 우리말로 옮긴 것을 읽었다.

오래전에 읽었고 최근 다시 또 읽었다. 여우인 캥길이가 '심행길'이라는 이름을 갖고 사람으로 살아가는 이야기다.

캥길이가 사는 근처에 골프장이 건설되고 있었다. 산을 깎아 내리고 기반공사가 시작되자 캥길이는 가슴이 설레고 인간의 모습이 그야말로 한없이 부러웠다.

캥길이는 인간들이 주말이면 골프를 치는 것을 볼 때마다 자신이 농민에게 쫓기고 총을 든 사냥꾼에게 쫓기며 사는 나부랭이 처지를 도저히 견딜 수 없었다.

참다못한 캥길이는 어느 날 사람이 되기로 결심한다. 캥길이는 여우 사회에서 "캥! 퐁! 탕!"이라고 하면 사람이 된다는 것을 알고 있었다. 캥길이는 결행했다. "캥! 퐁! 탕!" 하고 드디어 사람이 됐다.

결국 모피의 처지가 될지도 모르는 여우 생활을 청산하고 캥길이는 인간으로 변신하고 입사하는 데 성공한다. 공교롭게도 입사한 곳이 모피 회사였다.

캥길이가 일하는 부서는 판매과였다. 캥길이는 모피 회사에 다녔지만 회사가 호황인 터라 일에 쫓겨 눈코 뜰 새 없이 바빠 동종들이 살해돼 모피가 됐을 거라는 생각은 할 겨를이 없었다. 심각성을 체득할 기회가 없었다.

시간이 흘렀다. 어느 날이었다. 캥길이가 창고문을 열게 됐다. 다람쥐, 토끼, 족제비, 곰, 표범, 너구리, 담비 등 눈 뜨고 못 볼 정도로 잡다한 모피들이 매달려 있었다.

막 벗겨진 듯한 모피도 매달려 있었다. 창고에 쌓인 여우 모피들은 인간들이 쏜 총에 맞아 죽임을 당한 형제나 친구의 것이겠다라는 생각이 들었다.

캥길이는 한 발짝도 움직이지 못했다. 사시나무 떨듯 떨 수밖에 없었다.

여우 하면 떠오르는 대명사가 있다. 둔갑이다. 그러나 "캥! 퐁! 탕!"이라고 굳게 맹세하고 사람이 된 캥길이는 이제 다시 여우로 돌아갈 수 없었다. '전설의 고향'에서 대개 금기시하는 사항을 어겼을 때 그러하듯 말이다. 한 방송사에서 방영한 이야기를 말하는 것이다.

"캥! 퐁!"이라고만 했을 때 사람 그리고 여우로 둔갑을 할 수 있었으나 "탕!"까지 마저 한 이상 여우로 될 수는 없다. 캥길이는 "캥! 퐁! 탕!"이라고 하면 안 된다는 어머니의 말을 어겼다. 여우로 돌아가고 싶어도 돌아갈 수 없는 처지가 돼 버린 캥길이는 '봉급인상'과 '과장임명' 등 회사에서 보장해주는 꾐에 빠져 아니 꾐이라기보다는 이제 인간으로 살아가기 위해 직장에서 살아남기 위해 캥길이는 하릴없이 여우 사냥을 해야 했다.

캥길이는 여우 사냥을 나가 방아쇠를 당겨 동족이었던 여우를 죽인다. 사람의 탈을 쓴 캥길이는 인간의 무리에서 인간들의 이기주의에 동화되고 말았다. 동물에 대한 인간들의 잔학상을 보여주는 것 같다.

지난겨울 추위가 유난히 혹독했다. 또또가 추위에 떨면서 안으로 들어오려고 했던 그때 그 추위가 불현듯 떠오른다. 그런 추위가 지난 겨울 내내 지속됐다고 해야 할 것 같다.

지난겨울엔 삼한사온도 없어졌다. 이상 기온이라고 한다. 어떤 이는 이제 '소빙하기'에 접어들었다고 말한다. 인간들이 저지른 재앙 때문이라고도 한다.

인간들이 이 지구상에 있는 120만 종의 동물과 30만 종의 식물을 괴롭히는 괴물이라는 생각을 해본다. 2011년 3월 11일 '동일본 대지진'이 발생했다. 참 아이러니한 것 같다. 세계 최초로 원폭 피해를 본 일본은 자연재해로 인한 원전 피해도 세계 최초로 입었다. 구소련의 체르노빌 원전 폭발은 기계적 결함으로 방사능이 누출돼 발생한 것이다.

인간들이 만물을 괴롭힌다는 건 딴 게 아니다. 예를 들어 보자. 후쿠시마 원전폭발로 인간들이 한 일들을 생각해보자.

원전이 폭발하자 방사능 물질을 바다로 내보내 흩어지게 했다. 지구상의 인간들은 하나같이 일본산 해산물을 기피했었다. '여우 캥길이의 슬픔'을 쓴 다지마 신지가 분노할 것만 같은 생각이 든다. 그는 인간들이 바다를 오염시켜 거북이가 어려움을 겪는 주제로 '가우디의 바다'라는 동화를 쓰기도 했다.

후쿠시마 원전 폭발로 말미암아 발전소로부터 반경 25킬로미터 이내에 있는 가축 67만여 마리가 매몰처리됐다. 인간들에게 미칠 2차 피해를 막기 위해서였다고 한다.

일은 인간이 저질러 놓고 애먼 동물이 생죽임을 당하는 것 같다. 물론 지진해일은 자연재해지만 원전은 사람이 만든 것이다. 인간 애니멀리즘[50]의 극치라고 아니할 수 없을 것 같다. 짐승과 같은 본능적 욕망을 얻으려는 애니멀리즘의 극치는 또 있다. 2010년 한국에서 발생한 구제역에 따른 처리였다.

'지난 50년간 세계에서 유례를 찾기 어려운 최악의 구제역'이라고 유엔식량농업기구(FAO)가 언급했을 만큼 지난해 발생한 우리나라의 구

---

50) 도덕 윤리를 무시하고 짐승과 같은 본능적인 욕망을 얻으려는 태도

제역은 최악이었다. '세계 농장의 자비심'이라고 하는 국제 동물보호단체는 '한국의 가축 도살 처분은 18개월간 이집트에서 자행한 돼지 학살의 잔혹함을 능가한다'는 내용의 성명을 발표했다.

소나 돼지 등은 언젠가는 필연적이듯 인간에 의해 도축되는 운명을 갖고 있지만 언론에 난 인간의 잔혹함 가운데 둘을 말한다. 지난해 구제역이 발생했을 때 있었던 일이다.

'예방적 도살 처분'이라는 명목하에 안락사 주사를 맞은 어미 소가 죽어가면서도 어린 송아지가 젖을 물자 다리를 부르르 떨면서 2~3분을 버티다 송아지가 물고 있던 젖을 떼자마자 곧 쓰러졌다고 한다.

또 하나는 미리 파 놓은 구덩이 앞에서 공포에 질린 새끼 돼지와 어미 돼지들이 울부짖다 급습하듯 다가오는 굴삭기에 떠밀려 어찌할 바를 모르고 생매장됐다는 내용이다.

조지 오웰의 정치적 풍자소설 『동물농장』이 있다. 수퇘지 '메이저'가 뭇 동물들 앞에서 다음과 같이 말했다. "동지 여러분, 우리들의 생활이란 비참하고 고생스럽고 짧습니다. 태어나서 겨우 목숨만 유지하고 일하다가 나중에 쓸모없어지면 처참한 죽임을 당합니다. 동지 여러분! 인간을 여기서 몰아냅시다. 반란을 일으킵시다."

태평양전쟁 때 패망한 일본은 프랑스만큼이나 원전에 적극적이었지 않나 싶다.

태평양전쟁에서 원자폭탄을 맞고 항복한 일본은 패전 후 10년이 채 안 돼 들어선 나카소네 야스히로 정권에서부터 원전 건설이 추진됐다고 한다.

일본이 원전 건설에 얼마만큼 적극적이었는지는 인기 만화영화 〈철완 아톰〉에 여실히 나타난다. 한국에서는 '우주소년 아톰'으로 방영된 영화다.

이 만화영화는 원자력을 모티브화한 거라고 한다. 와카비야 요시부 아사히신문 주필이 동아일보에 게재한 칼럼을 보고 알았다.

〈철완 아톰〉에서 우주를 나는 소년 로봇 아톰의 100만 마력 에너지는 원자력이다. 아톰이라는 이름은 영어로 원자를 뜻한다고 한다. 아톰의 여동생은 '우란'인데 아톰의 여동생 우란이 우라늄이라는 것이다.

한국에서 방영된 '우주소년 아톰'에서 아톰의 여동생 이름은 돌림자인 듯 '아롱'이었다.

모피가 추운 겨울에 인간들의 방한복이 되기도 한다. 하지만 수렵 시대에 입었을 방한복과는 거리가 있다. '옷이 날개'라는 말이 있긴 하지만 어찌 보면 요즘 모피옷을 입는다는 것은 돈자랑이고 멋자랑이라고 할 수 있을 것이다. 수백만 원, 수천만 원짜리 모피옷이 많다고 하니 놀라지 않을 수 없다. 모피로 된 코트가 혼수에 이용되기도 한다.

지난겨울 전에 없던 강추위에 듣지도 보지도 못한 모피가 등장했었다. 고양이 모피로 만든 코트였다. 외국은 몰라도 국내는 처음 있는 일인 것 같다.

어림잡아 적게 쳐도 수십 마리의 고양이 모피를 모아야 코트 하나를 만들 수 있었을 것 같다. 백화점에서 판매를 개시했다고 뉴스에 나왔다. 동물보호단체의 반발로 이틀 만에 판매가 중단됐다. 만약 고양이 모피로 만든 코트의 판매를 중지 안 했다면 히트 칠 공산이 컸을 거라고 생각해 본다.

인간들은 참말로 희한하고 괴이하지. 야성적이고 섹시한 것은 찬미하니까 말이다.
러시아의 테니스 선수 마리아 사라포바가 있다. 그는 세계 선수권 대회에서 가끔 우승하는 선수다. 한국에도 왔었는데 인기가 대단하다.

그가 인기 좋은 건 늘씬한 몸매에 아름다운 얼굴에도 있겠지만 인간들이 그의 괴성에 환호하는 것 같다.
테니스 코트에서 그가 내지르는 괴성은 고양이가 내는 괴성과 같다고 한다. 참 이상한 것 같다. 인간들의 이중성을 여기서 다시 한번 엿볼 수 있다.

고양이에 대해 상당히 부정적인 선입견을 가지는 게 사람들인데 '고양이 괴성'을 지르는 선수를 보고 미칠 듯이 열광하니 괴리치고는 괴교한 괴리 같다.

고양이 모피로 된 코트를 백화점에서 판매한다는 뉴스를 접하고 깜짝 놀라지 않을 수 없었다. 사실은 또또가 지난해 여름 어느 날 갑작스럽게 새벽에 내린 폭우 뒤에 행방불명됐기 때문이다.

캥길이가 사람이 돼 입사한 회사의 창고에서 동물의 모피들을 발견하고 초죽음이 된 것이 생각이 났고 언뜻 불안하고 불길한 생각이 들기도 했다.

또또가 모피가 돼 코트 속에 있을 것 같은 생각이 들었다. TV에 나온 모피 코트가 또또를 꼭 빼닮은 듯한 모피들로 만들어졌기 때문이었다.

세차게 내린 비로 세상을 물청소한 것 같았다. 말끔히 씻겨졌다는 뜻이다. 세상에 찌든 모든 때를 깨끗이 청소한 것 같았다. 더욱이 가을 하늘처럼 맑고 푸른 하늘은 그런 생각을 갖기에 충분했다.

또또가 여친과 아지트 삼아 놀던 곳도 티끌 하나 없이 깨끗하게 씻겼다. 물청소, 대청소를 한답시고 소방호수, 진공청소기를 들이댔어도 더 낫게 하지는 못했을 것이다. 비가 단시간에 그만큼 억수로 내렸다는 걸 방증하는 것이다.

이날 아침 뉴스를 봤다. 서울시의 몇 곳이 침수됐다. 강북 지역이 심했다. 택시 기사가 급류에 휩쓸려 사망했다는 보도가 있었다. 새벽에 무진장 갑자기 내린 비는 장대비였다. 비가 내릴 것이라는 중앙관상대의 예보는 있었지만 짧은 시간에 102밀리미터가 내릴 것이라는 예보는 없었다. 이달이 7월이었다.

또또가 급류에 휩쓸려 돌아올 수 없는 길을 가고 만 건지 불길한 생각이 들었다. 어릴 때가 생각이 났다. 내가 살던 고향은 동네 앞에 냇가가 있었다.

강으로 치자면 발원지에서 흐르는 물이 상류까지 내려가다 중류에 닿기 전에 그만 모랫바닥으로 누수되고 말았다. 제주의 구멍 뚫린 화산석이 물을 먹듯 말이다. 건천인 것이다.

동네 앞의 건천은 홍수 때 농지로의 물 유입을 막아 피해를 막는 게 고작이었다. 비가 내릴 때만 유용하다고 해도 과언이 아닐 것이다. 물론 건천 둑은 염소나 소 등이 풀을 뜯어먹는 장소이기도 했다.

또한 건천은 동네 아이들의 놀이터가 되기도 했다. 세차게 내린 빗물에 씻겨 고운 흙으로 쌓인 명개[51]는 씨름터가 되었다. 건천 바닥이 모래로 형성됐기에 씨름하기에 안성맞춤이었다는 것이다. 땅따먹기 장소이기도 했다.

고운 흙이 쌓인 명개는 참 아름다웠다. 나무를 세로로 가른 단면도 같았다. 나무결 무늬라고 해도 되겠다. 지도를 만들어 놓기도 했다. 숯으로 이쪽과 저쪽 경계를 표시하듯 검게 말이다. 행위예술가의 대형 작품 같기도 했다.

명개는 세찬 물줄기가 만든다. 명개가 만들어졌다는 것은 어딘가 산사태가 발생했을 수도 있다. 그게 아니라면 벌거숭이 산이 깎여 내려가 명개가 만들어졌을 거라는 추측이 가능하다. 또한 명개가 만들어지는 과정 속에서 미물일지언정 고통이 수반됐을 거라고 본다.

실제로 있었던 이야기를 하나 해보자. 비(非)건천은 비가 내리면 수위가 점차 높아지는 데 반해 건천은 물이 느닷없이 들이닥치는 게 다르다.

어느 여름날이었다. 폭우가 내렸다. 동네 앞 개천을 건너던 초등학교 4학년짜리가 갑자기 밀려오는 급류에 휩쓸렸다.

---

51) 흙탕물이 지나간 자리에 앉은 검고 보드라운 흙

나이가 나와 같고 5촌 당숙뻘 되는 아이였다. 천만다행으로 구조돼 화는 면했다.

2~3백 미터를 급류에 떠밀려 내려가다 구조됐다. 그 아이는 놀이터가 되기도 했고 비가 내린 뒤 명개가 만들어지곤 했던 곳에서 구조됐다. 나보다 20살 많은 삼촌이 구조했다. 사촌 형이 사촌 동생을 구조한 것이다.

아이를 구조한 곳은 개천이 개구리를 포식한 뱀처럼 갑자기 불룩하니 넓게 형성된 지역이었다. 이곳에서 아래로 100여 미터 가까이가 평지처럼 흘렀다. 이곳만 유독 개천 폭이 20여 미터가 돼 유속이 급격히 완화되는 곳이었다. 이곳에서 하류까지 길이가 3킬로미터 정도 됐다. 하류 끝이 저수지에 닿아 더 이상의 하류는 없었다.

상류에서 하류까지 어느 곳을 봐도 명개가 만들어지고 놀이터였던 곳을 제외하면 개천 폭이 수 미터에 지나지 않았다.

해발 200여 미터 되는 동네 앞산에서 개천으로 물이 유입되는 지형이 합죽선 꼴이다. 면적은 5만 평 정도 될 것으로 추산한다.

이곳에서 유입된 물은 7~8도 경사진 개천에서 내리쏟듯 유속이 빨라져 200여 미터를 흐르다 넓고 평지처럼 된 명개가 만들어지는 곳에 다다르면 기세를 잃고 만다.

"중복된 곤란은 승리의 기회다"라고 윈스턴 처칠이 말했다. 윈스턴 처칠은 또 "절대 포기하지 마라"는 말을 했다고 한다.

윈스턴 처칠은 영국 총리를 지냈고, 『제2차 세계대전 회고록』으로 노벨문학상을 받은 사람이기도 하다.

또또가 처한 상황이 엎친 데 덮친 격, 설상가상인 격이다. '중복된 곤란'을 혹독히 겪고 있으니 말이다. '호랑이에게 물려 가도 정신만 차리면 산다'는 말이 있다. 이 세상에 죽으라는 법은 없을 것이다.

또또가 설사 개부심[52]처럼 큰 화를 당했다고 해도 슬기와 지혜를 발휘해 거뜬히 난관을 헤쳤으리라 믿어 의심치 않는다.

어릴 때 놀이터였고 명개가 만들어졌던 곳처럼 또또만의 피난처라고 할까, 한숨 돌릴 만한 곳이 있지는 않았나 모르겠다.

고양이는 물을 싫어하고 수영을 못한다는데, 고양이가 물은 싫어하는지 몰라도 수영은 잘하는 것 같아 희망이 보인다.

고양이가 수영하는 것을 TV에서 봤다. 능수능란하게 수영을 잘하는 고양이를 봤다. '고양이가 수영을 못한다'는 건 실제가 왜곡됐다고 생각했다.

---

52) 그쳤던 비가 다시 내려 명개를 만드는 것

아침이면 어김없이 나를 기다리던 또또가 무척 걱정됐다. 비 때문에 나타나지 않은 거라고 생각했다. 하지만 비가 그쳤는데도 또또는 나타나지 않았다.

장대비가 내린 뒤 한 시간, 두 시간이 흐르고, 오후가 돼도 또또는 나타나지 않았다.

자급력이 생판인 또또의 주림이 걱정도 됐지만 알땅에서 어떻게 피난처라도 마련했는지가 먼저 걱정되었다.

여느 때라면 또또는 벌써 몇 번은 왔다 갔다 했을 것이다. 나들이를 가면 적게는 수 분, 많게는 수 시간을 있다가 올 때도 있었지만 또또는 저녁때가 됐는데도 나타나지 않았다. 느낌이 이상했다.

또또의 여친과 뭇 고양이들은 기다렸다는 듯 비가 개자 돌아다녔다. 또또의 경쟁자인 검은 고양이도 눈에 띄었다.

알땅을 많이 경험하지 않은 또또가 꼬리를 쳐들고 영역 표시를 한게 폭우에 씻겨 난항을 겪고 있을지도 모른다고 생각했었다.

'오늘 아니면 내일은 오겠지'라며 기다렸다. 영국과 호주에서 있었던 일이 뉴스에 나왔다. 둘 다 잃어버렸던 고양이를 찾았다는 뉴스였다.

영국에서는 잃어버린 고양이가 808킬로미터 밖에서 발견돼 주인에게 돌아왔다고 했다. 호주에서는 주인 잃은 고양이가 5,000킬로미터 밖에서 발견돼 주인에게로 돌아왔다고 했다.

무생물이긴 하지만 일본의 소행성 탐사선 '하야부사(송골매)'가 생각났다. 우주에서 미아가 될 뻔했던 하야부사가 지구로 귀환했기 때문이다. 일본이 고장 난 하야부사를 원격 조작으로 수리하고 유인해 지구로 귀환토록 했다. 이처럼 또또를 원격 제어해 돌아오게 할 수 있다면 얼마나 좋을까.

소행성 탐사선 하야부사는 또또가 행방불명된 지 얼마 안 됐을 때 귀환했다. '엄마 찾아 3만 리'처럼 기적 같은 귀환이었다.

하야부사는 7년 동안 60억 킬로미터라는 긴 비행을 하면서 엔진 고장, 통신 두절 등 어려움을 겪었지만 지상에서 원격 조작으로 수리하고 유인해 지구로 귀환할 수 있었다. 하야부사가 착륙한 곳은 호주의 사막이었다. 하야부사가 지구로 귀환했을 때 일본 언론들은 '일본 제조업이 살아 있다는 것을 보여 줬다'라며 찬사를 보냈다.

또또의 행방이 묘연한 지 20여 일이 지났다. 그동안 또또의 안부를 물은 사람이 한둘이 아니었다. 또또의 안부를 묻는 일이 쇄도했다고 해야 하나. 또또는 꽤 인기가 있었고 또또에게 관심을 보였던 사람들이 많았다.

또또에게 빵을 사준 젊은 남녀 한 쌍도 수차례 안부를 물었다. 또또에게 참치 통조림을 사 주었던 '야쿠르트' 아줌마도 안부를 물었다. 역시 한두 번이 아니었다. '천하장사'라는 소시지 등을 자주 사 주었던 합숙소 사람도 안부를 물은 게 한두 번이 아니었다. 이 밖에도 보험사 직원, 신문사 직원 등 많은 사람들이 어떻게 된 거냐며 안부를 물었다.

별의별 생각을 하곤 했다. 만약 또또가 영역 표시한 게 폭우로 지워져 찾아오지 못한다면 그나마 다행일 것이고, 또또의 안녕을 바란다.

누가 입양을 해 갔다면 굉장히 좋겠다고 생각했다. 누가 입양을 해서 보이지 않는 것이라면 더없이 좋겠다는 것이다. 한참 전 또또를 입양했으면 하는 사람이 있어 그런 생각을 갖게 됐고, 아무나 잘 따라 그럴 가능성도 충분하다고 보았기 때문이다.

예컨대 또또가 여친과 아지트 삼아 놀던 곳에 오후가 되면 그늘이 들게 해주는 참 좋은 건물이 나이트클럽이다.

인간들이 술을 마시고 춤을 추며 즐기는 곳이다. 이곳에서 노래하는 남녀 무명 가수가 있었다. 듀엣으로 활동하는 이들은 자주 들르는 단골손님이었다.

어느 날이었다. 여느 때처럼 이날도 둘이 왔다. 이들 중 한 사람이 말했다. "이 고양이 가져다 키울까?" 이 말을 들은 동료는 내심 싫었는지 대답을 하지 않았다. "고양이 갖다 키우면 안 돼?"라고 거푸 말했는데도 동료는 끝내 답을 하지 않았다.

또또가 인간들을 누구든지 잘 따른다는 게 참 신경 쓰이고 우려되었다.

또또가 행방불명이 된 뒤에 이 말 저 말을 해 주는 사람이 있었다. 그 가운데 떠돌이 개, 길고양이들을 잡아다 개소주집에 팔아넘긴다는 말을 하기도 했다. 아무리 그게 사실인들 믿고 싶지 않았다. 듣고 싶지 않은 말이었다.

믿고 싶은 것만 믿는다고 할까. 나는 그 말을 애써 부정했다. 공교롭게도 폭우 뒤라서 그런 말들을 믿고 싶지 않았다.

하지만 '개소주집에 팔아넘겨진다'는 말이 쉽사리 지워지지 않았다. '소 죽이는데 소는 안 죽으려고 엄마 엄마, 도끼로 머리를 찍을 때마다 눈이 껌쩍껌쩍 나는 눈을 감고 저 소 얼마나 아플까? 피가 막 났다. 소야 죽으면 이 세상에 오지도 말아라. 너 같은 짐승을 죽이는 저 사람들 생명이 있다는 것을 모르는 사람들. 소야 좋은 세상에서 오래오래 행복하게 살아라.'라는 김형삼의 시 '소 죽이는 것'이 반추돼 맴돌고 맴돌았다.

내가 열대여섯 살쯤 됐을 때 우시장에 갔던 일도 불현듯 생각이 났다. 소를 사러 갔었다면 생각이 안 났을 수도 있는데, 소를 팔려고 갔기 때문인 것 같다. 아버지를 따라 소의 고삐를 잡고 소를 팔려고 우시장에 갔었다. 소는 예지력이 뛰어나다고 생각했다.

'팔려 가는 소'라는 조동연의 시가 막 생각이 나 적는다. 팔려고 내가 끌고 간 소와 흡사한 데가 많아 생각이 나는 것 같다.

'소가 차에 올라가지 않아서 소장수 아저씨가 '이랴' 하며 꼬리를 감아 미신다. 엄마 소는 새끼 놔두고는 안 올라간다며 눈을 꼭 감고 뒤로 버틴다. 소장수는 새끼를 풀어와서 차에 실었다. 새끼가 올라가니 엄마 소도 올라갔다. 그런데 그만 새끼 소도 내려오지 않는다. 발을 묶어 내리려고 해도 목을 맨 줄을 당겨도 자꾸자꾸 파고 들어간다. 결국 엄마 소는 새끼만 보며 울고 간다.'

소를 팔러 가는 날 아침이었다. 평소 그렇게 잘 먹던 쇠죽을 잘 먹지 않았다. 입맛 없는 사람이 밥을 깔짝깔짝하듯 먹는 둥 마는 둥 했다.

쇠죽을 끓이는 큰 가마솥에는 쇠죽이 그대로 남았다. 쇠죽을 맛있게 정성을 들여 끓였는데 말이다. 콩, 쌀겨 등을 듬뿍 넣어 끓인 쇠죽이었다. 지금은 몰라도 당시에는 최고의 쇠죽이었다.

소를 팔려고 하는 날에는 쇠죽을 맛있게 잘 끓여 만삭의 배처럼 소가 배 불룩하게 먹도록 하는 게 불문율이었다. 그래야만 소의 자태가 도드라지고, 그것은 곧 가격과 연결됐기 때문이다.

외양간에서 고삐에 끌려 나오는 소의 왕방울 눈에 눈물이 고였다.

외양간에는 젖떼기 송아지가 남아 있었다.

송아지는 키우기 위해 남겨두고 어미만 팔러 갔던 것이다. 어미 소는 영화 〈워낭소리〉의 주인공이었던 '누렁이'처럼 암소였고 한우였고 농우였다.

약 12킬로미터 정도 고삐에 끌려 우시장에 갔던 소는 한 시간 남짓 됐을 때 흥정이 성사돼 곧 팔렸다. 다행인 것은 거간꾼에 의해 농우로 팔렸다. 소를 산 사람은 60세는 넘어 보였다.

평생 농사를 짓는 사람이라고 했는데, 소를 한눈에 볼 줄 아는 사람이었던 것 같다.

팔렸던 소는 일도 잘하고 순했다. 명령어를 십여 개 이상 알아들었던 것 같다.

사투리라고 해야 하는 건지 토어라고 해야 하는 건지 이런 말들을 했었는데 잘 알아들었다. "이랴", "자~자자", "자~차차", "와~와와", "물러", "발 들어", "쩟쩟" 등이었다.

명령어를 잘 알아차렸다는 것은 주인의 말에 절대 복종했다는 말도 되겠다. 우리가 키웠던 소를 산 이는 이러한 것들을 잘 꿰뚫어 본 것 같다.

우시장으로 끌고 가 내다 팔았던 소의 쇠뿔 이야기를 해보자. 쇠뿔이 '천지현황(天地玄黃)'으로 나 있었다. 흔하지는 않은 모양이었다.

천지현황이라는 뿔은 주로 암소에서나 볼 수 있다. 두 개의 뿔 가운데 하나는 끝이 하늘을 향해 있고 또 다른 하나는 끝이 땅을 향해 있는 것을 말한다. 음양의 하모니가 구성졌다고 해야 할 것 같다.

뿔이 'S'나 'C'자로 굽지 않고서는 천지현황의 쇠뿔이 이루어지지 않는다.

천지현황은 네 글자씩 250줄로 만들어진 '천자문(千字文)'의 첫 번째 줄의 글귀다. 천자문을 백수문(白首文)이라고도 하는데, 중국 양나라 주흥사가 지었다. 천지현황은 '하늘은 검고 땅은 누렇다'는 뜻이다.

천자문을 백수문이라고 하는 데에는 이런 사연이 있다. 주흥사가 죄를 지어 사형을 선고받고 집행을 기다리는 중이었다. 주흥사는 사형의 굴레를 벗어났다. 양나라를 통치하는 무제(武帝)에 의해서였다.

'공짜 점심은 없다'는 말이 있듯 아무 까닭 없이 목숨을 건진 건 아니었다. 주흥사의 재능과 학식을 아끼던 무제가 각기 다른 왕희지의 글씨 1,000자를 그에게 주면서 중복되지 않게 사언구(四言句)의 글을 짓도록 했다. 완성시키면 사형이 면제된다는 조건이었다.

주흥사는 밤을 새워 가며 천자문을 완성했다. 그는 글짓기에 얼마나 매진했는지 그 사이에 그만 머리카락이 하얗게 돼 버렸다고 한다. 그래서 천자문을 백수문이라고도 한다.

천자문의 마지막 글귀이고 250번째 4언구인 '언재호야(焉哉乎也)'에 관련된 이야기가 있다.

주흥사가 4언구로 249구를 짓고 남은 글자가 焉, 哉, 乎, 也였다고 한다. 주흥사는 이 네 글자로 도저히 어떻게 말을 만들 수 없어 고민했다. 그는 어떠한 방도도 없어 하릴없이 죽는 수밖에 없다고 단념했다. 그리고 잠깐 잠이 들었다고 한다.

꿈에 신령이 나타나 "이 사람아, 그냥 '어조사'로 쓰면 된다"는 말에 주흥사는 잠에서 깼다. 그는 이 말을 듣고 '焉哉乎也는 보조사다'라고 해 천자문을 갈무리했다.

지난달 넷째 일요일에 등산했다.

해발 1,000미터가 채 안 되는 산이었다. 넷이서 갔었다. 바로 아래 내 동생과 그 아들과 나와 나의 아들이 갔었다. 나의 아들은 또또를 목욕시킨 장남이다.

갔던 데는 아버지를 모실 곳이었다.

새벽 5시 30분에 산 초입에 도착한 우리는 날이 밝아지기만을 기다렸다. 7시가 돼 날이 훤해진 뒤에야 등산을 시작했다. 초행길이었다. 이번에 갔던 등산로가 처음이라는 것이다.

산 중턱까지 산속에 차도처럼 길이 나 있어서 1시간 남짓 만에 곧 가고자 하는 현장에 도착했다. 벌목을 위한 길을 내 임시 사용한 것 같았다. 예상했던 것보다 현장에 쉽게 도착한 것은 산 중턱까지 나 있는 길 덕을 봤지만 스마트폰의 공덕이 컸다.

이번에 갔던 목적지를 몇 번 가 보긴 했는데 예전에는 그때마다 이번에 갔던 길이 아니었다. 거리도 서너 배의 차이가 나고 등산했던 길도 험난했다. 그래서 서너 배의 시간이 소요됐다.

초행이었던 산행은 참말이지 스마트폰의 유용성과 편리함의 위력을 추호나마 체득하는 기회가 됐다.

내비게이션이 날고 달리는 나침판이라면 스마트폰은 걸어가는 나침판이었다.

스마트폰에 목적지를 찍어 놓고 쉽게 찾아갈 수 있었다. 스마트폰의 위치 표시는 우리를 졸졸 따라다녔다고 해야 되겠다. 소셜네트워크니 '스마트 정당'이니 하는데 스마트폰의 위력을 절감(切感)했다.

아날로그 시대의 발명가 토머스 에디슨이 있었다면 디지털 시대, 스마트 시대의 대변되는 스티브 잡스가 떠오른다.

또또에게 스마트폰이 있다면 기억을 더듬어 몇 해 전 또또가 추위에 떨었던 그곳을 찍어 돌아올 것만 같은 생각이 들었다.

나는 출발하기 전 단풍이 절정일 것이라고 생각했다. 방송에서도 단풍이 절정이라고 했다. 하지만 차이가 있었다. 단풍은 이미 많이 졌다. 아니 정확히 표현하면 거의 졌다.

날씨는 따뜻했지만 스산한 느낌이 들었다. 가을걷이가 생각이 났다. 봄에 씨 뿌리는 것이 땀방울의 결실로 가시거리에 들어왔구나 하는 생각이 들었다.

산행을 마치고 올라오는 길에 봤더니 고속도로 주변의 들녘은 이미 추수가 끝나 가고 있었다.

내가 청년기 때 잠시나마 농사를 거든 적이 있다. 많이 씨 뿌려 많이 농사지은 사람은 많이 거둬들인다는 게 불문율이라는 것을 봤던 기억이 난다.

많이 씨 뿌리지 않고 많은 수확으로 행복과 기쁨을 바라는 건 연목구어(緣木求魚)[53]라는 말이랄까. 땀과 열매는 비례하는 법이다.

'나비처럼 날아 벌처럼 쏜다'는 무함마드 알리와 세기의 빅게임을 벌인 권투 선수 전 세계 복싱협회(WBA) 헤비급 챔피언 조 프레이저의 '헝그리 정신'이 있다. 11월 7일 숨진 조 프레이저는 마지막으로 "끝까지 포기하지 마라"는 말을 했다고 한다.

---

53) 나무에 올라 물고기를 구함

버락 오바마 대통령의 『내 아버지로부터의 꿈』이라는 책 안에 조 프레이저는 아버지의 낡아 빠진 넥타이를 붕대 삼아 손에 둘둘 감고 역시 낡아 빠진 옷가지 등으로 가득 채운 백을 힘껏 두드리며 집념을 불태웠다.

조 프레이저는 어렸을 때 어미 돼지를 심술궂게 골리다 골이 난 돼지의 반격에 쫓기다 넘어지면서 입은 부상으로 왼쪽 팔이 굽어지게 됐다. 그는 왼팔의 레프트 훅으로 정상에 올랐다.

또또를 생각하면 때로는 김정희의 명작 '세한도'가 생각이 나곤 한다. 세한도가 생각이 나는 것은 세한도가 혹한의 대명사 같아서이다.

아버지를 모시려고 하는 곳은 나무가 그리 빼곡히 들어서 있지 않다. 널따랗게 돼 있다. 고산답지 않게 평원 같은 곳이다.

이 때문에 눈이 쌓인 상태라면 세한도와 비교가 돼 꼭 빼닮았다는 것이다. 널따란 곳에 나무 몇 그루만 있어 그런 생각이 드는 것 같다. 장차 만들 아버지의 무덤이 세한도의 눈 쌓인 집 한 채 같을 거라는 생각이 들었다.

11월 초입이 엊그제 같은데 벌써 중순이 시작됐다.

올 11월의 지금까지 날씨는 이상 기온으로 따뜻하기가 봄 날씨 같다. 엊그제 뉴스에서 활짝 핀 꽃에 벌과 나비들이 나앉는 모습을 봤다. '김장 타이밍'을 못 잡고 있다는 보도도 있었다.

하지만 중앙관상대는 올겨울 장기예보로 폭설도 많이 내리고 혹한

이 자주 있을 것이라고 예측했다.

우주 만물을 이루는 금수목화토(金水木火土)의 다섯 원소, 오 덕에 역행해서는 절대 안 된다는 것을 생각해 본다. 우리는 우주 속에 살아가고 있으니 말이다.

'신귀낙서도(神龜洛書図)'가 있다. 신귀낙서도는 약 4,000년 전 중국 하(夏)나라의 우(禹)왕이 어느 날 폭포에서 포획한 신귀(神龜)[54] 등에 한 군데에 하나 다른 곳에는 둘 또 다른 곳에는 넷 식으로 옹기옹기 아홉 개까지 무리 지어 점처럼 나 있는 것을 배열해 숫자로 조직한 것이라고 한다.

신귀낙서도에는 5가 중심에 있다. 중심에 있는 5는 중추적이면서 메커니즘적으로 관계가 유기적이다. 즉 음양의 관계가 절묘하고 도합이 각 가로로도 15가 되고 각 세로로도 15이다. 두 개의 대각선으로도 15이다. 양택, 음택 등에서 널리 응용되는 이것이 신귀낙서도에서 발전한 것이다. 수학에서 말하는 마방진이다. 마방진은 얼마 전에 방영된 〈뿌리깊은 나무〉라는 드라마에 등장하기도 했다.

신귀낙서도의 대칭이 참 신기하다고 생각했다. 그 때문이었는지 궁

---

54) 신령한 거북이

금하다 못해 신귀낙서도의 1에서 출발해 9까지 따라가 선으로 그어 봤다.

괴이할 만큼 조금도 오차가 없는 대칭을 이뤘다. 즉, 신귀낙서도의 1(北북)에서 9(南남)까지 각각의 숫자 겉면의 중심점을 따라 그려 나갔 던 것이다.

붓으로 1에서 9까지 따라 일필휘지로 그렸더니 마치 춤추는 거북이 가 되었다. 즉 신귀낙서도가 춤추는 것 같았다.

약 4,000년 전에 발견됐다고 하는 신귀낙서도를 유추해 집에서 기 르던 거북이에 각색해 사진을 찍어보기도 했다.

다섯 명이 찍은 한 사진이 있다.

신귀낙서도에서 승화된 작품이다. 다섯 명이 찍힌 이 사진 작품이 포르노라고 화제가 되고 있다. 중국의 정상급 예술가 아이 웨이웨이 와 여성 네 명이 전라로 나오는 작품이다.

이 작품을 신문, TV, 인터넷에서 봤다. 인터넷에서는 상세히 볼 수 가 있었다. 신문이나 TV는 모자이크 처리 했다.

세 개의 의자 중에 가운데 놓인 의자에는 아이 웨이웨이가 손을 모 으고 비스듬히 앉아 있다. 그가 거의 차지하다시피 한 의자 오른쪽 가장자리에 한 여성이 간신히 걸쳐 앉았다고나 할까, 그 역시 두 손을 모은 채 왼쪽 다리를 꼬고 앉아 있다.

아이 웨이웨이의 왼쪽 어깨 뒤로는 머리와 목 부위만 보이는 여성이 있다. 아이 웨이웨이 왼쪽 의자에는 오른손은 의자를 짚고 왼손은 넓적다리 위쪽 부분에 얹은 여성이 앉아 있다. 그의 오른발은 약간 구부려 바닥으로 내려져 있는 왼쪽 다리의 장딴지를 지나 발가락이 아래를 향하고 있는데, 이 여성 역시 비스듬하게 앉아 있다. 한 여성이 남아 있다. 아이 웨이웨이 오른쪽 의자에 앉아 있는 이 여성은 다른 여성들과 달리 옆으로 앉아 아이 웨이웨이를 응시하는 것 같은데 마주한 두 손이 가슴을 움키는 것 같고 오른쪽 발은 꼬고 있다. 아이 웨이웨이 작품을 말하는 것은 팔괘방위도가 생각나서다.

아이 웨이웨이의 이 작품 이름을 '일호팔유도(一虎八乳図), 한 마리의 호랑이와 여덟 개의 젖꼭지'라고 한다는데, 문왕팔괘방위도(文王八卦方位図), 즉 '신귀낙서도'에서 모티프했고 신귀낙서도의 번안 같다는 생각을 거듭해 본다. 한편으론 성적 충동을 일으키는 리비도가 묻어난다.

지난 8월에 만개했던 꽃이 있었다. 이 꽃이 다섯과 관련돼 문득 생각이 나는 것 같다.

또또의 종적을 알 수 없는 상황에서 부활을 생각해 본 적이 있다. 상사화를 보고 더욱 부활을 생각하게 했다.

또또가 화분을 넘어뜨리기도 한 베란다에는 식물들이 많다. 정글 같은 베란다 상사화가 있다. 이 상사화가 8월에 만개했었다.

이 상사화는 여느 식물처럼 봄이 되어 이고 있던 화분 속 흙을 뚫고서 자랐다. 어느 때였나. 짐작컨대 6월이 되는 것 같다. 잎이 30~40센티미터로 다 자란 듯하더니 늦가을의 서리 맞은 식물처럼 또는 소금에 절인 것처럼 시들부들 시들었다. 잎은 다 지고 구근이 월동하는 겨울의 식물처럼 시든 잎의 흔적만 남았다.

정중동이랄까. 7월의 어느 날이었던가, 새 생명이 자라기 시작했다. 새 생명이 생동하는 봄의 계절처럼 말이다. 꽃대가 보였다. 잎은 나지 않고 꽃대만 덩그러니 솟구쳤다.

8월이 돼서는 꽃이 피었다. 정말이지 부활했다. 부활한 꽃은 빛을 발하고 아름다웠다.

부활한 상사화의 꽃은 한 개의 꽃대에 한 개의 꽃 같기도 한데 한 송이부케라고 할까 빙 둘러 다섯 개의 꽃으로 이뤄졌다. '일화개오엽(一華開五葉)'이었다.

마치 우주의 금수목화토 다섯 원기를 상징하는 것 같았다. 잎 없이 꽃대만 솟아 무한한 우주의 원을 만들 듯 오각형으로 펼쳐진 꽃은 순환하는 오행의 메커니즘 같았다. '일화개오엽'이라는 말은 달마대사의

게송에 나오는 것으로 '하나의 꽃에서 다섯 개의 잎이 나다'로 풀이된다. 다섯 가지 지혜를 얻으면 결과는 저절로 이루어진다는 의미를 담고 있다.

동아일보의 '이달의 만나는 詩'라는 타이틀에 최정례 시인의 '호랑이는 고양이과다'라는 제목의 시가 있었다. 눈에 쏙 들어왔다. "고양이가 자라서 호랑이가 되는 것은 아니지만 장미열매 속에 교태스런 꽃잎과 사나운 가시를 감추었듯이"

이 시를 읽고 또또가 집에 있을 때 긁어 놓은 건지 할퀴어 놓은 건지 곳곳의 벽지가 생각이 났다. 아내의 성화도 생각이 났다. 그 흔적들은 그대로 있다.

숨겨진 바늘 같은 또또의 발톱을 깍은 적이 있다. 또또의 비밀병기였던 것이다.

한편, 이 시인은 이름이 '양이'라는 한국 잡종 수컷 고양이를 9년째 기르고 있다고 한다. 가뭇없는 또또에게 미안한 생각이 한없이 든다.

8장

또또에게
들려주는
세상사

태초에 인류는 옷을 입지 않고 살았다. 미물들처럼 말이다. 차츰 진화하면서 나뭇잎이나 동물 가죽으로 생식기 등을 가리게 되었다. 옷을 입는 건 추위나 더위로부터 몸을 보호하면서 예절을 갖추기 위해서다.

'옷이 날개'라고 좋은 옷을 입고 아름답게 보이려고 하는 건 인지상정일 것이다. 좋은 옷은 색상이 자기에게 맞는지 디자인은 자기와 어울리느냐에 따라 결정된다고 뭇사람들이 말한다. 무조건 가격만 높다고 좋은 옷이라 할 수는 없는 것이다.

청바지 하나가 수백만 원을 호가하기도 한다. 1억 원 하는 웨딩드레스와 한 벌에 수천만 원 나가는 양복을 입고 결혼하는 사람도 있다.
아무리 자본주의 사회라고 하지만 '못 입어 잘난 놈 없고 잘 입어 못난 놈 없다'는 속담이 절로 실감 난다.

내 돈 가지고 내 맘대로 쓰는데 무슨 잠꼬대 같은 헛소리냐고 대거리할지 모르지만 말이다.

대한민국의 궁핍한 경제를 '압축' 성장하게 하는 데 공헌한 고 정주영 현대그룹 회장이 자연스레 떠오른다. 정주영 회장은 낡을 때까지 양복을 입고 구두를 신었다는 일화로 유명하다. 검소한 생활을 했다는 말이다.

작가 스탠리 댄코는 자신의 저서 『이웃집 백만장자』에서 "부자처럼 보이는 사람과 정말 부자인 사람이 있다"고 썼다.

1억 원짜리 드레스, 수천만 원짜리 양복을 걸치고 결혼하는 당사자나 그 부모는 부를 과시하려는 사람일 가능성이 크다. 그들은 아마도 부동산 폭등으로 땅부자, 벼락부자가 됐든지 불로소득으로 돈을 모은 졸부일지 모르겠다. 피땀 흘려 부를 쌓은 진정한 참 부자는 아닐 거라는 생각이 앞선다. 또 블랙마켓, 지하경제 부류일지 모른다는 생각도 든다.

정주영 회장은 양복과 구두가 낡고 해질 때까지 입고 신었지만 자선사업에는 인색하지 않았다. '투자의 귀재' 워런 버핏은 1달러를 쓰는 데는 신중을 기하지만 자선사업에는 돈을 아끼지 않는다고 한다. 워런 버핏은 수십 년 된 낡은 집에서 살고 오래돼 너덜너덜한 화물트럭을 몬다고 한다.

'한 세기 동안 올까 말까 한다'는 글로벌 경제 위기가 끝모르게 지속되는 판국에 뭉크의 '절규'가 돼 버린 사람이 많다. '실업자 100만 명이 넘는다.'고 하는 말은 진부하다. 자영업자가 계속 증가하고 있다. 그 수가 580만 명이다. 많은 자영업자가 생계의 어려움을 겪고 있다고 한다. 580만 명은 2010년 통계이고 2012년 5월 통계로는 700만 명을 넘어섰다. 소상공인 실태 조사를 보면 자영업자가 겪는 생계곤란이 어느 정도인지 금세 알 수 있다. 2010년 기준으로 자영업자의 월평균 순익이 149만 원으로 임금근로자의 월 평균 임금 282만의 약 절반밖에 안된다.

자영업자가 된서리를 맞고 있지만 임금근로자도 천정부지로 뛰는 물가 때문에 어려움을 겪기는 마찬가지다.

가격이 급락해 경매로 처분한다 해도 주택담보로 낸 대출금을 갚기도 어려운 '깡동 아파트'가 속출하더니 급기야 '깡통 상가'가 뒤를 잇고 있다. 자기 소유 상가로 장사하는 자영업자는 점포를 임차해 장사하는 자영업자에 비교하면 여건이 낫다고 할 수 있을 것이다. 그런데도 '깡통 상가' 증가는 자영업자의 어려움을 보여주는 산증표 같다.

큰 톱니바퀴 작은 톱니바퀴가 맞물려 도는 메커니즘처럼 우리는 태양을 중심으로 상호 연관성 있듯 질서정연하게 도는 행성 속에 살고 있다.

우리가 살아가는 사회가 천체 같다고 생각하지만 꼭 그렇지만은 않은 것 같다. 엇도는 느낌이 들기도 한다. 순연한 것만은 아니라는 것이다. '큰 나무 덕은 못 보지만 큰 사람 덕은 본다'는 말이 있다. 이 말을 어렸을 때 부모에게서 가끔 들은 적이 있다.

하지만 우리는 지금 큰 사람 덕을 못 보는 사회에 살고 있는지도 모르겠다. 단적인 예로 자영업자에 대해 이야기해 보자. 상가를 분양받아 자영업을 하는 사람도 있지만 대부분의 자영업자는 건물 한두 칸을 임차해 영업을 한다. 이걸 나는 신소작(新小作)이라고 정의해 봤다.

예나 지금이나 별반 차이가 없겠지만 소작[55]이라는 게 차 떼고 포 떼면 얼마 안 남는 일이다. 재주는 돌고래가 부리고 돈은 사람이 버는 격 같다.

요즘 경기 저하로 신소작의 많은 자영업자들이 일을 해도 나무아미타불이 되고 있다. 순수익이 얼마 안 돼 가게 임차료 내기도 어렵다는 것이다. 임대인은 손 안 대고 코 푸는 격이라고 하면 좀 지나치지만 손 대고 코 푸는 격이라고 해도 경기가 좋든 안 좋든 꼬박꼬박 일정액을 챙긴다.

내가 아는 사람 중에 임대업으로 단맛을 본 사람이 있다. 이 사람

---

55) 농토를 소유하지 못한 농민이 농토를 빌려 농사를 짓는 것

은 상당한 금액의 담보대출 끼고 건물을 매입해 늘리는 방식으로 건물 몇 채를 소유하고 있다. 이 사람은 매월 에누리 없이 임대료를 챙겨 부를 축적하고 있다.

정부는 자영업자 대책은 안중에도 없는 것 같다. 구조적인 변화가 있어야 하며, 조금은 강제돼야 할 것이다.

임차인은 울며 겨자 먹는 격이고 어쩔 도리가 없다. 기약은 없지만 서민 경제가 호황이 될지 모를 내일이 있기에 위안이 되고 희망을 가져본다.

하마터면 빠뜨릴 뻔 했던 미담이 있다. 이런 좋은 이야기를 빠뜨린다는 것은 참 부자들을 서운하게 하는 것이다.

미담인즉 임대인 중에는 1년 12개월의 월세 가운데 한두 달 치를 삭감해 주는 임대인도 있고 매월 납입해야 하는 월세를 낮춰 주는 임대인도 있다. 삶이 어려워 절규하는 자영업자와 고통 분담을 실천하는 임대인들이다. 참 부자의 표상이다.

이런 임대인이 많아졌으면 정말로 좋겠다. 하지만 가뭄에 콩 나듯 잘 드러나지 않는 것 같다.

그만큼 덕목을 갖추고 품격이 있는 참 부자를 발견하는 것은 어려운 일이다. 왼손이 하는 일을 오른손이 모르게 하랬다고 숨겨진 참 부자를 발견 못 하는 것일 수도 있다.

'무소유 철학'을 실천한 '거지왕'이 있었다. 물질만능시대에 무소유 철학이라는 것도 그렇지만 거지왕이라는 닉네임이 범상하지 않다.

그는 김춘삼이다. 김춘삼은 어렸을 때 생모가 사망해 계모 밑에서 자란다. 어느 날 그가 가출해 어린 거지들이 생활하는 역전 앞 다리 밑에 들어간 게 거지왕이 되는 시발점이 됐다.

역전 다리 밑에 들어간 김춘삼은 여섯 살 된 두목이 사망하자 그 무리를 통솔하는 자리를 계승해 두목이 됐다. 그때 나이가 여덟 살이었다.

김춘삼은 여덟 살에 한 무리를 통솔하는 두목이 된 뒤 성장해 전국의 거지들을 지휘하는 거지왕이 됐다.

거지왕 김춘삼은 거지들의 삶을 개척하는 데 부단히 힘쓴 사람이다. 그는 거지뿐 아니라 곤경에 처한 아이들을 돕는 데 힘을 썼다.

예컨대 한국전쟁 때는 '합심원'이라는 고아원을 세워 오갈 데 없는 고아들의 안식처가 되게 했다. 거지들을 위해서는 '대한자활개척단'을 세워 복지향상에 힘썼다.

김춘삼의 일생은 드라마틱한 것 같다. 그의 이른 가출은 가출이라 하기보다는 외려 출가라고 해야 적절할 것 같다.

주변 사람들에게 말한다. 물론 사후에는 수여를 안 한다는 규정이 있지만 거지왕 김춘삼이야말로 노벨평화상감이라고 말한다.

'무소유의 철학'으로 평생을 살아온 김춘삼이 생을 얼마 안 남겨두고 병상에 있을 때다. 동아일보에는 그의 아내가 했다는 말이 실렸다. "영감은 평생 후회한다는 말을 한 번도 하지 않았다." "죽어서 저승에 지고 갈 것도 아닌데 돈이 전부는 아니지 않느냐."

나의 아내가 낙상으로 골절됐다. 2012년 벽두였는데, 눈이 내리지는 않았다. 내렸던 눈이 얼어 빙판이 진 것도 아니었다. 그런데도 아내가 빙판에서 넘어져 골절이 됐던 것이다. 분명 건물에서 흘러내린 물이 고여 강추위에 빙판이 됐던 것이다.

골절상을 입은 아내는 골절(비관혈적 정복술 및 핀 고정술 등)으로 입원한 바 있고 통원치료로 수개월 동안 고생하고 있다. 지금도 물리치료를 계속 받고 있다.

하지만 골절된 손목은 뒤로 젖혀지질 않는다고 한다. 수개월이 지났지만 지금도 통증을 호소하고 있다.

'유전무죄 무전유죄(有錢無罪無錢有罪)'를 절실히 알았다. 실제로 체험한 바다. 가끔 뉴스에서 유전무죄 무전유죄의 실상을 보고 듣는다. 사실을 호도하고 잡아떼는 '오리발'도 경험했다. 한 졸부에게서 경험했다.

졸부의 행태를 적어 보자. 불현듯 떠오르는 말이 있다. '재판은 재산 싸움'이라고 했던가. 집이나 건물 앞의 눈을 치우지 않아 누군가 넘어져 다치면 그 건물 주인에게 책임이 있다는 게 일반적인 통념이다.

아내가 골절상을 입고 나서 얼마 안 됐을 때였다. 해당 건물주 측에서 '치료비를 보상하겠다'는 의향을 보였다. 그런데 어느 때부턴가 '동전 뒤집듯' 태도가 싹 바뀌었다. '구청을 상대로 고소하라'는 것이었다. 책임 전가였다. 한 졸부의 본색이 드러나 보였다.

그 건물주의 태도 변화에 어안이 벙벙했다. 치료비라고 해 봐야 의료보험 혜택을 공제하고 나면 고작 백만 원 남짓 되는 금액일 것이다.

괘씸하다는 생각이 들었다. 아내가 "억울하지 않느냐?"며 "소송을 해서라도 치료비를 받아야 하지 않느냐?"고 했다. 소송을 한다고 해도 지금까지의 행태로 봐서 건물주가 발뺌을 할 것은 자명했다. 수도나 보일러 공사, 건물 수리를 한 적이 없다고 발뺌하고 버티는 터였다. 그래서 아내에게 말했다.

"소송을 한다고 해도 발뺌을 하면 대책이 없다"며 "꼭 생각이 그렇다면 경찰서에 고소장을 접수했으면 한다"라고 말했다. 조사를 해 사실을 확인하는 것이 중요하기 때문이다. 아내가 경찰서에 고소장을 접수했다. 난생처음 써 보는 고소장이었다. 어떻게 써야 잘 쓰는지를 몰랐던 아내는 서툴지만 이렇게 썼다고 한다.

'고소인은 2012년 ○월 ○일 ○시 ○분경 서울시 ○○구 ○○동 ○○ 번지 상가 앞의 빙판 진 보행로를 지나다 넘어져 오른 팔목이 골절되어 (비관혈적 및 핀 고정술 등으로) 입원한 바 있고 병원 치료 중에 있습니다.

　고소인이 넘어져 골절상을 입은 그날 그곳을 제외한 주변의
어느 곳도 빙판 진 곳이 없었습니다.
　피고소인 ○○○이 수도공사를 하다 흘러내려 고인 물을 처
리하지 않아 빙판이 되었던 것으로 추정합니다. 어찌 됐든 피
고소인의 과실로 인하여 팔이 골절된 게 분명해 보이므로 수사
하여 처벌해 주셨으면 합니다.'

　아내가 고소장을 접수할 때 창구직원(형사)이 "○○○경찰서에 아는
직원이 있느냐?"고 묻기에 "없다"라고 답했다고 한다.
　지금도 "○○○경찰서에 아는 직원이 있느냐?"는 이 말의 진의가 뭔
지 해답을 찾지 못하고 있다. 경찰은 일단 "고소장을 놓고 가라 접수
를 하지 않고 서랍에 넣어 두겠다"면서 "수사는 해 보겠다"라고 말했다
한다.
　고소장 내용이 소소한 일이라고 생각해선지 현장조사는 없었다. 경
찰은 조사에 적극적이지 않았다. 사실 확인을 거의 거치지 않았다. 증
인이라고 할까, 그 경찰이 사실 확인을 위해 필요하다면서 세입자, 목
격자 등의 증인이 될만한 사람들의 전화번호를 알려 달라고 했다고 한
다. 그 경찰에 대여섯 개의 전화번호를 알렸었다. 하지만 그 경찰의 전
화를 받은 사람은 한 사람뿐이었다고 한다.

고소장을 접수한 지 10여 일이 됐을까. 아내가 경찰의 전화를 받았다. '민사소송을 하라'는 것이었다고 한다. 이럴 때 허무맹랑하다는 생각이 드는가 싶었다.

학연, 지연, 돈 등 백이 없으면 쪽을 못 쓴다는 게 두말하면 잔소리인 것 같다. 법의 맹점을 생각하게 한다. 치료비를 받으려는 생각을 아예 버렸다. 오리발에 돈에 하릴없다고 생각했다.

미온적인 경찰의 태도도 그렇거니와 문제가 되는 건물에 세 들어 있는 사람들과는 어지간히 가깝게 지내던 사람들이었다. 사건 당시의 말과는 다르게 말을 바꾸는 바람에 방도를 상실했다. 증거할 만한 증빙의 실효성에 있어 '0순위'라고 할 수 있는 물증을 확보하는 데 난항을 겪었다.

낙상 당시는 "수도공사를 하다 물이 흘러내려 빙판이 된 것이다"라고 확실히 주저없이 말했던 사람들이 "수도공사를 한 것 같다"며 모호하게 어물쩍댔다.

아무튼 세입자의 모습을 보면서 '현실은 그렇지 않다'는 말이 불현듯 떠올랐다. 이 말은 '당신뿐이야'라고 하는 한 방송사 일일연속극에서 나왔다.

이 연속극에서 기운찬은 장인의 누명을 벗기기 위해 어려움을 겪는다. 그 자신의 형인 기가찬(변호사)이 속한 로펌변호사 사무실을 운영하는 베테랑 변호사에게 "법조인은 사실을 사실대로 말해야 한다"라고 말한다. 이에 친구인 베테랑 변호사는 "현실은 그렇지 않다"라고 말한다.

이 연속극에서 결국 납치 사주로 체포된 '미래건축' 대표 한서준은 공작과 발뺌으로 기운찬의 생모(김지원) 납치 사주 혐의를 되레 기운찬의 장인에게 덮어씌우려 했다. 여기에는 돈과 인맥 등이 총동원됐다.

심지어 한서준은 기운찬의 형 기가찬과 함께 일하는 베테랑 변호사를 돈으로 꾀어내 친구 관계를 떼어놓기도 했다.

연속극 이야기를 하고 있으니 연속극을 시청한 소감을 말해 보자. 이 연속극을 우연치 않게 로펌변호사가 등장할 무렵부터 종방까지 시청했다.

처음 연속극을 시청한 때는 아내가 경찰서에 고소장을 제출한 뒤였다. 그래서 관심 있게 시청했던 것이다. 후반부 뒤쪽일 듯한데 내용이 한마디로 표현해 오리발의 극치였다. 악화가 양화를 구축한다는 '그레섬 법칙[56]'의 극치 같았다. 결국은 진실이 승리했지만 말이다.

형사고소에서 실효를 거두지 못했다. 한 경찰의 말마따나 한 가지 방법이 남았는데, 그것은 민사로 가는 것이다. 하지만 앞서도 말했지만 민사로 가 봤자 계란으로 바위를 치는 격이니 성과가 없을 것은 자

---

56) 나쁜 돈이 좋은 돈을 몰아냄

명하다. 어떠한 방도도 없다는 것이다.

아내에게 말했다. 수술 등으로 고통을 겪었고, 또 앞으로도 일 년이 될지 얼마가 될지는 모르지만 물리치료를 받는 일은 남았고, 손목이 정상으로 돌아올지는 미지수지만 고소장을 접수했으니 체면과 명분은 섰다고 이야기했다. 그 건물 주인의 인격과 도덕성은 다 드러난 것 아니냐고 말했다.

내 고향 시골집에는 백년초가 많다. 한겨울에도 얼어 죽지 않는다. 인동력이 대단하다. 얼핏 보기에는 그게 그거 같지만 열대지방서 사는 선인장과는 차원이 다르다고 해야 적당한 표현일 듯싶다.

포동포동한 다육질로 가시를 방패막이 삼아 위풍당당하게 서 있던 백년초가 겨울에는 맥없이 말라빠져 있다가 봄이 되면 육질이 붙고 새순이 돋는다.

그 물성을 모르는 사람은 "다 얼어 죽었다"라고 말한다. 아마도 백 명이면 백 명 다 그렇게 말할 것이다.

백년초만큼 응집력 있는 식물은 드물 것이다. 겨우내 늘어져 땅에 깔려 있던 백년초가 줄기나 잎에서 여러 개의 순이 돋기 때문이다. 마디 마디에서 돋는 순은 마치 시루 안에서 자라는 콩나물을 보는 듯하다.

백년초 포기는 미물들의 은폐에 적당한 장소가 되기도 한다. 올봄이었다. 내 고향 시골집에 갔을 때였다. 비록 집은 횅하게 비어 있지만 아무렇게나 형성된 옹망추니 선인장이 신경 쓰였다. 손바닥 면에 고무로 된 장갑을 끼고 한 포기를 치켜세우고 두 번째 백년초 포기를 장갑은 끼었지만 찔릴까 봐 조심스레 두 손으로 치켜올리는 중이었다. 중추신경이 이곳에 집중돼 있었을 것이다. 새끼로 말뚝에 묶어 고정만 시키면 되는 터였다. 말뚝은 이미 박아 놓은 상태였다.

코앞 가까이 튀어 오르는 게 있었다. 두꺼비였다. 주먹만한 두꺼비였다.

깜짝 놀랐다. 엉겁결에 앞으로 숙여 백년초를 움켜쥔 두 손이 뒤로가 땅을 짚고 있었다. 앞으로 숙이고 있던 자세가 반대가 됐다고 할까. 뒤로 엉덩방아를 찧으면서 뒤로 두 손을 짚었던 것이다. 순식간에 일어난 일이었다.

어릴 때 고향집 울타리 밑에는 봉선화가 있었다. 자생하는 것도 있었고 씨앗을 뿌려 자란 것도 있었다. 봉선화는 장독대에도 있었다. 봉선화는 이름부터 예사롭지 않다. 개화한 모습이 봉황 같다고 해 봉황(鳳凰)의 봉자를 따 봉선화(鳳仙花)라고 한다.

봉선화는 유월이면 개화한다. 봉선화는 자라는 모습이 마치 정이품송 모양을 갖춘 듯한데, 첫서리가 내릴 때까지 약 5개월 동안 꽃이 피고 지기를 반복한다. 끈질긴 근성으로 말이다.

요즘이야 다민족 사회라고 해 표현이 부적절하다만 봉선화는 국화인 무궁화만큼이나 대한민국의 얼이 담긴 민족식물이다. 민족식물로 부적합하다면 대한민국의 준국화라 해도 손색이 없을 것이다.

봉선화와 무궁화는 공통점이 여럿 있다. 진딧물이 많이 낀다는 것도 그렇고 개화하기 시작하면 첫서리가 내릴 때까지 꽃이 핀다는 것이 그렇다. 잠깐 피고 마는 뭇 식물의 십일홍(十日紅)과는 전혀 다르다. 우리 민족의 근성과 닮은 것이다.

대한민국은 일본에 점령당해 36년 동안이나 나라를 빼앗긴 설움을 겪었다. 그 기간을 일제강점기라고 한다. 1945년 8월 15일 해방이 돼 나라를 되찾았다. 괄목할 만한 뉴스가 있었다. 67회째를 맞는 광복절을 닷새 앞둔, 즉 2012년 8월 10일 이명박 대통령이 독도를 방문했다는 뉴스다. 광개토대왕 이래로 왕이든 대통령이든 최고 지도자로서 최초의 독도 방문이라고 한다.

이명박 대통령은 독도 방문에 대해 "대통령으로서 대한민국의 영토를 방문한 것으로 나에겐 일종의 지방 순시다"라고 말한 것으로 언론에 보도됐다.

독도는 울릉도로부터 48해리에 있는 섬으로 엄연히 대한민국 국민이 주민으로 살고 있다. 대한민국 군경은 불철주야 주민과 독도를 지키고 있다. 독도에서 일본까지의 거리는 가장 가깝게 있다는 은기도를 기준으로 하면 약 82해리 정도 된다고 한다. 울릉도에서 독도 거리의 거의 곱이다.

일제강점기 때 윤극영의 동요 '반달'만큼이나 나라 잃은 설움을 함께한 가곡이 있다. 그 노래의 제목이 '봉선화'다. '봉선화'는 음악가 김천애가 일본 무사시노 음악학교 4학년에 다니던 1942년에 히비야 공회당에서 불러 빠른 속도로 세상에 퍼졌다. 용감한 애국정신의 발로였다. 이 노래가 급속히 확산되자 금지곡으로 지정됐다고 한다.

김형준이 작사한 '봉선화'의 노랫말이 산조와 비슷하다고 생각해 봤다. 산조가 점점 빨라졌다면 '봉선화'의 노랫말은 표현의 강도가 점점 세졌다는 것이다.

'봉선화'의 노랫말을 보면 1절은 그냥 평범하다고 해야 할 것이고 1절보다는 2절이, 2절보다는 3절이 나라 잃은 망국의 한을 강도 높게 표현했다.

울 밑에 선 봉선화는 손톱을 물들이기도 했다. 천연염료였던 것이다. 천연염료는 빨강, 주황, 자주, 보라, 백색 등이 있었다. 봉선화에 꿀따라 벌과 나비 등이 날아들었다. 세요봉, 한봉, 호박벌, 애호랑이, 노랑나비 등이었다. 벌은 주로 한봉이었다. 집에는 한봉을 몇 통 쳤었다.

뒤뜰에 있는 몇 통의 벌들이 앞마당에서 꿀 사냥을 했던 것이다.

두꺼비가 봉선화 밑에서 서성댈 때가 있었다. 문득 그림자처럼 오버랩 돼 봉선화에 대한 글을 써 보았다.

9장

**호랑이와
고양이**

고양이들이 호랑이와 꼭 빼닮았다고 해서 속설에 호랑이들이 고양이를 만나면 잡아 갈기갈기 찢어 죽게 만든다는 말이 있다. 호랑이와 고양이는 생물 분류학상 같은 과이기도 하지만 닮은 데가 아주 많다.

외견상 꼭 닮았다는 것도 그렇거니와 내면의 속성도 많이 닮은 것 같다. 발톱과 이빨이 날카롭고, 점프력이 타의 추종을 불허하고, 달리기가 빠르고, 할퀴는 것을 잘하고, 처음 보는 사람을 경계하는 것 등이다.

내면의 속성 중에 '처음 보는 사람을 경계한다'는 것은 중요하다. 처음 보는 사람뿐만 아니라 어느 누구이든 사람을 경계해야 한다는 말이다. 또또는 경계하는 사람이 없다. 사람들이 꽁치통조림, 참치캔, 햄 등으로 또또를 유인하면 또또는 아무나 반긴다. 아니 더 적절하게는 먹이를 가지고 유인을 안 하더라도 아무나 따른다는 표현이 맞다.

표현하기가 좀 뭐하다만 인간들은 야만적이고 이기적이며 양면성을 갖고 있다.

세계에서 음식문화가 아주 잘 발달된 나라는 프랑스와 중국이라고 한다. 유명한 프랑스 요리로는 송아지 요리와 개구리 요리가 있다고 한다. 송아지 요리는 태어난 지 불과 수개월 된 송아지로 요리한 것이다. 개구리 요리는 미지근하게 데우는 가마솥 안에서 물이 뜨거워지는 것도 모르고 있다 죽은 개구리로 요리한 것이다.

중국은 땅이 넓고 음식문화가 잘 발달한 만큼이나 없는 요리가 없다는 말이 있다. 중국에는 원숭이 요리도 있고 고양이 요리도 있다고 한다. 버젓이 이런 요리를 하는 음식점이 있다는 말이다.

언젠가 뉴스에서 봤다. 중국에서 고양이 요리를 금지한다는 뉴스였다. 반갑기 그지없었다.

우리나라에서는 고양이 요리가 없지만 간혹 관절염에 좋다고 고양이가 희생되는 경우가 있다. 고양이는 관절염에 아무런 효능도 없을 뿐더러 되레 체중을 증가시키고 콜레스테롤 수치를 높혀 문제가 될 수 있다고 방송에 출연한 의사가 말한 적이 있다.

그런데 또또와 인간들과의 관계가 불가분한 관계라면 가까이하면서도 적정한 거리를 유지해야 한다는 것을 한시라도 잊어서는 안 된다는 것이다. 불가근하라는 말이다.

인간들 중에는 스태미나라면 물불 안 가리는 사람들이 있다.

또또가 집에 있을 때였다. 또또가 라디오에서 흘러나오는 가요를 감상하는 듯했다. 또또가 크지 않은 귀를 쫑긋쫑긋대며 라디오에 바투 다가가 앉아 음악이 끝날 때까지 있을 때가 있었다. 음악에 심취해 있는 것처럼 보였다.

또또가 듣기도 했던 대중가요 하나를 말해 보자. 김혜연이 부른 노래인데 미물들의 관점에서는 가관이라고 할 것 같다.

김혜연의 노래 〈뱀이다(참아 주세요)〉의 노랫말을 적어 본다.

'앗! 뱀이다 뱀이다
몸에 좋고 맛도 좋은 뱀이다 뱀이다
요놈의 뱀을 사로잡아 우리 아빠 보약을 해 드리면
"아이고 우리 딸 착하구나" 하고 좋아하실 거야
앗! 개구리다 개구리다
몸에도 좋고 맛도 좋은 개구리다 개구리다
요놈의 개구리를 사로잡아 우리 아빠 몸보신을 해 드리면
"아이고 우리 딸 착하구나" 하고 좋아하실 거야
하지만 안 돼요(왜?) 그러지 마세요(왜?)
아빠 참아 주세요(싫어! 싫어! 싫어!)
산과 들의 뱀과 개구리가 씨가 말랐대요(진짜?)
싹쓸이 당했대요(정말?)'

모든 사물이 다 그렇겠지만 산도 보는 각도에 따라 천차만별의 모습으로 다가오지 않나 생각해 본다. 어떤 산은 항시 차양을 친 듯 모자를 쓴 듯 구름에 싸여 그 진면목을 알지 못하기도 한다. 이런 뜻을 가진 사자성어가 여산진면(廬山眞面)이다.

지폐 중에 5천 원, 1만 원, 5만 원권 전면에는 홀로그램이 있다. 이 홀로그램은 보는 각도에 따라 산의 형상이 달라지듯 보기에 따라 대한민국 지도가 나오기도 하고 태극기가 나타나기도 한다. 빛이 달라지기도 하고 지문처럼 나타나기도 한다. 위조 방지를 위한 것이지만 다른 한편으로는 지폐의 근간을 지키기 위한 것이라고 할 수 있다.

또또가 알땅에서 살아가기 위해서는 본연의 기질이 원상회복돼야 한다. 근간을 찾아야 한다. 또또의 무뎌진 행동을 보면 또또가 바둑판 위에 있는 듯한 생각이 든다.

가로 세로가 각각 19줄, 361개 눈에서 백 180개 혹 181개 돌을 가지고 둘이 두는 바둑에서 두 집 나고 살려고 하는 태평하고 매우 안일한 자세 말이다. 181개로 흑이 한 개 많은 것은 흑이 먼저 두기 때문인데, 바둑은 다급하지는 않다고 해야 할 것이다.

프랑스 철학자 들뢰즈는 "바둑알은 작은 낱알에 지나지 않는다. 익명 또는 집합적이거나 3인칭의 기능밖에 하지 못한다. '그것'은 오로지

이리저리 움직일 뿐이다. 바둑알은 목적지도 없고 출발점도 도착점도 없는 전쟁, 충돌도 없으며 심지어 어떤 경우엔 전투마저 없는 전쟁이다"라고 말했다.

또또는 지금 바둑판이 아니라 장기판 위에 있다고 해야 할 것이다. 지금 또또가 처한 처지 때문이다. 장기는 바둑과 달리 빠르게 전개된다. 바둑판은 가로와 세로가 각각 19줄이고 장기판은 가로가 9줄이고 세로가 10줄인 데서 비교가 된다. 궁안의 중첩되는 눈은 있지만 90눈 안에서 전광석화처럼 벌어지는 전쟁이 장기다. 바둑은 유구무언이고 장기는 시끄럽다. 단적인 예가 '장군'이라고 하면 '멍군'이라고 한다. 게다가 바둑알에 비해 큼직한 장기알을 장기판에 내려놓는 소리는 바둑알을 놓는 소리와는 비교가 안 된다.

장군이라고 하는 것은 궁궐로 쳐들어온 적장이 왕의 목숨을 내놓으라는 것이고 멍군은 적의 행동을 제어했다는 말이 되겠다.

또또는 지금 장기판 위, 궁 안의 왕이다. 또또를 보필해야 할 신하는 아무도 없다. 또또가 말(馬)이 되고 상(象)이 되고 포(包) 등이 되고 왕이어야 한다. 일묘(一猫)[57] 다역을 해야 하는 것이다.

또또는 지금 바둑판 위도 필요하고 장기판 위도 필요하므로 둘을

---

57) 고양이 한 마리

융합했으면 좋겠다. 또또가 지금 당장 필요한 건 장기판인 것만은 분명한데 장기판은 규칙, 즉 제약이 많기 때문에 둘 다 필요하다는 것이다.

장기의 복잡한 규칙을 적어 보자. 말(馬)은 날일(日) 자로 상(象)은 쓸용(用) 자로 갈 수 있고 병(兵)과 졸(卒)은 한 칸씩 좌우나 전진만 할 수 있고 포(包)는 산을 넘듯 포를 제외한 장기알 하나를 넘어갈 수 있고 차(車)는 거리 제한 없이 직선으로 초(楚)와 한(漢) 사(士)는 각자의 궁 안에서 한 칸씩만 움직일 수 있다.

이뿐만이 아니다. 포는 포를 넘을 수 없고 포를 잡을 수도 없다. 또 말은 日자로 상은 用자로 가는데 가는 길을 가로막고 있으면 가지 못한다. 즉 선을 따라가다 첫 번째 눈을 만나면 대각선으로 좌나 우로 방향을 트는데, 이렇게 가는 길에 장기알이 놓여 있으면 길을 막아 놓은 꼴이 돼 가지 못한다는 말이다. 이에 반해 바둑은 특별한 제약이 없다. 아무 데나 갈 수 있다. 숨통이 있는 곳이라면 말이다. 이건 축지법[58]을 쓰는 것과도 같을 것이다.

인도에서 있었다는 이야기가 있다.

인도에 사는 한 사람이 산에서 발견한 어린 호랑이 새끼 한 마리를 붙들어 집에서 길렀다고 한다.

---

58) 신선, 도술인이 먼 거리를 잠깐 사이에 간다는 술법

사람의 손에 길러진 그 어린 호랑이는 다 자라서도 종이호랑이랄까, 이빨 빠진 호랑이랄까, 마치 애완견처럼 맹수의 기질은 찾아볼 수가 없었다. 순한 양이 된 듯도 했다.

그런데 어느 날 어린 호랑이를 길렀던 그 사람이 호랑이와 함께 있다 그만 잠이 들었다.

그는 자다가 팔이 이상해 눈을 떴다. 그런데 그의 팔은 호랑이에게 물려 있었고, 그를 노려보고 있는 호랑이의 매서운 눈빛은 금방 그를 삼켜 버릴 것 같았다.

순간 위기의식을 느낀 그는 천만다행으로 마침 옆에 놓여 있는 사냥총의 방아쇠를 잡아당길 수 있어 생명을 구할 수 있었다.

호랑이는 주인이 쏜 사냥총에 맞아 죽었지만 요컨대 온순했던 호랑이가 어지간히 본연의 기질을 회복했다는 것을 생각해 볼 필요가 있다.

호랑이가 자기 주인을 잡아먹으려 했던 것은 후각 때문이었다고 한다. 호랑이 주인이 팔을 다쳐 붕대를 감고 있었는데, 육식동물인 호랑이는 붕대 속 상처에서 나오는 피비린내를 맡고 돌변한 것이다.

또또가 지금 위에서 사례로 든 사람 손으로 길러진 인도호랑이를 생각해 봐야 한다. 또또에게도 냄새를 감지하는 야콥손 기관이 있을 것이다. 특별히 갖고 있다고 할 수 있는 야콥손 기관을 백번 활용해 특정 능력을 발휘해야 할 것이다.

입자를 코로 전달하기 위해 입을 벌리고 혀를 마는 동작을 게을리 해서는 안 될 것이다.

지폐의 홀로그램 속에 숨겨진 장치처럼 또또에게는 숨겨진 발톱이 있다. 필요할 때 무기처럼 기구처럼 꺼내 사용하고 얼른 감춰야 할 것이다. 좀체 볼 수 없는 게 고양이들의 발톱이다.

대한민국에는 바다에서 전투를 벌여 승리한 장군이 있다. 이순신 장군이다. 이순신 장군은 임진왜란 때 명량해전(1957년 9월 16일)에서 13척의 배로 왜군 133척의 배와 싸워 31척을 격침시키는 등의 대승을 거뒀다. 불과 13척의 배로 133척의 배와 싸워 승리한다는 것은 상상을 초월하는 일이다.

이와 비슷한 전쟁이 중국 적벽대전이다. 적벽대전을 영화로 만들어 성공하기도 했다. 물론 이순신 장군의 명량해전을 영화화한 지도 오래됐다.

적벽대전은 제갈량 병사와 조조 병사가 벌인 전투다. 이 전쟁에서 제갈량이 승리한다. 유비, 손권과 연합한 제갈량의 병사가 10만 명, 조조의 병사는 100만 명이었다.

명량해전 때 참여한 배가 약 10배 차이가 나듯 적벽대전에 참여한 병사의 수도 10배 차이가 난다. 이 두 전쟁의 공통점은 적은 수의 배와 군사로 승리했다는 것과 보이지 않는 것을 내다보고 대비했다는 것으로 요약할 수 있다.

이순신 장군은 왜군의 배가 지나갈 것으로 예상되는 곳에 덫을 놓고 급물살 구역으로 배를 유인해 승리할 수 있었다. 제갈량은 '지금은 바람이 우리 쪽으로 불지만 나중에 적진으로 불 것'을 예측하고, 바람을 이용해 적을 화마 속에 빠트려 승리할 수 있었다.

이순신 장군이 물을 이용해 승리한 것이라면 제갈량은 불이 아니라 바람을 이용해 승리한 것이라고 할 수 있다.

밤하늘에 무수한 별들이 떠 있다. 서울에서는 불빛과 스모그 등으로 별을 거의 볼 수가 없다. 또또가 만약 별들을 본다면 또또가 매서운 손돌이추위에 떨다 실내로 들어오게 됐을 때 높은 곳에 있는 TV를 시청했듯 물끄러미 올려다볼 것 같다는 생각이 든다.

시골에서 자란 나는 여름밤이면 마당에 펴 놓은 평상 위에 누워 있곤 했는데, 밤하늘에는 별들이 수를 놓았다. 초롱초롱한 별들이 그야말로 한 땀 한 땀 수를 놓는 것 같았다. 은구슬을 꿰듯 말이다.

별똥별이 떨어지기도 했다. 별똥별은 대각선으로 아니면 수직으로 칠판에 분필로 쫙 한 획을 긋듯 떨어진다. 예행연습 없이 떨어지는 별똥별이 삐뚤어지지 않고 올곧게 떨어졌다. '일 획이 만 획'이라는 말이 있다. 이 말은 '한 획을 긋는 데 만 번을 썼다'라는 의미라고 한다. 화가 장승업을 극화한 영화에 나오는 대사다.

어릴 때 나는 그 별들 가운데 하나를 갖고 싶은 생각이 있었고 한 개를 따고 싶은 생각도 있었다. 하지만 별은 갖고 싶다고 해서 가질 수 있는 것도 아니고, 따고 싶다고 해서 과일 따듯 딸 수 있는 것도 아니다.

인간들은 별을 잡지 못하기 때문인지 떨어지는 별똥별에 관심이 많은 것 같다. 일기예보 하듯 언제 어느 쪽 하늘에서 유성우처럼 떨어질 거라는 예보도 한다. 이때면 도심 속을 벗어나 별똥별을 보려고 밖으로 나가는 사람들이 있다. 높은 곳에 올라가 전망 좋은 곳에 자리 잡는 사람도 있다. 망원경을 들이대고 보기도 한다.

도시에서 별을 잘 볼 수 없는 것은 전기가 발명되면서부터라고 할 수 있다. 공해 문제도 영향을 미칠 것이다. 시골에서 내가 어릴 때 그랬듯 별들은 그대로이고 잘 볼 수 있겠지만 도시에서는 별을 못 보는 시대가 돼 버린 지금 또한 '별 같은 것쯤이야 안 보이면 어때' 하며 무덤덤하게 여기는 관심 밖의 시대가 돼 버렸다는 생각을 갖게 한다.

이는 문명이 발달되고 전기가 발명되면서 가져온 산물이다. TV, 컴퓨터, 스마트폰 등 재미있는 기기에 빠져 하늘을 올려다볼 시간이 없다는 말이 맞을 것 같다.

고향에 전기가 들어오기 전 달빛은 어두운 밤을 밝혔다. 초승부터 보름까지 달이 커지는 시기와 보름을 지나 하현으로 접어드는 시기는 극명하게 대비됐다. 지금 생각하면 보름쯤 달빛이 비치면 전깃불이 어둠을 밝히듯 동네가 대낮 같았다는 생각이 든다. 달빛은 고마운 존재였다.

아직도 어릴 적 추억은 조금이나마 살아 있다. 하지만 지금은 달빛이 고맙다는 생각이 있는 건지 없는 건지, 보름달이 뜨는 건지 뜨지 않는 건지 모르고 넘길 때가 태반이다.

음력은 달이 기초가 되는데 시대가 시대인지라 음력 날짜가 어떻게 가는지도 잘 모른다. 달력에는 음력 없이 양력만 있다는 생각을 갖게 한다. 하기야 음력이 표기 안 된 달력이 있다. 음력을 표기해도 아주 작은 글자로 돼 있기도 하고 뜨문뜨문 열흘 닷새 간격으로 표기되기도 한다. 음력을 아예 모르고 "음력이 뭐냐?"고 묻는 사람도 있다. 달을 기준으로 한 음력이 사라질 리 만무하지만 멸종 위기에 놓인 것 같다는 생각이 들기도 한다.

2013년 12월 5일 대한민국의 김장문화가 유네스코 인류무형문화유산으로 등재됐다. 작년 이맘때인 12월 5일에는 대한민국의 아리랑이 유네스코 인류무형문화유산으로 등재되기도 했다. 이에 따라 대한민국의 유네스코 인류무형문화유산은 판소리, 강강술래 등 16개로 늘어났다.

김장문화나 아리랑 등이 대한민국의 담대함이라고 본다. 이것들은 메커니즘적이고 커뮤니케이션[59]적이라고 생각한다. 딴말이 아니다. 인류무형문화유산으로 등재됐다는 것은 세계 인류가 공유한다는 의미에서다.

대한민국의 김장문화는 협력과 나눔, 품앗이의 문화다. 대한민국은 예로부터 많은 침략을 받아 왔다. 이로 말미암아 나라가 쇠약해 풍전등화[60]였을 때도 강강술래, 판소리, 아리랑 등은 파워 플랜[61]이 됐다고 본다.

특히 강강술래는 달밤에 강강술래를 해 병력이 많아 보이게 하는 효과를 얻어내기도 했다. 강강술래는 임진왜란 때 이순신 장군이 전술로 썼다는 말이 있다.

---

59) 서로 의사 감정 등을 전달하는 것
60) 위태로움
61) 힘이 넘치는 미래의 구상과 설계

인간들은 자국 이익을 우선시한다. 지금 동북아시아가 요동치고 있다. 중국이 G2(주요 2개국) 국가로 부상하면서 그런 흐름이 두드러지고 있다. 지정학적으로 영향을 가장 많이 받는 나라가 대한민국이다. 지나간 국제정세를 보는 것 같다. G2로 성장한 중국은 항공모함을 구축하고 두 번째로 달에 첫발을 내딛는 야심 찬 계획을 하고 있다.

중국은 아편전쟁과 청일전쟁에서 경험했다. 해군력이 변변하지 못했던 중국은 아편전쟁에서 영국에, 청일전쟁에서 일본에 패했다. 불가사의하다고 하는 만리장성을 보듯 중국은 육지만 중요시했다고 할 수 있을 것이다. 즉 바다를 등한시했다는 말이 되겠다.

지난날 과오를 뼈저리게 경험했다고 할 수 있는 중국이 항공모함을 구축하는 한편 유인 우주선 발사에도 성공했다. 중국이 '스타워즈'를 대비해 달에 기지를 건설한다는 말도 있다.

'일찍이 재능을 감추고 때를 기다린다'는 도광양회(韜光養晦)를 견지해 온 중국이 지금이 그때라고 보는 듯 '유소작위(有所作爲), 적극적으로 참여해서 하고 싶은 대로 한다'는 생각이 든다.

중국이 동중국해에 방공식별구역을 설정했다. 이어도까지 포함했다고 한다. 중국이 바다에도 만리장성을 우주에도 만리장성을 쌓는다는 생각이 든다.

세상은 말이다 또또야

중국이 방공식별구역을 선포하자 미국이 B-52 폭격기를 출격시켰다고 한다. 우리나라도 '이어도 상공을 넘보지 말라'며 이어도 상공을 포함하는 한국방공식별구역을 선포했다. 이번 한국방공식별구역 선포는 한국전쟁 중이던 1951년 미국의 공군이 한국방공식별구역을 설정한 이후 62년 만에 재설정한 것이라고 한다.

이번 우리나라의 한국방공식별구역 선포에 대해 미국은 국무부 젠사 키 대변인의 논평을 통해 "우리는 한국이 미국과 일본, 중국 등 주변국들과의 사전 협의를 통해 책임 있고 신중한 방식으로 이번 조치를 내린 것으로 평가한다"라고 밝혔다.

대한민국이 다소 갈팡질팡하는 것 같다. 전력이 약한 대한민국은 확고한 우방이 필요하다. 여기 붙을까 저기 붙을까 갈피를 못 잡는 것 같다. 현실과 혈맹을 놓고 우왕좌왕하는 격이다. 다시 말하면 중국은 14억 인구를 가진 나라로 대한민국의 최대 무역국이다. 게다가 중국은 이웃해 있어 물류비도 절감된다. 손익 차이가 많이 난다는 말이다. 중국은 한국전쟁 때 적대국가였다. 미국은 혈맹국가다. 이익을 좇을까 혈맹을 좇을까 좌고우면하는 양상이 벌어지고 있다.

아직 선진국이 되지 않은, 아직 군사강국이 되지 않은 대한민국은 확실한 우방이 필요할 것 같다. 양다리 걸쳐 두 나라 모두를 우리의 우방으로 만들면 좋겠지만 복잡다난한 국제정세 속에 지리학적 특성을 고려하면 그것은 부적합하고 용인될 수 없는 방안이라고 본다.

계해반정으로 조선의 16대 왕에 즉위한 인조는 국제정세를 명확히 꿰뚫지 못해 병자호란과 정묘호란이라는 두 번의 난을 겪었다. 인조는 삼전도로 가 청나라 태종에게 삼배구고두례(三拜九叩頭礼)를 해야 하는 수모를 당하기도 했다. 삼배구고두례는 세 번 절하고 이마가 땅바닥에 닿을 만큼 아홉 번 조아리는 것을 말한다. '황송합니다'를 몸으로 보이는 것이다.

김대중 대통령이 일본 국회에서 "기적은 기적적으로 오는 게 아닙니다"라며, "대한민국의 민주화는 한국인의 피와 땀으로 실현한 기적입니다"라고 말해 우레와 같은 박수를 받았다고 한다.

마찬가지로 대한민국의 안정과 평화도 우연히 오는 것은 아닐 것이다. 대한민국은 지난 역사와 아픔을 돌이켜 보고 반면교사[62]로 삼아야 할 것이다.

대한민국은 구한말 일본을 정확히 파악하지 못 해 나라를 빼앗겼다. 수십 수년 만에 어마어마한 대가를 치르고서야 나라를 되찾았다.

주변국들이 우리가 사는 대한민국을 옥죄게 하는 것을 보면서 고양이 같은 미물들을 생각해 봤다. 인간들이 고양이들을 갈 곳 없는 길고양이로 나앉게 한다는 생각을 해 본다. 고양이가 지정학적 특수성을 가진 것도 아닌데 말이다. 도로에 막혀 고양이들의 갈 곳이 막혔다는

---

62) 되풀이해서는 안 될 나쁜 본보기

것이다. 대한민국은 지정학적으로 위쪽으로 러시아, 양쪽으로 일본과 중국 등이 둘러싸고 있어 크고 작은 환란을 겪었다.

덧붙일 게 있는데, 길고양이로 부르게 되는 변천사다. '길고양이'라고 부르기 이전에는 도둑고양이라고 불렀다. 국어사전에서 도둑고양이를 '아무 데나 떠돌아다니며 음식을 훔쳐먹는 고양이'로 정의하는데, 이건 문제가 있다고 해 길고양이로 부르게 됐다. 길고양이라고 부른 지는 그리 오래되지 않았다.

요즘의 일기예보는 눈비가 올 건가, 구름이 낄 건가, 맑을 건가, 풍속은 몇 미터일 건가, 아침 기온과 낮 기온이 몇 도일 건가 등으로 국한하지는 않는다. 황사주의보를 내리기도 하고, 스모그 미세먼지 농도를 예측해 주의보를 내리기도 한다.

대한민국 김장문화가 유네스코 인류무형문화유산으로 등재되는 날이었다. 사상 최대의 스모그가 끼었다고 한다. 대한민국이 김치 종주국인데, 중국이 자기네가 종주국이라며 딴지라도 거는 것 같다. 사상 최대의 스모그 뒤에서 '맛보기 예고편'을 내보인 것은 아닌가 하는 생각을 해 본다.

며칠째 연일 스모그가 끼었다. 사상 최대로 스모그가 예상된다는 중앙관상대의 예보는 없었다. 고가의 슈퍼컴퓨터를 보유하고 있지만 일기예보를 정확하게 하기란 어려운가 보다. 이럴 때면 중앙관상대는 그리 멀리 있지 않은 '반나절권' 중국에서 오염물질이 날아오는데도 예측 못 했다고 된서리를 맞는다.

중앙관상대에 어려움이 있겠다 싶다. 미세먼지가 슈퍼컴퓨터 작동을 방해할지도 모르겠다는 생각이 앞선다.

미세먼지 입자가 점차 작아지고 있다. 예컨대 '2000년대를 맞이해 미세먼지의 지름이 PM10이던 게 PM5에서 PM2.5로 작아졌다'고 한다. 미세먼지가 작아져 '나노먼지'화될수록 우리의 건강은 문제가 된다고 한다. 즉 미세먼지가 작아지면 필터라고 할 수 있는 코나 폐에서 여과되지 않아 인체에 치명적일 수 있고, 나아가 사망의 원인이 되기도 한다. 중앙관상대에 어려움이 있겠다고 한 것도 미세먼지가 코와 폐를 투과하듯 슈퍼컴퓨터도 그런 상황에 놓일 수 있기 때문이다. 미세먼지가 컴퓨터 등 전자 제품에 고장을 일으킨다는 뉴스도 있었다. 이러한 뉴스는 황사주의보가 발령됐을 때 나왔다.

'날씨와 증시는 틀리기 위해 있는 것'이라는 말이 있다. 전망은 빗나가는 예가 많은 것 같다.

아프리카 남아공에서 월드컵이 열린 적이 있다. 이럴 때면 누가 월드컵을 차지할 건가를 두고 예측이 난무한다. 전문가라고 할 수 있는 사람들이 나름대로 팀별 전력을 분석해 우승팀을 예측한다. 하지만 그들의 예측은 빗나가는 경우가 허다하다. 한 시대를 풍미한 펠레는

'축구의 황제'로 불린다. 펠레가 예측하는 우승팀은 빗나가고 빗나가 '펠레의 저주'라는 말이 있다.

아프리카 남아공에서 펼쳐진 월드컵 때 펠레가 우승팀으로 지목했던 프랑스, 이탈리아, 덴마크 등은 16강 문턱도 넘지 못했다. 전 대회 우승팀이 16강에서 탈락한 것은 월드컵 사상 처음이라고 한다. 전 대회 우승팀은 이탈리아였다. 막강한 우승후보였던 영국도 탈락했다.

명심보감 성심편에 '지나간 일은 거울과 같이 잘 알 수 있고 아직 오지 않은 일은 옻칠한 것처럼 어둡고 막막하다'는 말이 있다. 이렇듯 다가올 앞일을 누가 알겠느냐마는 라플라스 악마라고도 하는 라플라스 이론이 있어 미래를 지나간 과거처럼 훤히 들여다볼 수 있을지도 모른다는 생각을 해 본다.

프랑스 수학자 피에르 시몽 라플라스는 "물체가 맨 처음 어디에 있었는지 파악이 되면 그 물체가 움직이는 방정식을 알고 있으므로 그 물체가 미래에 어디에 있을지도 파악할 수 있다"고 말했다.

속담에 '금강산도 식후경'이라는 말이 있다. '수염이 석 자라도 먹어야 양반'이라는 속담도 있다. "배가 고픈데 무슨 민주주의가 있느냐" 이는 김종필 전 국무총리가 한 말이다.

'무항산 무항심(無恒産無恒心)'이라는 말이 화제가 되고 있다. 이 말은 자신의 아호를 따 만든 '운정회' 창립총회 참석차 5년 10개월 만에 국회를 방문한 김종필 전 국무총리가 언급해 화제가 되고 있다. 그는 "민주주의와 자유도 경제력이 없으면 누릴 수 없다"며 "배가 고픈데 무슨 민주주의가 있고 자유가 있느냐"라고 말했다. 그는 인사말에서 "맹자께서 어떻게 이천 년 전에 오늘날 가장 소중하게 여기는 말씀을 주셨는지 모르겠다"라며 '맹자'에 나오는 무항산 무항심이라는 말을 인용했다고 한다.

'무항산 무항심'이라는 말은 '맹자' 양혜왕장구상(梁惠王章句上)에 나온다. 제나라 선왕이 정치에 대해 묻자 맹자가 백성들이 등 따뜻하고 배부르게 지내면 저절로 선하게 된다."고 말했다고 한다.

의식주는 옷과 음식, 집을 가리킨다. 사람이 살아가는 데 충족돼야 하는 요소들이다. 금강산도 식후경, 수염이 석 자라도 먹어야 양반, 배가 고픈데 무슨 민주주의가 있느냐는 모두 음식과 관련돼 있다. 사람이 살아가는 데 의식주 중 먹는(食) 게 아주 중요하다는 걸 강조하는 말일 것이다.

내가 어릴 적 우리나라는 보릿고개를 넘어야 하는 아주 가난한 나라였다. 당시 의식주에서 식량이 가장 문제가 됐다. 수혜국에서 공여국이 된 지금의 입장에서 보자면 '호랑이 담배 피우던' 시절의 이야기라고 할 수 있다.

'생채'를 해 먹기도 하고 '삘기'를 뽑아 먹기도 했다. 생채(生菜)라고 하는 것은 보릿고개 무렵 물오른 소나무 가지를 꺾어 빙 둘러 겉껍데 기를 깎아내고 하얗게 드러난 속 껍질을 입에 대고 윗니와 아랫니로 훑어 먹는 것을 말한다. '송채(松菜)'라고도 했다. '삘기'라는 것은 띠의 이삭이다. 즉 꽃줄기이다. 꽃이 피기 전 부드럽고 연했을 때 뽑아 껍질 을 벗겨내고 그 속에 알처럼 새끼처럼 심지처럼 기다랗게 있는 하얀 부분을 먹었다. 피기 전의 꽃을 먹었던 것이다. 띠의 꽃이 여물어 활 짝 피면 갈대꽃이 활짝 핀 것과 비슷하다고 할 수 있지만 비단 털로 된 은백색 참 아름답다.

당시는 요즘과 달리 놀잇감을 밖에서 찾았다. 오뉴월에 수상화를 가지고 했던 '물방울 싸움'이 있다. 어릴 때 했던 물방울 싸움은 활동력 이 좀 떨어지긴 했지만 신사적인 면이 있었고 재미가 쏠쏠했다. 다만 돌이켜 보면 피려고 하는 꽃줄기를 뽑아 그런 게임을 한다는 게 그리 바람직한 일은 아닌 것 같다. 불현듯 닉네임이 식물 의사 선생님인 아 내를 보기가 미안하다는 생각이 앞선다. 아내는 오늘도 누군가 버려 놓은 벤자민이 심어진 화분 하나를 얼어 죽는다고 집에 갖다 놓았다. '이런 걸 주워 오느냐'고 하면 '식물도 생명이 있다.'고 말한다.

수상화는 잔디꽃을 말한다. 수상화는 막 나온 벼 이삭 모양을 하고 있다. 물방울 싸움은 둘이 수상화를 가지고 하는 게임이다.

수상화 줄기를 손으로 조심스럽게 잡아 올리면 땅속에 있던 부분이 끊겨 올라온다. 땅속에 있었던 부분은 하얗다. 뽑힌 수상화 줄기를 엄지와 검지 끝부분으로 때로는 손톱으로 집게처럼 꾹 눌러 꽃봉우리 줄기 타고 올라온 물을 역으로 밀어낸다.

다시 말하면 꽃이 아래로 가게 하고 끊긴 부분을 위로 세워 아래서 위로 밀어 올린다. 이렇게 밀어 올리면 끊긴 끝부분에 물방울이 자그맣게 맺힌다. 물방울의 지름이 1~2밀리미터 안팎은 됐지 않았나 싶다. 은단 크기 정도랄까. 날씨가 가물 때는 물이 밭아 물방울이 맺히지 않을 때도 있었다.

전쟁에서는 분수령이 있고 스포츠에서는 하이라이트라고 할 수 있는 클라이맥스가 있다. 축구를 예로 들면 슈팅을 해 골인이 되는 장면은 클라이맥스라고 할 수 있다. TV에서는 게임 종료 후 혹은 스포츠 뉴스 시간에 골인되는 장면을 한데 모아 하이라이트로 방송하기도 한다. 수상화 싸움이 하이라이트도 있고 클라이맥스도 있다.

어릴 적 수상화로 했던 물방울 싸움의 분수령 이야기는 이제 시작된다. 줄기의 물을 밀어올리는 방법으로 두 사람이 만들어 낸 물방울을 조심스럽게 서로가 갖다 댄다. 이때 분자의 인력에 따라 견인돼 한쪽으로 흡입된다.

두 개의 물방울이 합쳐져 하나의 물방울이 되는 것이다. 에디슨의 덧셈처럼 합쳐진다. 양손에 든 두 덩이의 흙을 하나로 뭉쳐 1 더하기 1

은 1이라고 했다지 않은가.

물방울이 부딪쳐 한쪽으로 흡입됐다고 해도 풍선 터지듯 터져 물방울의 형태를 잃기도 한다. 땅에 떨어져 버려 기포성을 상실하는 것이다.

물방울 싸움 승패의 법칙은 물방울을 잃는 쪽이 패자가 된다. 흡입된 물방울이 곧 땅에 떨어지면 무승부가 된다. 무승부가 나면 아까운 승리를 놓쳤다고 아쉬워할 수 있다.

물방울 싸움에서 발견한 게 있다. 대략 큰 물방울 쪽으로 작은 물방울이 이동된다는 것이다. 여기서도 '정글의 법칙'은 온존한다고 할 수 있겠다. 그래서 물방울을 크게 하려고 갖은 수단을 다 부렸던 기억이 생생하다.

물방울을 크게 한다고 해서 꼭 이기는 것만은 아니었다. 최선의 노력으로 물방울을 최대한 크게 해 상대방의 물방울을 흡입했다가도 표면장력[63]을 잃어 수포로 돌아가는 경우가 있었기 때문이다.

수상화 물방울을 실컷 만들었지만 물방울끼리 부딪치기 전에 땅에 저절로 떨어지는 것, 물방울을 견인하는 데는 성공했지만 흡입되자마

---

63) 액체의 표면이 수축하여 작은 면적을 취하려는 힘

자 물방울이 터져 형태를 잃는 것이 모두 과유불급⁶⁴⁾의 극치이다. 무한한 표면장력은 없다는 것을 알 수 있다.

수상화 물방울 싸움에서 물방울이 한쪽으로 이동되는 것은 분명히 '정글의 법칙'임에 이견이 없을 듯하다. 하지만 공생의 융합이라고 하면 어떨까.

하나가 된 물방울은 이질적이지 않다. 새로운 기포를 만들었을 뿐인 것이다.

수상화 물방울 싸움에서 승리를 거머쥐어 하나의 물방울이 된 듯한 사람이 있다. 남아공의 넬슨 만델라다.

넬슨 만델라는 흑인이다. 그는 백인 정부의 핍박에 27년간 감옥살이를 했고, 76세에 늦깎이 대통령이 됐다. 노벨평화상을 받기도 했다.

남아공은 영국의 백인이 입성해 흑과 백이 대립하고 갈등이 상존했던 나라이다. 물과 기름이듯 하는 흑백의 대립을 하나가 되게 한 사람이 넬슨 만델라이다.

백인 정부에서 27년간의 감옥살이라는 험난한 고초를 겪은 넬슨 만델라가 대통령이 되자 보복이 있을 거라는 우려가 지배적이었다. 하지만 터무니없는 기우였다. 넬슨 만델라는 흑인 종족 간의 복잡다난

---

64) 지나침은 모자람보다 못함을 뜻함

한 갈등을 해소하려 애쓰면서 백인들을 아울렀다. 그래서 넬슨 만델라는 흑인 극단주의자들로부터 '온건하다'는 불만족의 소리를 들어야 했다.

흑백이 하나가 되게 하려는 넬슨 만델라의 노력은 스포츠에도 있었다. 단적인 예가 럭비 세계 대회를 개최해 성공한 것이다.

럭비는 '백인 스포츠'로 흑인들의 반대가 팽배했지만 넬슨 만델라는 "백인들은 우리의 적이 아니라 동료이며 파트너다", "우리(흑인)는 아량, 용서, 연민을 통해 그들(백인)을 놀래켜야 한다"라는 말로 흑인들을 설득하는가 하면, "솔선수범하는 리더가 진정한 리더"라고 백인 주장을 설득했다고 한다. 팀은 하나가 돼 우승했다. 남아공의 흑백이 하나가 됐던 것이다.

진화생물학자인 마틴 노왁은 "생태계의 진화에서 주목할 점은 승자와 패자를 가르는 경쟁 자체보다는 경쟁적인 세상에 협력을 일으키는 자연 협력에 있다"라고 말했다.

넬슨 만델라의 아우름은 화합과 협력의 진수였다. 그 결과물이 럭비 세계 대회 우승이다. 이제 남아공은 아프리카에서 저만치 앞서 있다고 말할 수 있다.

아프리카의 선두주자인 남아공을 보면 '양극단의 주장은 모두 거짓

(프랑스의 철학자 장 폴 사르트르)'을 중화되게 해 양극단 없는 참됨을 각색
해 낸 사람이 넬슨 만델라라는 것을 생각한다.

2013년 12월 5일에 넬슨 만델라는 타계했다. 세계는 '위대한 영웅을
잃었다'고 '큰 별을 잃었다'고 함께 슬퍼했다. 넬슨 만델라의 영결식에는
세계 각국 100여 명의 정상과 지도자들이 조문 사절로 참석해 그가
걸어온 길을 기렸다. 영결식은 역사상 최대의 조문외교 현장이 됐다고
한다.

타계한 넬슨 만델라는 수상화 물방울 싸움을 연상시키듯 통합을 도
출해 낸 사람이다. '종신 대통령'을 원하는 국민들의 열화 같은 지지를
미련 없이 뿌리친 사람이다. 넬슨 만델라의 27년간 감옥생활은 헛되지
않았다. 그는 350년 이상 지속돼 온 흑백 간의 갈등을 종식시키고 영
면에 들어갔다.

아주 열악한 자연환경에서도 유익함을 찾을 수 있다. 그중 하나가
신재생 에너지를 얻는 것이다. 예를 들면 가뭄 속에 태양광에너지를
얻을 수가 있고, 태풍은 풍력과 조력(潮力)에너지, 폭우는 수력에너지
를 생산할 수 있다. 하지만 영하 수십도 혹한으로는 재생에너지를 생
산해 낸다는 건 요원한 일인지 모르겠다.

또또가 가장 무서워하는 장군은 누구일까? 을지문덕, 이순신, 강감

찬, 나폴레옹, 칭키즈 칸. 열거한 이 중에는 정답이 없다. 또또가 정답으로 생각하고 있는 장군은 부러 빼놓았다. 그럼 빼놓은 장군은 누구일까. 또또가 금방 정답을 맞힐 것 같은데, 자문자답하면 그건 동장군이다.

위에서는 열거가 안 됐는데, 마을 어귀 등에 솟대처럼 서 있는 천하대장군 지하여장군이 있다.

무생물인 천하대장군 지하여장군은 무생물인 허수아비가 참새를 쫓아내듯 잡귀를 쫓아 마을의 태평을 부른다. 우군이라는 말이 되겠고 인간들이 고용한 오래된 '로봇' 장군이라고 할 수 있을 것 같다.

이에 반해 동장군은 결론부터 말하면 인간들의 적이다. 동장군은 인간들 편이 아닐 뿐만 아니라 미물에게도 적이다. 동장군은 인간들의 안녕을 빌기는커녕 때로는 인간들의 생명을 앗아 가기도 한다. 특히 서민들에게는 최대의 적이다. 천하대장군 지하여장군은 비활동성 장군이고, 동장군은 바이러스 같은 활동성 적장인 것이다. 동장군은 적의 맹장으로서 살아 움직이는 생물이라고 해도 될 것 같다.

동장군은 겨울만 되면 어김없이 용감무쌍하게 맹위를 떨쳐 활동을 재개한다. 앞서 동장군은 특히 서민의 적이라고 했는데 군대의 적이기도 하다.

동장군의 위력은 약 200년 전으로 거슬러 올라간다. 그때 동장군의 위력은 전설처럼 유명하다.

　알프스 산을 넘은 프랑스 나폴레옹 군대를 무력화시킨 게 동장군이다. 1812년 5월 31일 출발한 나폴레옹과 45만 대군이 알프스 산을 넘어 5개월의 여정 끝에 러시아에 당도한 때가 10월이었다. 때마침 엄습한 강추위로 영하 25도까지 떨어졌는데, 나폴레옹과 대군은 강추위에 고전하다 전쟁에 대패하고 12월 8일 퇴각하고 만다.

　이때 '겨울 혹한이 막강한 전투력보다 더 무섭다'는 말이 나왔으며, 동장군이라는 말도 여기서 유래했다고 한다.

　봄 여름 가을에는 존재하지 않는 장군이 유독 겨울에만 동장군이라는 장군이 존재한다. 어느 계절이고 자연 즉 폭풍, 가뭄, 폭우, 폭설, 혹한 앞에선 녹록지 않을 테지만 동장군이 설치는 겨울이야말로 그어느 계절보다 삶이 버거워진다.

　바야흐로 때는 12월이다. 겨울의 초입이다. 동장군이 설치는 계절이다. 더구나 이번 겨울은 일주일가량 일찍 왔다는 말이 있다. 기상학적으로 9일간 일 평균 기온이 5도 미만으로 온도가 상승하지 않는 첫날부터가 겨울이라고 한다.

평균적으로 11월 27일이면 겨울의 시작이라고 하는데, 이번 겨울은 11월 20일부터 시작됐다고 한다.

오늘 기온이 영하 10도였다. 성체로 보이지는 않는 길고양이 한 마리가 또또가 다녔던 그곳을 지나며 "야옹" 소리를 한다. 지난 일이 떠오른다. 또또가 동장군과 싸워 이겨 냈었다. 비록 실내로 들어와 난로를 쬐었지만 말이다. 방금 전 "야옹" 하며 지나간 길고양이는 동장군과 싸우고 있는 게 분명해 보인다. 골목길을 건너 저기 저쪽 모퉁이로 돌아간 듯하다. 작전의 일환일지 모르겠다.

10장

그리움의
남은
흔적

또또가 행방불명되고 난 뒤 어느 날 오후 1시쯤 됐을 때였다. 전화가 왔다. 아내에게서 온 전화였다.

또또와 비슷한 고양이가 있다는 전화였다. 다급히 "어딘데?"라고 물었다. '중앙시장'이라고 하더니 금새 말을 바꿔 또또가 아닌 것 같다고 말했다. 또또는 호랑이처럼 얼룩진 무늬가 있는데, 이 고양이는 무늬가 없고 꼬리 끝부분만 비슷해 보인다"며 전화를 끊었다.

잠시 후 또 전화가 왔다. "또또가 맞다"는 전화였다. 잠깐 몇 분 사이에 말이 바뀌었다. "아까는 거리가 조금 떨어진 데서 본 것이지만 이번에는 코앞에서 본 것이므로 틀림없다"고 했다.

아내는 주변의 상인들에게서 이 고양이에 대한 이야기를 들었다고 한다. 새끼 때부터 길렀다는 상인. 기른 지가 2년 됐다는 상인. 불과 몇 개월도 안 됐다는 상인도 있었다고 한다. 아쉬운 것은 이 고양이를 기른다는 식당 문이 닫겨 있어 자세한 이야기를 들을 수 없었다고 한다.

세상은 말이다 또또야

그러나 아내는 보기에 또또가 틀림없으므로 데리고 가겠다고 마음
먹었다고 한다. 다소 무례한 행동 같지만 말이다. 나 또한 또또로 간
주해 데리고 오라고 했었다.

고양이는 문이 닫힌 식당을 마주하고 안으로 들어가려는 듯 '야옹
야옹'이라고 했다고 한다. 그때 아내가 고양이에게로 다가가 '또또야'라
고 부르며 고양이를 쓰다듬었다고 한다. 또또가 그랬던 것처럼 그르렁
거리며 좋아하는 것으로 보였다고 한다. 그러나 고양이가 나의 아내를
몰라보는 것 같았다고 한다.

불분명하지만 고양이들은 한동안 떨어져 있으면 주인을 몰라본다
는 말을 들은 적이 있다. 그래서 또또가 나의 아내를 벌써 잊었나 싶
었다. 개들은 몇 년이 돼도 주인을 알아본다는데 말이다. 사뭇 판이한
가 싶었다.

아내에게 전화를 했다. "식당 문이 잠겼으니 어떻게 하느냐?"라고 말
했다. 이어 또또로 보인다면 고양이를 데리고 오라고 거푸 말했다. 동
의한 아내가 고양이를 안고 20여 미터쯤 왔을 때 자꾸 빠져나가려는
듯 버둥대더니 결국 빠져나갔다고 한다.

고양이가 품 안을 빠져나가면서 아내 앞가슴을 할퀴었다고 한다.
옷 위로 할퀴었는데도 걸친 옷이 얇아 상처가 깊었다.

다소 의심스럽기는 했다. 혹여 또또인가 싶었지만 해프닝이 분명해 보인다.